Le dîner

Herman Koch

Le dîner

Traduit du néerlandais
par Isabelle Rosselin

ÉDITIONS FRANCE LOISIRS

Titre original : *HET DINER* publié par Ambo | Anthos Uitgevers B.V., Amsterdam

Cet ouvrage a été publié avec le concours de la Fondation pour la production et la traduction de la Littérature néerlandaise.

Édition du Club France Loisirs
avec l'autorisation des Éditions Belfond.

Éditions France Loisirs,
123, boulevard de Grenelle, Paris
www.franceloisirs.com

Le Code de la propriété intellectuelle n'autorisant, aux termes des paragraphes 2 et 3 de l'article L. 122-5, d'une part, que les « copies ou reproductions strictement réservées à l'usage privé du copiste et non destinées à une utilisation collective » et, d'autre part, sous réserve du nom de l'auteur et de la source, que les « analyses et les courtes citations justifiées par le caractère critique, polémique, pédagogique, scientifique ou d'information », toute représentation ou reproduction intégrale ou partielle, faite sans le consentement de l'auteur ou de ses ayants droit ou ayants cause, est illicite (article L. 122-4). Cette représentation ou reproduction, par quelque procédé que ce soit, constituerait donc une contrefaçon sanctionnée par les articles L. 335-2 et suivants du Code de la propriété intellectuelle.

© Herman Koch 2009. Tous droits réservés.
Et pour la traduction française :
© Belfond, un département de place des éditeurs, 2011.
ISBN : 978-2-298-05304-3

NICE GUY EDDIE
   Aboule ton dollar mec.
M. PINK
   Filer un pourliche ? Ça non, j'y crois pas.
NICE GUY EDDIE
   T'y crois pas ?
M. PINK
   Pas au pourboire[1].

Quentin Tarantino
Reservoir Dogs

---

1. Traduction empruntée à la bande sonore du film en français. *(Toutes les notes sont de la traductrice.)*

APÉRITIF

1

Nous allions dîner au restaurant. Je ne dirai pas de quel restaurant il s'agit, sinon la prochaine fois il sera envahi de gens venus voir si nous y sommes retournés. Serge avait réservé. C'est toujours lui qui s'en charge, de réserver. Le restaurant est d'ailleurs de ceux qu'il faut appeler trois mois à l'avance – ou six, ou huit, enfin j'ai perdu le compte. Moi je n'ai jamais envie de savoir trois mois à l'avance où je vais aller dîner, mais manifestement certaines personnes n'y voient aucun inconvénient. Dans quelques siècles, quand les historiens voudront connaître le degré d'arriération de l'humanité au début du XXIe siècle, il leur suffira d'examiner le contenu des ordinateurs des prétendus grands restaurants, car toutes ces données sont conservées, il se trouve que je le sais. La dernière fois, Monsieur L. s'est montré prêt à attendre trois mois une petite table près de la fenêtre, alors cette fois-ci il attendra bien cinq mois une petite table près de la porte des toilettes – c'est ce qu'ils appellent dans ces restaurants le « suivi des données sur la clientèle ».

Serge ne réserve jamais trois mois à l'avance. Serge réserve le jour même ; pour lui, c'est un sport, dit-il. Certains restaurants gardent toujours une table libre pour les gens comme Serge Lohman, et celui-ci en fait partie. Parmi bien d'autres, d'ailleurs. On peut se demander si, dans tout le pays, il existe encore un restaurant où l'on n'est pas pris de convulsions en entendant au téléphone le nom de Lohman. Ce n'est pas lui qui appelle, bien sûr, il demande à sa secrétaire de le faire, ou à un de ses proches collaborateurs. « Ne t'inquiète pas, m'a-t-il dit lors de notre conversation téléphonique il y a quelques jours. Ils me connaissent là-bas, je vais me débrouiller pour avoir une table. » J'avais simplement demandé si nous devions nous rappeler au cas où il n'y aurait pas de place, et sur quel autre endroit nous pourrions nous rabattre. Un soupçon de compassion a percé dans sa voix à l'autre bout du fil, je le voyais presque secouer la tête. Un sport.

Il y avait une chose dont je n'avais vraiment pas envie ce soir-là. Je ne voulais pas être présent quand Serge Lohman serait accueilli comme une vieille connaissance par le restaurateur ou la personne faisant office de gérant ; voir les serveuses le guider vers la plus belle table côté jardin, Serge faire mine de n'y prêter aucune importance, comme si au fond il était toujours resté simple, se sentant par conséquent surtout à son aise parmi d'autres personnes ordinaires.

Je lui avais donc dit que nous nous retrouverions au restaurant et non, comme il l'avait suggéré, au café du coin, un café fréquenté par des gens ordinaires.

Voir Serge Lohman y entrer, comme un gars ordinaire, arborant un sourire censé signifier à tous ces gens ordinaires qu'ils devaient non seulement poursuivre à tout prix leurs conversations mais aussi faire comme s'il n'était pas là, de ce spectacle non plus, je n'avais pas envie ce soir.

2

Comme le restaurant n'est qu'à quelques rues de chez nous, nous sommes partis à pied. Nous sommes d'ailleurs passés devant le café où je n'avais pas voulu donner rendez-vous à Serge. J'avais pris ma femme par la taille, elle avait glissé sa main quelque part sous ma veste. Sur la façade du café, une publicité lumineuse annonçant la bière que l'on servait à l'intérieur diffusait une chaude lumière rouge et blanche. « Nous sommes en avance, ai-je dit. Ou plutôt : si nous y allons maintenant, nous serons parfaitement à l'heure. »

Ma femme, il faut que j'arrête d'employer ce mot. Elle s'appelle Claire. Ses parents l'ont appelée Marie-Claire, mais plus tard elle n'a plus voulu porter le nom d'un magazine. Parfois je l'appelle Marie pour la taquiner. Mais je la nomme rarement ma femme – de temps à autre dans des circonstances officielles, dans des phrases comme : « Ma femme ne peut pas vous prendre au téléphone pour l'instant », ou : « Ma femme est pourtant certaine d'avoir réservé une chambre avec vue sur la mer ».

À l'occasion de ce genre de soirée, Claire et moi savourons les moments où nous sommes encore tous les deux. Tout paraît encore ouvert, comme si même le rendez-vous pour le dîner reposait sur une erreur, comme si nous étions simplement tous les deux de sortie. Si je devais donner une définition du bonheur, ce serait celle-ci : le bonheur se satisfait de lui-même, il n'a pas besoin de témoin. « Toutes les familles heureuses se ressemblent, les familles malheureuses le sont chacune à leur façon », dit la première phrase d'*Anna Karénine*, de Tolstoï. Je me contenterai tout au plus d'y ajouter que les familles malheureuses – et au sein de ces familles en premier lieu les couples malheureux – n'y parviennent jamais seules. Plus il y a de témoins, mieux cela vaut. Le malheur est toujours en quête de compagnie. Le malheur ne peut supporter le silence – et encore moins les silences gênés qui s'installent lorsqu'il se retrouve seul.

Aussi nous sommes-nous souri, Claire et moi, dans le café quand on nous a servi nos bières, sachant que bientôt nous allions passer toute une soirée en compagnie du couple Lohman : nous vivions le plus beau moment de la soirée, tout n'irait par la suite que de mal en pis.

Je n'avais pas envie d'aller dîner au restaurant. Je n'en ai jamais envie. Un rendez-vous dans un proche avenir est la porte de l'enfer, la soirée est l'enfer même. Cela commence le matin devant la glace : que va-t-on bien pouvoir mettre, et faut-il ou non se raser.

Tout est alors assertion, que ce soit un jean déchiré et taché ou une chemise repassée. Si l'on garde sa barbe d'un jour, on a été trop paresseux pour se raser ; avec une barbe de deux jours, on vous demande immanquablement si la barbe de deux jours fait partie d'un nouveau look ; et avec une barbe de trois jours ou plus, on n'est plus qu'à un petit pas de la dégradation totale. « Tu es sûr que ça va ? Tu n'es pas malade au moins ? » Quoi qu'il en soit, on n'est pas libre. On se rase, mais on n'est pas libre. Se raser est aussi une assertion. On a visiblement trouvé la soirée si importante qu'on a pris la peine de se raser, voit-on les autres penser – en se rasant on a déjà pris du retard, on est à 1-0.

Et puis Claire est toujours là pour me rappeler, à l'occasion de soirées comme celles-ci, que ce n'est pas une soirée ordinaire. Claire est plus maligne que moi. Mes propos ne sont pas le fruit de considérations mollement féministes pour rentrer dans les bonnes grâces des femmes. Je n'affirmerai d'ailleurs jamais que les femmes sont « en général » plus malignes que les hommes. Ou plus sensibles, ou plus intuitives, ou qu'elles sont « au cœur de la vie » et toutes ces autres idioties qui, tout bien considéré, sont plus souvent proclamées par des hommes prétendument sensibles que par les femmes elles-mêmes.

Claire est tout simplement plus maligne que moi, j'avoue en toute franchise qu'il m'a fallu un certain temps avant de le reconnaître. Les premières années de notre relation, je la trouvais certes intelligente, mais d'une intelligence normale ; somme toute d'une intelligence que l'on pourrait attendre d'une femme qui est la mienne. Je n'aurais sûrement pas tenu plus d'un mois avec une femme bête. Claire était donc en tout état de cause assez intelligente pour que je continue de la fréquenter au bout d'un mois. Et encore aujourd'hui, ce qui fera bientôt vingt ans.

Bon, Claire est donc plus maligne que moi, mais à l'occasion de soirées comme celles-ci, elle me demande encore mon avis sur ce qu'elle doit porter, les boucles d'oreilles qu'elle va mettre, ou si elle doit ou non relever ses cheveux. Les boucles d'oreilles sont à peu près aux femmes ce que le rasage est aux hommes : plus les boucles d'oreilles sont grosses, plus la soirée est importante, festive. Claire a des boucles d'oreilles pour toutes les occasions. On pourrait dire que ce n'est pas malin d'être si peu sûr de ses vêtements. Mais j'ai un autre avis là-dessus. Une femme bête va justement croire qu'elle peut s'en sortir seule. Qu'est-ce qu'un homme connaît à ce genre de choses ? va penser la femme bête, et elle fera le mauvais choix.

J'essaie parfois d'imaginer Babette demandant à Lohman si elle porte la robe qui convient. Si ses cheveux ne sont pas trop longs. Ce que pense Serge de ces chaussures. Les talons ne sont-ils pas trop plats ? Ou au contraire trop hauts ?

Et aussitôt quelque chose ne cadre pas dans le tableau, quelque chose est visiblement inconcevable. J'entends Serge lui répondre : « Non, c'est très bien comme ça. » Mais il est un peu absent, la question ne l'intéresse pas vraiment, et de plus, même si sa femme mettait une robe qui ne convient pas, les hommes n'en tourneraient pas moins la tête sur son passage. D'ailleurs tout lui va bien. Qu'a-t-elle donc à faire tant d'histoires ?

Ce n'était pas un café à la mode, il n'y venait pas de personnages dans l'air du temps – pas cool, aurait dit Michel. Les gens ordinaires étaient de loin majoritaires. Pas spécialement vieux ou jeunes, un ensemble hétéroclite au fond, mais ils étaient surtout ordinaires. C'est ainsi que devraient être tous les cafés.

L'endroit était bondé. Nous étions serrés l'un contre l'autre, près de la porte des toilettes pour hommes. D'une main, Claire tenait son verre de bière et, de l'autre main, du bout des doigts, elle me pressait doucement le poignet.

« Je ne sais pas, disait-elle, mais j'ai l'impression ces derniers temps que Michel se comporte bizarrement. Enfin pas bizarrement, mais pas comme d'habitude. Il est distant. Tu ne trouves pas ? »

Michel est notre fils. Il va avoir seize ans la semaine prochaine. Non, nous n'avons pas d'autre enfant. Nous n'avions pas prévu de mettre au monde un seul enfant mais, à un moment donné, il a été tout simplement trop tard pour en avoir un autre.

« Oui ? ai-je répondu. C'est possible. »

Je devais éviter de regarder Claire, nous nous connaissions trop bien, mes yeux m'auraient trahi. J'ai donc fait mine de regarder autour de nous, d'être particulièrement passionné par le spectacle des clients ordinaires plongés dans des conversations animées.

J'étais content d'avoir tenu bon en donnant rendez-vous aux Lohman dans le restaurant ; mentalement, je voyais Serge passer la porte à tambour, avec son sourire pour inciter les gens à surtout ne pas interrompre leurs occupations et à ne pas lui prêter attention.

« Il ne t'a rien dit ? a demandé Claire. Parce que vous parlez ensemble d'autres choses que lui et moi. Peut-être y a-t-il eu une histoire de fille ? Un incident dont il t'aurait parlé plus facilement ? »

Nous avons dû nous écarter car la porte des toilettes pour hommes s'est ouverte et nous nous sommes rapprochés davantage l'un de l'autre. J'ai senti le verre de Claire heurter légèrement le mien.

« Y a-t-il eu une histoire de fille ? » a-t-elle encore demandé.

Si seulement, n'ai-je pu m'empêcher de penser. Une histoire de fille... ce serait formidable, formidablement normal, des histoires ordinaires d'adolescent. « Est-ce que Chantal/Merel/Roos peuvent rester dormir ? » « Ses parents sont-ils au courant ? Si les parents de Chantal/Merel/Roos sont d'accord, nous n'y voyons pas d'inconvénient non plus. Du moment que tu penses à... que tu fais bien attention en... enfin, tu vois ce que je veux dire, je n'ai sans doute plus besoin de te l'expliquer. Ou bien si ? Michel ? »

Il y avait souvent des filles à la maison, toutes plus belles les unes que les autres, elles s'asseyaient sur le canapé ou à la table de la cuisine et me saluaient poliment quand je rentrais. « Bonjour monsieur. — Tu n'as pas besoin de m'appeler monsieur. Ni de me vouvoyer. » Alors elles disaient « tu » et « Paul » cette fois-là, mais quelques jours plus tard, elles revenaient tout naturellement au « vous » et à « monsieur ».

Parfois, j'en avais une au téléphone et, en demandant si je devais transmettre un message à Michel, je fermais fort les yeux et essayais d'associer la voix de la jeune fille (elles se présentaient rarement, elles allaient droit au but : « Michel est là ? ») à l'autre bout du fil à un visage particulier. « Non, ce n'est vraiment pas la peine, monsieur. C'est juste que, comme son portable est éteint, j'ai essayé ce numéro. »

Parfois, j'avais l'impression, en rentrant, que je les surprenais, Michel et Chantal/Merel/Roos ; qu'ils regardaient moins innocemment *The Fabulous Life* sur MTV qu'il n'y paraissait ; qu'ils venaient de se tripoter, qu'ils avaient vite lissé leurs vêtements et remis de l'ordre dans leurs cheveux quand ils m'avaient entendu arriver. Le rose aux joues de Michel – la légère excitation, pensais-je.

Mais en réalité je n'en avais pas la moindre idée. Peut-être ne se passait-il strictement rien et toutes ces jolies filles ne voyaient-elles dans mon fils qu'un bon ami : un beau garçon gentil et raisonnable, quelqu'un qui pouvait les accompagner à une fête – un garçon en qui elles avaient confiance, parce qu'il n'était justement pas du genre à avoir les mains baladeuses.

« Non, je ne crois pas que ce soit une histoire de fille », ai-je dit en la regardant cette fois droit dans les yeux. C'est le côté oppressant du bonheur, que tout soit exposé au regard comme un livre ouvert sur la table : si j'avais évité plus longtemps de la regarder, elle aurait été certaine qu'il y avait un problème – de fille, ou pire encore.

« Je crois plutôt qu'il a des problèmes scolaires, ai-je ajouté. Il vient de terminer sa semaine de contrôles, à mon avis il est tout simplement fatigué. Je crois qu'il a un peu sous-estimé la tâche, la difficulté de la seconde. »

Ma version était-elle crédible ? Et surtout : mon regard était-il crédible ? Les yeux de Claire sont passés rapidement de mon œil gauche à mon œil droit ; puis elle a levé la main vers le col de ma chemise, comme s'il était mal mis et qu'il fallait le réarranger maintenant pour que je n'aie pas l'air d'un imbécile plus tard au restaurant.

Elle a souri et posé sa main, les doigts écartés, sur ma poitrine, j'ai senti deux extrémités de ses doigts sur ma peau, à l'endroit où le bouton tout en haut de ma chemise était défait.

« Peut-être est-ce le problème, a-t-elle conclu. Je trouve que nous devons tous les deux faire attention pour éviter qu'à un moment donné il finisse par ne plus rien nous raconter. Ne pas nous y habituer, je veux dire.

— Bien sûr. Mais c'est juste qu'à son âge il a le droit d'avoir ses petits secrets. Nous ne devons pas non plus vouloir tout savoir de lui, sinon il risque de se fermer. »

J'ai regardé Claire dans les yeux. Ma femme, me suis-je dit à ce moment-là. Pourquoi ne pourrais-je pas l'appeler ma femme ? Ma femme. J'ai passé ma main autour de sa taille et je l'ai serrée contre moi. Ne serait-ce que le temps de cette soirée. Ma femme et moi, ai-je pensé. Ma femme et moi aimerions consulter la carte des vins.

« Qu'est-ce qui te fait rire ? » a demandé Claire. A demandé ma femme. J'ai regardé nos verres de bière. Le mien était vide, le sien encore presque aux trois quarts plein. Comme toujours. Ma femme buvait moins vite que moi, et je l'aimais aussi pour cette raison, ce soir peut-être encore plus que les autres soirs.

« Rien, ai-je répondu. Je pensais... je pensais à nous. »

Cela s'est produit très rapidement : alors que je regardais Claire, je regardais encore ma femme sans doute avec amour, ou en tout cas avec plaisir, en un instant, j'ai senti un voile humide glisser devant mes yeux.

Comme il ne fallait à aucun prix qu'elle décèle quoi que ce soit dans mon comportement, j'ai dissimulé mon visage dans ses cheveux. J'ai accentué la pression de mon bras autour de sa taille et j'ai humé : du shampooing et autre chose, quelque chose de chaud – l'odeur du bonheur, me suis-je dit.

Quelle tournure aurait pris cette soirée si, moins d'une heure auparavant, j'étais simplement resté en bas à attendre le moment d'aller au restaurant au lieu de monter à l'étage, en empruntant l'escalier qui menait à la chambre de Michel ?

Quelle tournure aurait pris le reste de notre vie ?

L'odeur du bonheur que je reniflais à présent dans les cheveux de ma femme aurait-elle eu simplement l'odeur du bonheur, au lieu de celle, comme maintenant, d'un souvenir d'un lointain passé – l'odeur de quelque chose que l'on peut perdre d'une seconde à l'autre ?

3

« Michel ? »

J'étais debout dans l'encadrement de la porte de sa chambre. Il n'y était pas. Ou pour être honnête : je savais qu'il n'y était pas. Il était assis dans le jardin à fixer une rustine sur le pneu de la roue arrière de son vélo.

J'ai fait comme si je ne m'en étais pas aperçu, j'ai feint de croire qu'il était tout bonnement dans sa chambre.

« Michel ? » J'ai frappé sur la porte entrouverte. Claire farfouillait dans la penderie de notre chambre, dans un peu moins d'une heure nous devions partir au restaurant, elle hésitait encore entre la robe noire avec les bottes noires ou le pantalon noir avec les tennis DKNY. « Quelles boucles d'oreilles ? allait-elle me demander tout à l'heure. Celles-ci ou celles-là ? » Je lui répondrais que les plus petites lui allaient le mieux, avec la robe comme avec le pantalon.

Entre-temps, j'étais entré dans la chambre de Michel. J'ai trouvé aussitôt ce que je cherchais.

Je tiens à souligner que je n'avais encore jamais fait une chose pareille. Jamais. Quand Michel tchattait sur son ordinateur, je venais toujours me mettre à côté de lui, tournant à moitié le dos à son bureau pour ne pas regarder l'écran. Je voulais qu'il voie à ma position que je ne cherchais pas à l'espionner ou à lire discrètement par-dessus son épaule ce qu'il avait tapé à l'écran. Parfois son portable émettait le son d'une flûte de Pan pour signaler la réception d'un SMS. Souvent il laissait son portable traîner, je ne nierai pas avoir parfois été tenté d'y jeter un coup d'œil, surtout quand il était sorti. Qui peut bien lui envoyer un message ? Qu'a-t-il, ou elle, écrit ? Il m'est arrivé une fois de me retrouver avec le portable de Michel dans la main ; je savais qu'il rentrerait dans plus d'une heure de la salle de sport et qu'il l'avait tout simplement oublié – c'était encore son ancien portable, un Sony Ericsson sans clapet : « 1 nouveau message » était écrit à l'écran sous l'icône d'une petite enveloppe. « Je ne sais pas ce qui m'a pris, avant même d'avoir eu le temps de m'en apercevoir, j'avais le portable dans les mains et j'ai lu ton message. » Peut-être que je n'oserais jamais le lui avouer, mais peut-être que si. Il ne dirait rien, mais il se mettrait tout de même à me soupçonner ou à soupçonner sa mère : une fissure, qui au fil du temps se transformerait en une profonde lézarde. Notre vie de famille heureuse ne serait jamais plus pareille.

Je n'étais éloigné que de quelques pas de son bureau devant la fenêtre. Si je m'étais penché en avant, j'aurais pu le voir dans le jardin, sur la terrasse carrelée devant la porte de la cuisine où il collait la rustine sur son pneu – et si Michel avait levé la tête, il aurait vu son père debout à la fenêtre de sa chambre.

J'ai pris son portable, un Samsung noir tout neuf, sur son bureau et j'ai fait coulisser le clapet. Je ne connaissais pas son code PIN, s'il était éteint je ne pourrais rien faire, mais l'écran s'est éclairé presque aussitôt et une petite photo floue du logo de Nike est apparue, sans doute prise sur un de ses propres vêtements : ses chaussures, ou le bonnet noir qu'il portait toujours, même par des températures estivales et à l'intérieur, en le rabaissant juste au-dessus de ses yeux.

J'ai vite cherché le menu des options, qui était grosso modo le même que celui de mon propre portable – un Samsung aussi, mais un modèle sorti six mois plus tôt, et, ne serait-ce que pour cette raison, déjà désespérément désuet. J'ai appuyé sur Mes documents puis sur Vidéos. J'ai trouvé ce que je cherchais plus vite que je ne le pensais.

J'ai regardé et senti ma tête se refroidir lentement. C'était le genre de froid que l'on ressent quand on met dans sa bouche un trop gros morceau de glace ou que l'on boit trop avidement une boisson glacée.

C'était un froid qui faisait mal – en dedans.

J'ai regardé encore une fois, puis j'ai continué : il y en avait d'autres, apparemment, mais il était difficile d'en évaluer facilement le nombre.

« Papa ? »

La voix de Michel venait d'en bas, mais je l'entendais monter l'escalier. J'ai vite refermé le clapet de son portable, que j'ai reposé sur le bureau.

« Papa ? »

Il était trop tard pour me précipiter dans notre chambre, prendre dans l'armoire une chemise ou une veste et me planter devant le miroir ; la seule solution qui me restait était de sortir de la chambre de Michel avec autant d'insouciance et de crédibilité que possible – comme si j'y avais cherché quelque chose.

Comme si je le cherchais.

« Papa. » Il s'était immobilisé en haut de l'escalier et son regard ne s'arrêtait pas sur moi mais derrière, dans sa chambre. Puis il m'a regardé. Il portait le bonnet Nike, son iPod nano noir était tenu par un fil qui passait devant sa poitrine, autour de son cou pendait un casque : il fallait bien le reconnaître, il ne cherchait pas à se donner un look, il avait remplacé au bout de quelques semaines les petits écouteurs blancs par un simple casque parce que le son était meilleur.

Toutes les familles heureuses se ressemblent, m'est-il venu pour la première fois à l'esprit ce soir-là.

« Je cherchais…, ai-je commencé. Je me demandais où tu étais. »

À sa naissance, Michel avait failli mourir. Je repensais encore assez souvent au petit corps bleu, chiffonné, dans la couveuse peu après la césarienne : le fait qu'il soit là n'était rien moins qu'un cadeau ; cela aussi, c'était le bonheur.

« J'étais en train de coller une rustine. Voilà ce que je voulais te demander. Si tu sais si on a des valves quelque part.

— Des valves », ai-je répété. Je suis de ceux qui ne réparent jamais un pneu, qui n'y songent même pas. Pourtant, mon fils croyait encore, malgré tout, à une autre version de son père, une version qui savait où étaient rangées les valves.

« Qu'est-ce que tu fais ici ? a-t-il soudain demandé. Tu m'as dit que tu me cherchais. Pourquoi ? »

Je l'ai regardé, j'ai regardé les yeux clairs sous le bonnet noir, les yeux francs qui, j'en avais toujours été convaincu, formaient une part non négligeable de notre bonheur.

« Rien. Je te cherchais. »

4

Bien entendu ils n'étaient pas encore là.

Sans trop donner de précisions sur son emplacement, je peux indiquer que le restaurant qui donne sur la rue est dissimulé des regards par des arbres. Nous avions une demi-heure de retard et, en marchant vers l'entrée sur l'allée de gravier, éclairée de part et d'autre par des torches électriques, ma femme et moi évoquions la possibilité que, pour une fois, ce soient nous et non pas les Lohman les derniers arrivés.

« On parie ?

— Pourquoi parier ? a répondu Claire. Ils ne seront pas là. »

Une jeune femme en tee-shirt noir et tablier noir lui tombant jusqu'aux chevilles nous a pris nos manteaux. Une autre jeune femme dans une tenue noire identique a examiné le cahier des réservations posé ouvert sur un pupitre.

J'ai remarqué qu'elle faisait seulement semblant de ne pas connaître le nom Lohman, d'ailleurs elle faisait mal semblant.

« M. Lohman, dites-vous ? » Elle a levé un sourcil sans se donner la peine de dissimuler sa déception de ne pas avoir devant elle Serge Lohman en personne, mais deux individus dont les visages ne lui évoquaient strictement rien.

J'aurais pu l'aider en précisant que Serge Lohman était en route, mais je m'en suis bien gardé.

Le pupitre sur lequel était posé le cahier de réservations était éclairé du dessus à l'aide d'une lampe de lecture longiligne de couleur cuivre : art déco, ou un autre style tout juste revenu au goût du jour. La jeune femme avait relevé ses cheveux, aussi noirs que son tee-shirt et son tablier, et les avait noués en une petite queue-de-cheval serrée, comme pour être assortie à la décoration du restaurant. Celle qui avait pris nos manteaux avait aussi tiré en arrière ses cheveux qu'elle avait réunis en une queue-de-cheval. Peut-être était-ce pour des raisons d'hygiène, comme les masques chirurgicaux dans une salle d'opération ; ce restaurant faisait d'ailleurs valoir que tous ses produits étaient « non traités » : la viande provenait certes d'animaux, mais des animaux qui avaient vécu « une belle vie ».

Par-dessus les cheveux noirs tirés, j'ai lancé un coup d'œil dans le restaurant, du moins sur les deux ou trois premières tables de la salle à manger que je pouvais distinguer de l'endroit où j'étais. À gauche, à côté de l'entrée, on voyait la « cuisine ouverte ». Manifestement, on y flambait quelque chose à ce moment précis, ce qui s'accompagnait de l'inévitable déploiement de fumée bleue et de hautes flammes.

Une fois de plus, j'ai senti que je n'avais aucune envie d'être là, ma répugnance à l'idée de la soirée qui nous attendait était entre-temps devenue presque physique – une légère nausée, les doigts moites et un début de migraine derrière l'œil gauche – mais pas assez pour faire un malaise ou perdre connaissance sur-le-champ.

Je tentais d'imaginer la réaction des jeunes femmes en tablier noir vis-à-vis de clients qui, avant même d'être passés devant le pupitre, s'effondreraient par terre : essaieraient-elles à la hâte de me faire disparaître dans le vestiaire, à l'abri des regards des clients en tout cas ? Elles me feraient probablement asseoir sur un petit tabouret derrière les manteaux. D'un ton poli mais décidé, elles me demanderaient s'il fallait qu'elles appellent un taxi. Qu'il parte ! Qu'il parte, cet homme ! – comme ce serait merveilleux de laisser mijoter Serge dans son propre jus, quel soulagement de pouvoir donner à la soirée un autre contenu.

Je réfléchissais aux diverses possibilités. Nous pouvions retourner au café pour y commander un plat pour les gens ordinaires, j'avais vu sur le tableau noir que le plat du jour était des côtes de porc frites. « Côtes de porc frites 11,50 » – probablement même pas le dixième du montant par personne que nous allions devoir jeter ici par les fenêtres.

Une autre solution était de rentrer tout droit à la maison, en faisant éventuellement un détour par la vidéothèque pour prendre un DVD, que nous regarderions dans le grand lit double sur le téléviseur de notre chambre ; un petit verre de vin, des crackers, un peu de fromage pour compléter le tout (un autre détour pour faire un saut au magasin ouvert le soir), et les ingrédients seraient réunis pour une soirée parfaite.

Je me sacrifierais totalement, me suis-je promis mentalement, je laisserais Claire choisir le film – même si je pouvais être certain que ce serait une comédie dramatique en costume d'époque. *Orgueil et préjugés*, *Chambre avec vue* ou encore *Le Crime de l'Orient-Express*. Oui, je pourrais le faire, me suis-je dit, je pourrais me sentir mal, et nous rentrerions à la maison. Mais au lieu de cela, j'ai annoncé : « Serge Lohman, la table donnant sur le jardin. »

La jeune femme a relevé la tête du cahier et m'a regardé.

« Mais vous n'êtes pas M. Lohman », a-t-elle dit sans cligner des yeux.

J'ai alors maudit le tout : le restaurant, les jeunes femmes en tablier noir, la soirée gâchée d'avance – mais surtout j'ai maudit Serge, ce dîner qu'il avait finalement tenu à organiser lui-même, le dîner pour lequel il n'avait pas eu la politesse d'arriver à l'heure. D'ailleurs, il n'arrivait nulle part à l'heure, même dans les petites salles de province les gens l'attendaient toujours, ce Serge Lohman si occupé avait dû être retardé, la réunion dans la petite salle précédente était terminée et il était à présent coincé quelque part dans les embouteillages ; il ne conduisait pas lui-même, non, la conduite était une perte de temps pour une personne talentueuse comme Serge, un chauffeur s'en chargeait, pour qu'il puisse consacrer son temps précieux à la lecture de documents importants.

« Bien sûr que si. Je m'appelle Lohman. »

J'ai continué de regarder fixement la jeune femme qui, cette fois, a cligné des yeux, et j'ai ouvert la bouche pour exprimer la phrase suivante. Le moment était venu où j'allais remporter la victoire ; une victoire qui avait cependant le goût d'une défaite.

« Je suis son frère. »

5

« Aujourd'hui, l'apéritif de la maison est une coupe de champagne rosé. »

Le gérant – ou le maître d'hôtel, le directeur de l'établissement, l'hôte, le chef de rang, ou le nom que l'on doit donner à de telles personnes dans ce genre de restaurant – ne portait pas de tablier noir mais un costume trois pièces. Le costume était vert pâle à fines rayures bleues et de la poche de poitrine sortait la pointe également bleue d'un mouchoir ou d'une pochette.

Sa voix douce, trop douce, couvrait à peine le brouhaha dans la salle ; l'acoustique était singulière, avions-nous remarqué sitôt après nous être installés à notre table (côté jardin ! je l'avais parié), il fallait parler plus fort que la normale pour éviter que les mots ne virevoltent jusqu'en haut de la verrière, qui donnait une hauteur inhabituelle à la salle par rapport à d'autres établissements. Une hauteur absurde, aurait-on pu affirmer, si elle n'avait pas été liée à l'usage premier du bâtiment : une laiterie, d'après ce que j'avais lu, ou une station de pompage du réseau d'égouts.

Le gérant pointait à présent son auriculaire vers notre table. La petite bougie chauffe-plat, ai-je d'abord pensé – toutes les tables avaient, au lieu d'une ou de plusieurs chandelles, une petite bougie chauffe-plat –, mais l'auriculaire indiquait la coupelle d'olives que le gérant venait manifestement d'apporter. En tout cas, je ne me rappelais pas qu'elle avait été là quand il avait reculé les chaises pour nous. Quand avait-il apporté la coupelle ? J'ai été pris d'un bref mais violent accès de panique. Depuis peu, il arrivait que, brusquement, des fragments m'échappent – des laps de temps, des instants vides durant lesquels mes pensées avaient apparemment divagué.

« Ce sont des olives grecques du Péloponnèse, assaisonnées avec une touche d'huile d'olive extra-vierge de première récolte provenant du nord de la Sardaigne, le tout achevé avec du romarin de... »

La phrase, que le gérant avait pourtant prononcée en s'inclinant un peu plus vers notre table, était restée presque incompréhensible ; la dernière partie avait même été totalement inaudible, ce qui nous avait empêchés de connaître l'origine du romarin. D'habitude, ce genre d'informations est le cadet de mes soucis, peu importe que le romarin vienne de la Ruhr ou des Ardennes, mais comme il nous avait à mon avis déjà passablement échauffé les oreilles avec sa petite coupelle d'olives, je n'avais pas envie de le laisser partir à si bon compte.

D'autant qu'il y avait cet auriculaire. Pourquoi se servait-on de son auriculaire pour montrer quoi que ce soit ? Était-ce chic ? Le geste allait-il de pair avec le costume aux fines rayures bleues et la pochette bleu pâle ? Ou l'homme avait-il tout simplement quelque chose à cacher ? Il ne montrait d'ailleurs pas ses autres doigts, il les avait repliés dans la paume de sa main, à l'abri des regards – peut-être étaient-ils couverts d'eczéma squameux ou présentaient-ils les symptômes d'une maladie incurable ?

« Achevé ?

— Oui, achevé avec du romarin. Achevé signifie que...

— Je sais ce que signifie achevé », ai-je répondu sèchement – et peut-être aussi un peu trop fort, car à la table voisine un homme et une femme ont interrompu temporairement leur conversation et regardé dans notre direction. Un homme avec une barbe bien trop grande qui lui recouvrait pratiquement l'ensemble du visage, et une femme un peu trop jeune pour l'âge de son compagnon, à laquelle je donnais un peu moins de la trentaine ; un deuxième mariage, me suis-je dit, ou le flirt d'un soir à qui il essaie de faire bonne impression en l'emmenant dans ce genre de restaurant. « Achevé, ai-je poursuivi un peu moins fort. Je comprends bien que cela ne veut pas dire que les olives ont été "achevées". Comme "flinguées" ou "fusillées". »

Du coin de l'œil, je voyais que Claire avait tourné la tête et regardait dehors. Cela ne commençait pas fort ; la soirée était gâchée d'avance, je ne devais pas en rajouter, surtout pas pour ma femme.

C'est alors que le gérant a fait une chose à laquelle je ne m'attendais pas. J'avais plus ou moins prévu qu'il allait me regarder bouche bée, que sa lèvre inférieure se mettrait à trembler et qu'il rougirait peut-être, puis qu'il bredouillerait de vagues excuses – un comportement qui lui aurait été dicté d'en haut, un code de conduite vis-à-vis des clients pénibles et grossiers –, mais au lieu de cela il a éclaté de rire. Un vrai rire, de surcroît, pas un rire feint ou de politesse.

« Je vous prie de m'excuser, a-t-il dit en portant la main à sa bouche ; ses doigts étaient, comme à l'instant pour montrer les olives, repliés dans la paume de sa main, seul l'auriculaire dépassait encore. Je n'y avais jamais pensé sous cet angle. »

6

« À quoi ça rime, ce costume ? » ai-je demandé à Claire. Nous venions de commander tous deux l'apéritif de la maison et le gérant était reparti.

Claire a tendu la main vers moi et m'a effleuré la joue. « Mon chéri…

— Oui, non, je trouve ça curieux ; en tout cas il y a réfléchi. Tu ne vas pas me dire qu'il n'y a pas réfléchi ? »

Ma femme m'a décoché un sourire délicieux, le sourire qu'elle me décochait toujours quand elle trouvait que je m'énervais pour rien – un sourire qui signalait en gros qu'elle trouvait mon énervement tout au plus amusant, mais que je ne devais pas imaginer qu'elle allait le prendre au sérieux une seule seconde.

« Et puis cette bougie chauffe-plat. Pourquoi pas un ours en peluche ? Ou une marche silencieuse ? »

Claire a pris une olive du Péloponnèse dans la soucoupe et l'a mise dans sa bouche. « Mmm, a-t-elle dit. Quelle saveur. Dommage, on sent vraiment que le romarin a manqué de soleil. »

J'ai à mon tour souri à ma femme ; le romarin, avait ajouté le gérant, était « cultivé par la maison », et venait du jardin de plantes aromatiques derrière le restaurant. « As-tu remarqué qu'il a passé son temps à tout montrer de son petit doigt ? » ai-je dit en ouvrant la carte.

Franchement, je voulais commencer par regarder le prix des plats : les prix dans les restaurants de ce genre me fascinent toujours au plus haut point. Je dois ajouter que je ne suis pas par nature économe, cela n'a rien à voir, même si je ne prétendrai pas non plus que l'argent n'a pas d'importance, mais je suis à des lieues des gens qui trouvent qu'aller au restaurant « c'est du gâchis quand on peut préparer de bien meilleurs plats à la maison ». Non, ces gens-là ne comprennent rien, ni à la nourriture ni aux restaurants.

Ma fascination a une autre origine, elle a un rapport avec ce que j'appellerai, pour plus de commodité, la distance infranchissable entre le plat et le montant à débourser pour le consommer : comme si deux grandeurs – d'un côté l'argent, de l'autre la nourriture – n'avaient aucun rapport entre elles, comme si elles vivaient une vie parallèle dans deux mondes distincts et ne devraient en tout cas pas se retrouver ensemble sur une même carte.

Voilà ce que je voulais faire : je voulais lire les noms des plats, puis les prix signalés à côté, mais mon regard a été attiré par une indication sur la page de gauche de la carte.

J'ai regardé, et regardé encore une fois, puis j'ai cherché dans le restaurant si je voyais le costume du gérant.

« Qu'y a-t-il ? a demandé Claire.

— Tu sais ce qu'il y a écrit ? »

Ma femme m'a regardé d'un air interrogateur.

« Il y a écrit : "Apéritif de la maison, 10 euros".

— Oui ?

— C'est tout de même curieux, non ? ai-je dit. Cet homme nous a annoncé : "Aujourd'hui, l'apéritif de la maison est une coupe de champagne rosé." Alors que vas-tu penser ? Tu vas penser qu'il t'offre ce champagne rosé, ou est-ce que je suis tombé sur la tête ? Quand quelque chose est "de la maison", c'est bien qu'on te le donne, non ? "Pouvons-nous vous proposer quelque chose 'de la maison' ?" Cela ne coûte pas dix euros, c'est gratuit.

— Non, attends, pas toujours. Quand il y a écrit sur un menu "steak de la maison", cela veut simplement dire qu'il est préparé selon une recette maison. Non, ce n'est pas un bon exemple… Vin de la maison ! Cela ne veut pas dire qu'on va te l'offrir !

— Bon, d'accord, là c'est clair. Mais on parle d'autre chose. En l'occurrence, je n'ai pas encore regardé la carte. En l'occurrence, quelqu'un en costume trois pièces recule les chaises pour qu'on s'y installe, dépose une vague soucoupe d'olives devant ton nez puis parle de ce qu'est aujourd'hui l'apéritif de la maison. C'est pour le moins déconcertant, tout de même ! Cela t'incite à croire qu'on te l'offre plutôt qu'à penser que tu dois débourser dix euros. Dix euros ! Dix ! Mais présentons la situation autrement. Est-ce que nous aurions commandé une coupe de champagne rosé de la maison sans aucun caractère si nous avions d'abord vu sur la carte qu'elle coûtait dix euros ?

— Non.

— C'est bien ce que je veux dire. On te piège purement et simplement avec ce "de la maison" à la con.

— Oui. »

J'ai regardé ma femme, mais elle me retournait un regard grave. « Non, je ne suis pas en train de me payer ta tête, a-t-elle dit. Tu as parfaitement raison. C'est effectivement autre chose que steak ou vin de la maison. Je vois ce que tu veux dire. C'est curieux, tout simplement. On a presque l'impression qu'ils le font exprès, pour voir si tu tombes dans le panneau.

— C'est vrai, non ? »

Au loin j'ai vu le costume trois pièces passer à toute allure, en direction de la cuisine ; j'ai fait un geste de la main, mais seule une des jeunes femmes en tablier noir l'a remarqué et elle est accourue.

« Écoutez-moi », ai-je commencé, et tandis que je montrais à la jeune femme la carte, j'ai lancé un rapide coup d'œil en direction de Claire – pour un soutien, ou de l'amour, ou seulement un regard complice : qui aurait signifié qu'il ne fallait pas se moquer de nous avec ces soi-disant apéritifs de la maison – mais le regard de Claire était orienté vers un point situé loin derrière ma tête : un endroit qui ne pouvait être que l'entrée du restaurant.

« Les voilà », a-t-elle annoncé.

7

En temps normal, Claire s'assoit toujours le visage tourné vers le mur, mais ce soir nous avions fait exactement le contraire. « Non, non, installe-toi dans ce sens pour une fois », avais-je proposé quand le gérant avait reculé nos chaises et qu'elle avait voulu s'asseoir automatiquement à l'endroit où elle n'aurait vue que sur le jardin.

En temps normal, je suis assis le dos tourné au jardin (ou au mur aveugle, ou à la cuisine ouverte) – pour la simple raison que je veux tout voir. Claire se sacrifie toujours. Elle sait que je n'ai aucune envie de me retrouver en face de murs aveugles ou de jardins, que je préfère regarder les gens. « Allez viens, a-t-elle dit tandis que le gérant attendait poliment, les mains posées sur le dos de la chaise, la chaise avec vue sur le restaurant qu'il avait en principe reculée pour ma femme. C'est pourtant là que tu préférerais t'asseoir ? »

En fait, Claire ne se sacrifie pas que pour moi. C'est dans sa nature, une sorte de paix ou de richesse intérieure qui fait qu'elle se satisfait de murs aveugles et de cuisines ouvertes. Ou comme là : de petites pelouses de-ci de-là longées par des allées de gravier, d'un bassin rectangulaire et de quelques buissons de l'autre côté d'une baie vitrée descendant du plafond jusqu'au sol. Un peu plus loin il y avait sans doute des arbres, que dissimulaient du regard le crépuscule naissant et le reflet du verre.

Elle s'en satisfait : de cela, et de la vue sur mon visage.

« Pas ce soir. » Ce soir je ne veux voir que toi, aurais-je voulu ajouter, mais je n'avais pas envie de le dire à haute voix en présence du gérant dans son costume à rayures.

Non seulement je souhaitais ce soir-là me raccrocher au visage familier de ma femme, mais une autre de mes motivations, et non des moindres, était que je voulais éviter, dans toute la mesure du possible, d'assister à l'arrivée de mon frère : l'agitation à l'entrée, le comportement immanquablement obséquieux du gérant et des jeunes femmes en tablier, les réactions des clients. Pourtant, le moment venu, j'ai pivoté sur ma chaise.

Naturellement, tout le monde a remarqué l'arrivée du couple Lohman, il y avait même un certain tumulte contenu au voisinage du pupitre : pas moins de trois jeunes femmes en tablier noir s'occupaient de Serge et de Babette, le gérant était lui aussi près du pupitre – ainsi qu'une autre personne : un petit homme aux cheveux gris coupés en brosse, ni vêtu d'un costume ni habillé de noir de pied en cap, mais portant très simplement un jean et un col roulé blanc, que j'ai soupçonné être le propriétaire du restaurant.

Oui, c'était bel et bien le propriétaire, car il a fait un pas en avant pour serrer en personne la main de Serge et de Babette. « On me connaît là-bas », m'avait dit Serge quelques jours auparavant. Il connaissait l'homme en col roulé blanc, quelqu'un qui ne sortait pas de sa cuisine ouverte pour n'importe qui.

Les clients ont fait pourtant comme si de rien n'était, le savoir-vivre exigeant sans doute dans un restaurant où l'apéritif de la maison coûte dix euros que l'on ne montre pas ouvertement que l'on reconnaît quelqu'un. Ils semblaient s'être penchés de quelques millimètres de plus au-dessus de leurs assiettes, ou s'efforcer tous de poursuivre leur conversation animée, pour éviter à tout prix un silence car, manifestement, le brouhaha général s'était amplifié.

Et tandis que le gérant (le col roulé blanc avait à nouveau disparu dans la cuisine ouverte) conduisait Serge et Babette dans notre direction en louvoyant entre les tables, le restaurant a été parcouru d'une onde à peine perceptible : une petite brise qui soudain se lève au-dessus de la surface encore lisse de l'eau d'un étang, un souffle de vent à travers un champ de maïs, rien de plus.

Serge arborait un large sourire et se frottait les mains, tandis que Babette restait un peu en arrière. À en juger par ses petits pas rapprochés, elle était sans doute perchée sur des talons trop hauts pour pouvoir suivre son rythme.

« Claire ! » Il lui a tendu les bras, ma femme s'était déjà à moitié levée de sa chaise et ils se sont embrassés trois fois sur les joues. Il ne me restait plus qu'à me lever moi aussi : rester assis aurait exigé trop d'explications.

« Babette... », ai-je dit en tenant la femme de mon frère par le coude. Je pensais que, pour les trois baisers réglementaires, elle allait me tendre ses joues et embrasser l'air à côté des miennes, mais j'ai senti la douce pression de sa bouche, d'abord sur une joue, puis sur l'autre ; elle a pour finir appuyé ses lèvres, non, pas vraiment sur ma bouche, mais juste à côté. Et même dangereusement près de ma bouche. Nous nous sommes regardés ; elle portait comme la plupart du temps des lunettes, mais peut-être était-ce un autre modèle que la dernière fois où nous nous étions vus, en tout cas je ne me souvenais pas l'avoir vue porter des lunettes aussi foncées.

Je l'ai déjà dit, Babette fait partie de cette catégorie de femmes à qui tout va bien, et donc les lunettes aussi. Mais il y avait autre chose, quelque chose d'inhabituel, comme dans une pièce où quelqu'un a jeté toutes les fleurs en votre absence : un changement à l'intérieur qui ne saute pas aux yeux, mais que l'on remarque quand on voit pointer les tiges sous le couvercle de la poubelle à pédale.

En des termes prudents, on aurait pu qualifier la femme de mon frère d'apparition. Certains hommes, je le savais, se sentaient intimidés ou même menacés par les dimensions de son corps. Elle n'était pas grosse, non, ce n'était pas une question d'être grosse ou maigre, les proportions de son corps étaient parfaitement équilibrées. C'était plutôt que tout chez elle était grand et large : ses mains, ses pieds, sa tête – trop grands et trop larges, pensaient ces hommes, et ils se référaient ensuite à la hauteur et à la largeur d'autres parties de son corps pour ramener la menace à des proportions humaines.

Au lycée, je m'étais lié d'amitié avec un garçon qui mesurait plus de deux mètres. Je me souviens comme il était parfois fatigant d'être toujours à côté d'une personne qui vous dépassait d'une tête, comme s'il vous faisait littéralement de l'ombre, et qu'en restant dans l'ombre on avait moins de lumière du jour. Moins de lumière du jour que celle à laquelle j'avais droit, me disais-je parfois. Il y avait naturellement la crampe ordinaire dans le cou à force de regarder continuellement vers le haut, mais, de toutes les contraintes, c'était encore la moins pénible. En été nous partions ensemble en vacances, ce camarade de classe n'était pas gros, seulement grand, pourtant je vivais tous les mouvements de ses bras, de ses jambes et de ses pieds, qui dépassaient du sac de couchage et appuyaient contre le côté interne de la toile de tente, comme une lutte pour conquérir plus d'espace – une lutte dont je me sentais responsable et qui m'épuisait physiquement. Parfois, ses pieds se retrouvaient le matin à l'extérieur de la tente, devant l'entrée, et je me sentais coupable : coupable que l'on ne fabrique pas des tentes plus grandes pour que des gens comme ce camarade de classe puissent y entrer tout entier.

En présence de Babette, je faisais toujours de mon mieux pour paraître plus grand que je ne l'étais en réalité. Je m'étirais, pour qu'elle puisse me regarder droit dans les yeux : à la même hauteur.

« Tu as l'air en forme », s'est exclamée Babette en me pinçant l'avant-bras. Pour la plupart des gens, les femmes en particulier, faire des compliments à haute voix sur le physique ne veut strictement rien dire, mais pour Babette si, avais-je appris au fil des années. Quand quelqu'un qu'elle aimait bien n'avait pas l'air en forme, elle le disait aussi.

« Tu as l'air en forme » pouvait donc simplement signifier que j'avais effectivement l'air en forme, mais peut-être était-ce une façon détournée de m'inviter à lui parler de son physique – à y accorder en tout cas plus d'attention qu'à l'accoutumée.

Je l'ai donc regardée une fois de plus droit dans les yeux, à travers ses verres de lunette qui reflétaient à peu près tout le restaurant : les dîneurs, les nappes blanches, les bougies chauffe-plat... oui, les dizaines de bougies chauffe-plat scintillaient dans ses verres de lunette qui, je le remarquais à présent, n'étaient vraiment foncés que sur la partie supérieure. La partie inférieure était tout au plus légèrement teintée, ce qui me permettait de bien observer les yeux de Babette.

Ils étaient cerclés de rouge et plus ouverts que ce que l'on aurait pu qualifier de normal : les traces incontestables d'une récente crise de larmes. Pas une crise de larmes remontant à quelques heures, non, une crise de larmes qui venait de se produire dans la voiture, en route pour le restaurant.

Peut-être avait-elle encore tenté dans le parking d'en effacer les pires séquelles, mais elle n'y était pas vraiment parvenue. Le personnel en tablier noir, le gérant dans son costume trois pièces et le propriétaire affable dans son col roulé blanc pouvaient être trompés par les verres teintés, mais pas moi.

Et au même moment j'ai été certain que Babette n'avait aucune envie de me tromper. Elle s'était approchée plus que d'habitude, elle m'avait embrassé juste à côté de la bouche, il fallait que je regarde ses yeux mouillés et en tire mes conclusions.

Elle a cligné des yeux et haussé les épaules, une attitude qui ne pouvait signifier rien d'autre que « Je suis désolée ».

Mais avant que j'aie pu lui parler, Serge s'est interposé, il a presque poussé sa femme de côté pour m'agripper la main et la serrer vigoureusement. Autrefois il n'avait pas une poignée de main aussi énergique, mais, ces dernières années, il avait appris à aborder « ses compatriotes » avec cette énergique poignée de main – car il ne faisait aucun doute que jamais ils ne voteraient pour une main mollassonne.

« Paul », a-t-il dit.

Il souriait encore, sans que son sourire ne découle de la moindre émotion. Il faut que je continue de sourire, le voyait-on penser. Le sourire était du même tonneau que la poignée de main. La combinaison des deux devait lui assurer une victoire électorale dans sept mois. Même si on bombardait d'œufs pourris cette tête, le sourire devait demeurer intact. Entre les restes d'une tarte à la crème plaquée contre son visage par un militant en colère, les électeurs devaient pouvoir continuer de distinguer avant tout ce sourire.

« Bonsoir, Serge, ai-je dit. Tout va bien ? »

Derrière les épaules de mon frère, Claire se chargeait de Babette. Elles se sont embrassées – du moins ma femme a embrassé les joues de sa belle-sœur, elles se sont serrées dans les bras puis regardées droit dans les yeux.

Claire voyait-elle la même chose que moi ? Voyait-elle ce désespoir cerclé de rouge derrière les verres teintés ? Mais à ce moment précis, Babette a éclaté de rire et je suis tout juste parvenu à la voir embrasser l'air à côté des joues de Claire.

Nous nous sommes assis. Serge en biais par rapport à moi, du côté de ma femme, tandis que Babette se laissait tomber sur la chaise à côté de la mienne, aidée par le gérant. Une des jeunes femmes en tablier noir prêtait assistance à Serge qui, avant de s'effondrer sur sa chaise, était resté un instant debout, une main dans la poche de son pantalon, pour inspecter tout le restaurant.

« Aujourd'hui, l'apéritif de la maison est du champagne rosé », a déclaré le gérant.

J'ai pris une profonde inspiration, trop profonde manifestement, car ma femme m'a lancé un regard qui essayait de me dire quelque chose. Elle me lançait rarement un regard révulsé, pas plus qu'elle ne se mettait à tousser sans raison, et elle ne me donnait jamais de coup de pied dans le tibia sous la table quand elle voulait m'avertir que j'étais sur le point de me ridiculiser ou que c'était déjà fait.

Non, on remarquait un signe très subtil dans ses yeux, un changement de regard qui restait invisible pour le profane, entre la moquerie et une soudaine gravité.

Ne le fais pas, implorait le regard.

« Mmm, du champagne, s'est réjouie Babette.

— Eh bien, cela me semble une bonne idée, a lancé Serge.

— Attendez un instant », ai-je dit.

L'ENTRÉE

8

« Les écrevisses sont couchées sur un lit de vinaigrette à l'estragon et aux oignons des bois », a dit le gérant ; il était arrivé devant l'assiette de Serge et, de son auriculaire, il en pointait le contenu. « Ce sont des chanterelles des Vosges. » L'auriculaire a fait un bond au-dessus des écrevisses pour indiquer deux champignons marron coupés en deux dans le sens de la longueur : les « chanterelles » semblaient avoir été cueillies quelques minutes plus tôt, car sous les queues était encore attaché ce qui selon moi ne pouvait être que de la terre.

C'était une main soignée, avais-je pu constater quand le gérant avait débouché la bouteille de chablis commandée par Serge ; contrairement à mes soupçons antérieurs, il n'y avait rien à cacher : les contours des ongles sans petites peaux qui se détachent, les ongles coupés court, pas de bagues – elle avait l'air proprette, on ne voyait nulle trace de maladie. Pourtant je trouvais que, pour la main d'un inconnu, elle approchait trop près de la nourriture, elle flottait à peine quelques centimètres au-dessus des écrevisses, l'auriculaire était encore plus près et touchait presque les chanterelles.

Je ne savais pas si j'allais pouvoir supporter la présence de cette main, et de cet auriculaire, bientôt au-dessus de ma propre assiette, mais, pour l'ambiance générale autour de la table, mieux valait que je me contienne.

Oui, voilà ce que j'allais faire, ai-je décidé en ce lieu même et à ce moment précis : j'allais me contenir. J'allais me contenir comme on retient sa respiration sous l'eau, et faire comme si une main totalement étrangère au-dessus de son assiette de nourriture était la chose la plus naturelle du monde.

Le temps que l'on perdait pour tout commençait aussi à me taper sérieusement sur les nerfs. Même pour déboucher le chablis, le gérant avait pris son temps. D'abord pour installer le seau à glace – c'était le genre de modèle que l'on suspend avec deux crochets à la table, comme un siège d'enfant –, puis pour montrer la bouteille, l'étiquette : à Serge bien entendu. Serge avait choisi le vin, avec notre accord, là encore, mais ce je-m'y-connais-en-vins m'irritait au plus haut point.

Je n'arrive plus très bien à me souvenir à quel moment il s'était promu fin connaisseur des vins, dans mon esprit cette promotion s'était produite assez brusquement ; du jour au lendemain, il avait été celui qui avait pris la carte des vins le premier et marmonné quelques mots sur l'« arrière-bouche du terroir » des vins portugais de la région d'Alentejo ; cela n'avait été rien moins qu'une prise de pouvoir car, à partir de ce jour-là, Serge s'était toujours retrouvé avec la carte des vins entre les mains.

Après la présentation de l'étiquette et le signe de tête approbateur de mon frère, la bouteille a été débouchée. Il est aussitôt apparu que le maniement d'un tire-bouchon n'était pas le point fort du gérant. Il a bien essayé de le cacher, essentiellement en haussant les épaules et en riant de sa maladresse, puis en prenant une expression pour signifier que c'était la toute première fois qu'un tel incident lui arrivait, mais c'est justement ce qui l'a trahi.

« Eh bien, il n'a visiblement pas envie de sortir », a-t-il dit quand la moitié supérieure du bouchon s'est cassée et que des petits morceaux sont venus avec le tire-bouchon.

Le gérant était désormais confronté à un dilemme. Allait-il tenter d'extraire l'autre moitié du bouchon de la bouteille, ici à table, sous nos regards impatients ? Ou bien valait-il mieux qu'il retourne à la cuisine ouverte pour demander une aide experte ?

La solution la plus simple était malheureusement impensable : enfoncer dans le goulot de la bouteille, avec le manche d'une fourchette ou d'une cuillère, la moitié de bouchon récalcitrante. Peut-être quelques miettes de bouchon se retrouveraient-elles dans le verre en versant le vin, mais *so what* ? *Who cares* ? Que coûtait ce chablis ? Cinquante-huit euros ? Ce montant ne voulait déjà rien dire en soi. Il signifiait tout au plus qu'on avait une bonne chance de trouver le lendemain matin exactement le même vin pour sept euros quatre-vingt-quinze, ou moins, dans les rayons d'un supermarché Albert Heijn.

« Je vous prie de m'excuser. Je vais chercher une autre bouteille. » Et avant que l'un d'entre nous ait pu réagir, le gérant s'éloignait déjà à toute hâte entre les tables.

« Eh oui, ai-je dit. En fait, c'est comme à l'hôpital. À l'hôpital il faut prier pour que ce soit une infirmière qui vous fasse la prise de sang, plutôt que le médecin. »

Claire a éclaté de rire, aussitôt suivie de Babette. « Oh ! moi, il me fait de la peine », a-t-elle confié.

Seul Serge restait songeur, regardant devant lui d'un air grave. Son visage exprimait presque de la tristesse, comme si on lui avait pris quelque chose : son jouet, les récits passionnants de vins, de cuvées et de raisins du terroir. La maladresse du gérant se déversait indirectement sur lui. Lui, Serge Lohman, avait choisi le chablis au bouchon pourri. Il s'était réjoui d'un déroulement rapide : la lecture de l'étiquette, le signe approbateur, le petit fond que le gérant verserait dans son verre. Surtout ce dernier aspect. Je ne pouvais à présent plus supporter d'y assister, de l'entendre, ce reniflement, ce gargarisme, ce clappement, le vin que mon frère faisait rouler d'avant en arrière sur sa langue, jusqu'au fond de sa gorge, puis dans l'autre sens. Je détournais toujours le regard jusqu'à ce que ce soit terminé.

« Il n'y a plus qu'à espérer que l'autre bouteille n'ait pas le même défaut, a-t-il dit. Ce serait dommage, c'est vraiment un excellent chablis. »

Il était dans un sale pétrin, c'était clair. Le restaurant aussi avait été son choix, on le connaissait ici, l'homme en col roulé blanc le connaissait et était sorti de la cuisine ouverte pour le saluer. Je me demandais ce qui se serait passé si j'avais choisi le restaurant, un autre restaurant que celui-ci, un où il ne serait encore jamais allé, et qu'un gérant ou un serveur n'ait pas débouché la bouteille d'un seul coup : je suis prêt à parier qu'il aurait souri d'un air compatissant, puis secoué la tête – oui, je ne le connaissais pas d'aujourd'hui, il m'aurait lancé un regard où on aurait pu lire un message que j'aurais été le seul à savoir interpréter : ce Paul, il nous emmène toujours dans les endroits les plus curieux...

D'autres politiciens connus à l'échelle nationale aimaient faire la cuisine, collectionnaient des vieilles bandes dessinées ou avaient un bateau entièrement retapé par leurs soins. Souvent le violon d'Ingres choisi était à l'opposé de la tête correspondante, en décalage avec ce que tout le monde avait toujours pensé jusque-là. Le plus épouvantable petit rongeur grisâtre au charisme proche de celui d'un classeur s'avérait soudain à ses heures perdues préparer de délicieux petits plats français chez lui, on le voyait en quadrichromie sur la couverture du supplément du week-end du quotidien national : il tenait devant lui dans ses gants de cuisine tricotés un plat à four contenant un pain de viande provençal. Le plus frappant chez ce rongeur grisâtre, en dehors du tablier de cuisine sur lequel était reproduite une affiche de Toulouse Lautrec, était son sourire en rien crédible, censé donner aux électeurs le sentiment qu'il avait plaisir à cuisiner. Il ne souriait pas vraiment, il dégageait craintivement ses dents, ce qui lui donnait le genre de rictus qu'on affiche quand on vient de se faire renverser par une voiture et qu'on s'en est sorti indemne, et trahissait surtout un soulagement devant le simple fait que le pain de viande provençal n'avait pas entièrement brûlé dans le four.

Quelle idée Serge avait-il eue derrière la tête quand il avait choisi comme violon d'Ingres l'œnologie ? Il faudrait tout de même que je le lui demande un jour. Peut-être même ce soir. J'en ai pris bonne note dans mes pensées, le moment était mal choisi, mais la soirée ne faisait que commencer.

Autrefois, il buvait uniquement du coca à la maison, en grande quantité ; pendant le dîner, une grande bouteille familiale y passait facilement. Il émettait de gigantesques rots qui lui valaient parfois d'être chassé de la table, des rots qui duraient dix secondes ou même plus – comme un grondement de tonnerre souterrain, ils remontaient du plus profond de son estomac – et qui lui assuraient une certaine popularité dans la cour du lycée : parmi les garçons, bien entendu, car il savait déjà à l'époque que les rots et les pets font fuir les filles.

L'étape suivante a été l'aménagement de l'ancien débarras en cave à vins. Des étagères y ont été installées pour y entasser les bouteilles, les laisser prendre de l'âge, comme il le disait lui-même. Pendant les repas, il a commencé à donner des cours sur les vins qu'il servait. Babette observait le tout avec un certain amusement, peut-être a-t-elle été une des premières à le percer à jour, à ne pas croire totalement en lui et à son hobby. Je me souviens d'un après-midi où j'avais appelé Serge et j'étais tombé sur Babette qui m'avait répondu que Serge n'était pas là. « Il est allé goûter des vins dans la vallée de la Loire », avait-elle précisé ; il y avait quelque chose dans son intonation, la manière dont elle avait annoncé « goûter des vins » et la « vallée de la Loire » – c'était le ton qu'une femme emploie quand elle prétend que son mari fait des heures supplémentaires alors qu'elle sait depuis plus d'un an qu'il a une liaison avec sa secrétaire.

J'ai déjà dit que Claire est plus maligne que moi. Mais elle ne m'en veut absolument pas de ne pas arriver à son niveau. Je veux dire par là qu'elle ne me regarde jamais de haut, elle ne pousse pas un grand soupir ou ne me lance pas un regard furieux quand je ne comprends pas tout de suite. Évidemment, je ne peux que supputer ce qu'elle dit aux autres sur moi quand je ne suis pas là, mais en fait je suis certain, j'ose espérer, que Claire n'adoptera jamais le ton que j'ai entendu dans la voix de Babette quand elle a dit : « Il est allé goûter des vins dans la vallée de la Loire. »

Manifestement, Babette aussi est bien plus futée que Serge. Ce n'est d'ailleurs pas si difficile, pourrais-je ajouter – mais je ne le ferai pas : certaines choses vont sans dire. Je me contente de rendre compte de ce que j'ai vu et entendu pendant notre dîner au restaurant.

9

« Le ris d'agneau est mariné dans de l'huile de Sardaigne et agrémenté de roquette, a expliqué le gérant qui entre-temps était arrivé devant l'assiette de Claire et indiquait de son auriculaire deux minuscules morceaux de viande. Les tomates mûries au soleil viennent de Bulgarie. »

Ce qui frappait au premier regard dans l'assiette de Claire, c'était un vide incommensurable. Je sais parfaitement que, dans les restaurants haut de gamme, on privilégie la qualité et non la quantité, mais il y a vide et vide. En l'occurrence, on avait été visiblement très loin dans l'exagération du vide, de la partie de l'assiette sans aucune nourriture.

L'assiette vide semblait vous mettre au défi de faire la moindre réflexion à ce sujet, d'aller chercher de l'aide dans la cuisine ouverte. « De toute façon, tu n'oseras pas ! » disait l'assiette ostensiblement moqueuse.

J'essayais de me souvenir du prix, l'entrée la moins chère était à dix-neuf euros, les plats fluctuaient entre vingt-huit et quarante-quatre. Ensuite, il y avait trois menus – à quarante-sept, cinquante-huit et soixante-dix-neuf.

« Vous avez ici du chèvre chaud accompagné de pignons de pin et de lamelles de noix. » La main correspondant à l'auriculaire était au-dessus de mon assiette. Réprimant l'envie de rétorquer : « Je le sais parce que c'est exactement ce que j'ai commandé », je me suis concentré sur l'auriculaire. Il ne s'était encore jamais approché aussi près, ce soir, même quand le gérant avait versé le vin. Ce dernier avait finalement opté pour la solution la plus simple : il était revenu de la cuisine ouverte avec une nouvelle bouteille dont le bouchon était déjà à moitié sorti.

Après la cave à vins et le petit voyage dans la vallée de la Loire, il y avait eu la formation de six semaines sur le vin. Pas en France mais dans une salle de classe vide réservée à des cours du soir. Serge avait accroché le diplôme chez lui dans le couloir, à un endroit où personne ne pouvait manquer de le voir. Une bouteille dont le bouchon était déjà sorti pouvait contenir tout autre chose que ce qu'annonçait l'étiquette, avait-il dû apprendre à l'occasion d'une des premières leçons dans la salle de classe. On avait pu la trafiquer, des personnes malintentionnées avaient peut-être allongé le vin avec de l'eau du robinet ou faire glisser un crachat dans le goulot.

Mais, de toute évidence, Serge Lohman n'avait pas eu envie de faire d'autres histoires après l'apéritif de la maison et le bouchon cassé. Sans regarder le gérant, il s'était essuyé les lèvres à l'aide de sa serviette en marmonnant que le vin était « remarquable ».

J'avais à ce moment-là lancé un rapide regard de côté en direction de Babette. Ses yeux derrière les verres tintés étaient fixés sur son mari, cela avait été à peine perceptible, mais j'étais certain qu'elle avait levé un sourcil quand il avait prononcé son verdict sur le vin déjà débouché. Dans la voiture, en route pour le restaurant, il l'avait fait pleurer, mais à présent les yeux de Babette paraissaient déjà moins gonflés. J'espérais qu'elle allait faire une remarque, une remarque pour se venger : elle en était parfaitement capable, Babette pouvait se montrer très sarcastique. « Il est allé goûter des vins dans la vallée de la Loire » était une des variantes les plus douces de ce trait de son caractère.

Je l'ai encouragée mentalement. Les familles malheureuses le sont chacune à leur façon. Tout bien considéré, mieux valait une violente dispute, totalement incontrôlée, entre Serge et Babette avant même que nous entamions le plat principal. Je prononcerais des mots apaisants, je prétendrais être impartial, mais elle se saurait assurée de mon soutien.

À mon grand regret, Babette n'a strictement rien dit. Il était presque manifeste qu'elle avait réprimé sa remarque, sans aucun doute assassine, sur le bouchon. Pourtant, une chose s'était produite qui me faisait garder l'espoir d'une explosion plus tard dans la soirée. C'est comme le revolver dans une pièce de théâtre : quand on le montre au premier acte, on peut être certain qu'il va servir au dernier. Telle est la loi de la dramaturgie. Cette même loi exige d'ailleurs que l'on ne montre pas de revolver si l'on ne s'en sert pas.

« Ici, vous avez de la mâche », a dit le gérant ; j'ai regardé l'auriculaire, à peine à un centimètre des trois ou quatre feuilles vertes bouclées et de la petite tache de fromage de chèvre fondu, puis toute la main, si proche que je n'aurais eu qu'à me pencher très légèrement pour l'embrasser.

Pourquoi avais-je commandé ce plat alors que je n'aimais pas le fromage de chèvre ? Sans parler de la mâche. Cette fois, la sobriété des portions était à mon avantage, mon assiette aussi était essentiellement vide, même si elle ne l'était pas autant que celle de Claire : j'aurais pu manger les trois feuilles en une seule bouchée – ou ne pas y toucher, ce qui au fond revenait au même.

Quand je voyais de la mâche, je ne pouvais jamais m'empêcher de penser à la cage du hamster ou du cochon d'Inde posée sur le rebord de la fenêtre de notre salle de classe à l'école primaire. Parce qu'il était bon d'avoir quelques connaissances sur les animaux – d'apprendre à s'en occuper, je suppose. Je ne sais plus si les petites feuilles que nous poussions à travers le grillage le matin étaient de la mâche, mais cela y ressemblait vraiment en tout cas. Le hamster ou le cochon d'Inde grignotait la salade à petits coups de dents rapides et passait le reste de la journée immobile dans un coin de la cage. Un matin, il était mort, comme la tortue, les deux souris blanches et les phasmes qui l'avaient précédé. Les leçons que nous aurions pu tirer de cc taux élevé de mortalité n'étaient pas abordées en classe.

L'explication de la présence devant mon nez d'une assiette de chèvre chaud accompagné de mâche était plus simple qu'on aurait pu le penser à première vue. Quand on avait commandé, j'avais été le dernier. Nous n'avions pas discuté au préalable de notre choix – ou peut-être que si, mais cela m'avait échappé. Quoi qu'il en soit, j'avais opté pour le *vitello tonnato*, mais j'ai eu la mauvaise surprise de m'apercevoir que Babette avait demandé le même plat.

Jusqu'à présent, il n'y avait rien de grave, je pouvais encore rapidement opter pour mon deuxième choix : les écrevisses. Mais Serge avait été l'avant-dernier à se prononcer, aussitôt après Claire. Et quand il s'est avéré qu'il avait commandé des écrevisses, j'ai été coincé. De toute façon, je ne voulais pas commander la même chose que les autres, mais prendre la même entrée que mon frère était exclu. D'un point de vue purement théorique, je pouvais encore revenir au *vitello tonnato*, mais ce n'était qu'un point de vue purement théorique. L'idée n'était pas bonne : en l'occurrence, non seulement je n'étais de toute évidence pas assez original pour sélectionner une entrée qui me soit personnelle, mais je pouvais aux yeux de Serge me rendre suspect d'essayer de me liguer avec sa femme. C'était d'ailleurs le cas, mais il ne devait surtout rien en paraître.

J'avais déjà refermé le menu que j'avais posé à côté de mon assiette. Je l'ai rouvert. J'ai jeté un rapide coup d'œil aux entrées, j'ai feint un regard pensif, comme si je ne faisais que chercher ce que j'avais déjà choisi pour l'indiquer sur la carte, mais il était bien entendu trop tard.

« Et pour vous, monsieur ? a demandé le gérant.

— Le fromage de chèvre fondu et sa mâche », ai-je répondu.

Je m'étais exprimé juste un peu trop vite, un peu trop sûr de mon affaire pour être encore crédible. Pour Serge et Babette, il ne se produisait rien d'inhabituel, mais de l'autre côté de la table j'ai vu la stupeur sur le visage de Claire.

Allait-elle me protéger de moi-même ? Allait-elle me faire remarquer : « Mais tu détestes le fromage de chèvre ! » ? Je n'en savais rien ; trop de regards étaient posés sur moi à ce moment-là pour lui faire non de la tête, je préférais éviter de prendre le moindre risque.

« Il paraît que le fromage de chèvre vient d'une ferme pédagogique pour les enfants, ai-je dit. De petites chèvres qu'on laisse toujours dehors. »

Pour finir, le gérant s'est encore arrêté de façon circonstanciée devant le *vitello tonnato* de Babette, un *vitello tonnato* qui dans un monde idéal aurait pu être mon *vitello tonnato*, puis il est parti et nous avons pu reprendre notre conversation. « Reprendre » n'est pas le mot juste, car aucun de nous ne semblait avoir la moindre idée de ce dont nous parlions avant que les entrées soient servies. Cela arrive plus souvent qu'on ne le souhaite, dans ces restaurants prétendument haut de gamme, on perd totalement le fil de la conversation à force d'être confronté à ces innombrables interruptions comme les explications bien trop détaillées sur le moindre pignon de pin dans son assiette, le débouchage interminable des bouteilles de vin et le remplissage opportun ou non de nos verres sans que personne n'ait rien demandé.

À propos de ce remplissage, je tiens aussi à préciser la chose suivante : j'ai voyagé, j'ai fréquenté des restaurants dans beaucoup de pays, mais nulle part – et je le dis vraiment au sens littéral, nulle part – on ne ressert du vin sans que quelqu'un l'ait demandé. Une telle initiative passe pour grossière dans ces pays. Il n'y a qu'aux Pays-Bas où l'on vient à tout bout de champ à votre table ; on ne se contente pas de vous resservir, on lance des regards songeurs vers la bouteille quand elle menace de se vider. Ne serait-il pas temps d'en commander une autre ? est-on censé lire dans ces regards. Je connais quelqu'un, un ami d'autrefois qui a travaillé un certain nombre d'années dans des « restaurants haut de gamme » néerlandais. En fait, toute cette tactique est destinée à vous faire ingurgiter le plus de vin possible, m'a-t-il expliqué un jour, le vin qu'ils proposent à la carte pour au moins sept fois le prix payé à l'importateur, c'est pour cette raison qu'ils font attendre autant entre le moment où ils servent l'entrée et celui où ils apportent le plat : par pur ennui, pour tuer le temps, les gens commandent plus de vin, tel est le raisonnement. L'entrée arrive en règle générale assez vite, a précisé l'ami ; si l'entrée ne vient pas rapidement, les gens se plaignent et insistent, ils pensent qu'ils ont choisi le mauvais restaurant mais au bout d'un certain temps, entre l'entrée et le plat, ils ont déjà trop bu pour conserver une notion de la durée. Il connaissait des cas où le plat était prêt depuis longtemps mais où, tant que les gens de la table en question n'avaient pas commencé à se plaindre, les assiettes restaient à la cuisine, ce n'est qu'une fois que la conversation s'arrêtait et que les clients commençaient à regarder autour d'eux que les assiettes étaient vite glissées dans le four à micro-ondes.

De quoi avions-nous parlé avant que l'entrée arrive ? Peu importait d'ailleurs, ce n'était certainement pas un sujet important ; pourtant c'était justement ce qui était irritant. Je me souvenais encore de ce que nous avions dit après le cafouillage avec le bouchon et la commande de nos plats, mais je ne gardais aucun souvenir de ce qui avait précédé l'arrivée de nos assiettes.

Babette s'était inscrite dans un nouveau club de sport, nous en avions parlé pendant un petit moment : du poids, de l'utilité de bouger et du sport le plus adapté à chacun. Claire avait songé à un club de sport et Serge avait déclaré qu'il ne pouvait pas supporter la musique lancinante dans la plupart de ces endroits. Voilà pourquoi il faisait du jogging, avait-il dit, pour passer tout simplement un bon moment seul à l'air libre, émettant l'idée comme s'il en avait été lui-même à l'origine. Il oubliait pour plus de commodité que j'avais commencé à courir des années auparavant et qu'il n'avait jamais manqué une occasion de faire des remarques moqueuses sur « ce trottinement de mon petit frère ».

Oui, c'est de cela que nous avions parlé, un peu trop longtemps à mon goût, un sujet cependant inoffensif, le début sans originalité d'un dîner en ville normal. Mais la suite, j'aurais été bien incapable de dire comment elle allait se dérouler. J'ai regardé Serge, ma femme, et enfin Babette. Elle plantait juste à ce moment-là sa fourchette dans une petite tranche de *vitello tonnato*. Elle en a découpé un morceau et l'a porté à sa bouche.

« Bon, maintenant je ne sais plus, a-t-elle dit en immobilisant sa fourchette juste devant ses lèvres ouvertes. Vous êtes allés voir le nouveau film de Woody Allen ou pas ? »

10

Je trouve que c'est un signe de faiblesse quand la conversation porte trop vite sur les films. Au fond, les films sont plutôt un sujet pour la fin de la soirée, quand on n'a vraiment plus rien à dire. Je ne sais pas pourquoi, mais je ressens toujours un creux dans l'estomac quand les gens se mettent à parler de films : c'est comme s'il recommençait à faire nuit dehors alors qu'on vient de se lever.

Le pire, ce sont ceux qui racontent les films du début jusqu'à la fin ; ils prennent tout leur temps, ils s'étendent pendant un quart d'heure : un quart d'heure par film, j'entends. Peu leur importe au fond que vous ayez l'intention d'aller voir le film en question ou que vous l'ayez vu depuis longtemps, ils ne tiennent aucun compte de ce genre d'informations, ils sont déjà en plein milieu de la scène d'ouverture. Par politesse, vous faites mine au début de vous intéresser, mais vous renoncez vite à toute forme de politesse, vous bâillez ouvertement, regardez le plafond et changez sans cesse de position sur votre chaise. Vous ne ménagez pas votre peine pour faire taire le conteur, mais rien n'y fait, il est déjà allé trop loin pour percevoir ces signaux à leur juste valeur, il est surtout esclave de lui-même et des âneries qu'il débite.

Je pense que mon frère a été le premier à parler du nouveau Woody Allen. « Un chef-d'œuvre », avait-il commenté, sans trop se renseigner pour savoir si nous – Claire et moi – l'avions vu nous aussi. Babette avait acquiescé énergiquement quand il avait donné son avis, ils y étaient allés ensemble le week-end précédent et étaient pour une fois d'accord sur un sujet. « Un chef-d'œuvre, avait-elle confirmé. C'est vrai, vous devez absolument aller le voir. »

Ensuite Claire avait précisé que nous y étions déjà allés. « Il y a deux mois », avais-je ajouté – une information superflue, mais j'avais simplement envie de le dire ; ce n'était pas dirigé contre Babette, mais contre mon frère, je voulais lui faire remarquer qu'il était terriblement en retard sur ses chefs-d'œuvre.

Puis plusieurs jeunes femmes en tablier noir étaient venues déposer nos entrées, avec dans leur sillage le gérant et son auriculaire, et nous avions perdu le fil de la conversation jusqu'à ce que Babette le reprenne en nous demandant si finalement nous l'avions vu ou non, ce nouveau Woody Allen.

« J'ai trouvé le film formidable, a répondu Claire en tournant dans la petite flaque d'huile d'olive sur son assiette une "tomate mûrie au soleil", qu'elle a portée à sa bouche. Même Paul a aimé. Pas vrai, Paul ? »

Cela lui arrive souvent, à Claire, de faire ce genre de choses : m'impliquer sans que je puisse trouver une issue. Maintenant les autres savaient que j'avais aimé, et ce « même Paul » signifiait quelque chose comme : « Même Paul, qui d'habitude n'apprécie aucun film, sans parler d'un film de Woody Allen. »

Serge m'a regardé, il n'avait pas fini son entrée et avait encore la bouche pleine, ce qui ne l'a pas empêché de m'adresser la parole. « Un chef-d'œuvre, pas vrai ? Non, vraiment, fantastique. » Il a continué à mastiquer et il a avalé. « Et cette Scarlett Johansson, elle peut m'apporter un petit-déjeuner quand elle veut. Bon sang, quelle beauté, dis donc ! »

Entendre qualifier un film, même quand on l'a beaucoup apprécié, de chef-d'œuvre par son propre frère aîné, c'est comme porter ses vieux vêtements : les vêtements usés qui sont devenus trop petits pour lui, mais qui sont de votre point de vue surtout usés. Mes options étaient limitées : reconnaître que le film de Woody Allen était un chef-d'œuvre revenait à enfiler ces vêtements usés, ce qui était par là même exclu d'avance. Un cran au-dessus de « chef-d'œuvre » n'existant pas, je pouvais tout au plus essayer de prouver que Serge ne l'avait pas compris, qu'il trouvait que le film était un chef-d'œuvre pour de mauvaises raisons, mais cela signifiait sans doute tout un tas de circonvolutions et de contorsions, bien trop évidentes pour Claire en particulier, et pour Babette sans aucun doute aussi.

En définitive, la seule option qui me restait était de démolir radicalement le film de Woody Allen, ce qui était assez simple : il y avait suffisamment de points faibles à souligner, des points faibles qui n'ont guère d'importance dans un film que l'on trouve bon, mais que l'on peut utiliser en cas de besoin pour trouver le même film mauvais. Claire commencerait par hausser les sourcils, puis comprendrait, je l'espère, ce que j'étais en train de faire : que la trahison de notre appréciation commune du film était au service de la lutte contre les commentaires intéressants ou peu inspirés sur les films en général.

J'ai approché ma main de mon verre de chablis, dans l'intention d'en boire d'abord pensivement une gorgée avant de mettre à exécution ce dernier plan, quand une autre issue m'est soudain venue à l'esprit. Qu'avait dit ce con exactement ? À propos de Scarlett Johansson ? « M'apporter un petit-déjeuner quand elle veut (...) quelle beauté » – je ne savais pas ce que Babette pensait de ce genre de discours bravaches que pouvaient tenir les hommes, mais Claire ne manquait pas de se cabrer quand des hommes commençaient à parler de « jolis petits culs » et de « beaux nichons ». J'avais manqué sa réaction, parce que je regardais mon frère quand il avait fait sa réflexion sur le petit-déjeuner, mais je pouvais très bien l'imaginer.

Ces derniers temps, j'avais parfois l'impression qu'il commençait à perdre de vue la réalité, qu'il croyait très sérieusement que les Scarlett Johansson en ce bas monde auraient elles aussi aimé lui préparer son petit-déjeuner avec amour. Je le soupçonnais de considérer les femmes un peu de la même manière que la nourriture, en particulier le plat de résistance de la journée. C'était déjà le cas autrefois ; tout bien considéré, il en a toujours été ainsi. « J'ai faim », s'écrie Serge quand il a faim. Il le dit aussi quand on se promène loin de toute région habitée dans un parc naturel, ou quand on est en voiture sur l'autoroute entre deux sorties. « Oui, mais pour l'instant il n'y a rien à manger, est ma réponse habituelle. — Mais c'est maintenant que j'ai faim, insiste Serge. C'est maintenant qu'il faut que je mange. »

Cela avait quelque chose de triste, cette détermination stupide qui lui faisait tout oublier – les environs, les gens dans son entourage – car elle avait un seul objectif : apaiser sa faim. Dans ces moments-là, il me faisait penser à un animal qui rencontre un obstacle sur son passage : un oiseau qui ne comprend pas que le verre de la fenêtre se compose d'une matière dure et qui ne cesse de revenir s'y heurter en volant.

Et quand nous finissions par trouver un restaurant, il ne se passait pas grand-chose. Il mangeait comme on fait le plein d'essence : vite et efficacement, il mastiquait la croquette de fromage ou le biscuit à la pâte d'amande pour que le carburant atteigne en un rien de temps son estomac ; parce qu'on ne pouvait tout simplement pas avancer sans carburant. Les repas vraiment prolongés ne sont venus que bien plus tard, tout comme sa connaissance des vins. À un moment donné il s'est dit que cela faisait partie du tout, mais la rapidité et l'efficacité sont restées : aujourd'hui encore, il est toujours le premier à finir son assiette.

Je donnerais une fortune pour voir un jour ce qui se passe entre Babette et lui dans leur chambre à coucher. D'un autre côté, une partie de moi-même y est au contraire totalement opposée et serait prête à verser une fortune toute aussi grande pour ne jamais avoir à y assister.

« Il faut que je baise. » Puis Babette répond qu'elle a mal à la tête, qu'elle est indisposée ou qu'elle ne veut tout simplement même pas y songer ce soir, à son corps, ses bras et ses jambes, sa tête, son odeur. « Mais il faut que je baise maintenant. » Je pense que mon frère baise comme il mange, qu'il force son chemin à l'intérieur comme il enfourne une croquette dans sa bouche – et que sa faim est ensuite assouvie.

« Alors tu as surtout passé ton temps à regarder les nichons de Scarlett Johansson, ai-je dit, bien plus grossièrement que je n'en avais eu l'intention. Ou avais-tu une autre idée en tête en parlant de chef-d'œuvre ? »

Il s'est alors installé ce curieux silence que l'on n'entend que dans les restaurants : une soudaine conscience aiguë de la présence des autres, du brouhaha et du cliquetis des couverts sur les assiettes de la trentaine d'autres petites tables, une ou deux secondes de calme plat pendant lequel les bruits de fond deviennent des bruits de premier plan.

C'est le rire de Babette qui a été le premier à rompre le silence ; j'ai regardé ma femme qui me fixait d'un air stupéfait, puis de nouveau Serge : il essayait de rire lui aussi, mais ce n'était pas spontané – de plus, il avait encore un peu de nourriture dans la bouche.

« Allez, Paul, ne fais pas le saint ! a-t-il protesté. C'est tout simplement une belle nana, un homme a tout de même des yeux pour voir ! »

« Une belle nana », cela ne plaisait pas non plus à Claire, je le savais. Elle continuerait toujours de dire « un bel homme », jamais « un beau mec », sans parler d'un « beau petit cul ». « Toute cette mode qui consiste à dire à tort et à travers de "beaux petits culs"... Je trouve que c'est affecté, quand les femmes se mettent à parler de cette manière, lui était-il arrivé d'expliquer. C'est comme les femmes qui soudain se mettent à fumer la pipe ou à cracher par terre. »

Jusqu'au plus profond de son être, Serge avait toujours été un paysan, un rustre : le même rustre qu'on chassait autrefois de la table parce qu'il pétait.

« Moi aussi je trouve que Scarlett Johansson est une très belle femme, ai-je convenu. Mais on a l'impression que c'est ce qui a compté le plus pour toi dans le film, surtout dis-moi si je me trompe.

— Oh, évidemment, cela se passe très mal avec ce, comment s'appelle-t-il déjà ? l'Anglais, le prof de tennis ? parce qu'il ne peut pas la sortir de sa tête. Il faut même qu'il la tue pour atteindre ses objectifs.

— Mais enfin ! s'est exclamée Babette. Il ne faut surtout pas raconter la fin, ce n'est vraiment pas sympa quand on ne l'a pas encore vu ! » Il y a eu à nouveau un court silence pendant lequel Babette a regardé Claire puis moi. « Oh mince, j'ai l'impression que je ne suis pas bien réveillée, vous l'avez déjà vu justement ! »

11

Maintenant, nous étions tous les quatre à rire, un moment de détente – mais il ne fallait pas trop se détendre, nous devions rester attentifs. Il se trouvait tout simplement que Serge Lohman était de ceux qui avaient « un beau petit cul » ; on entendait d'ailleurs souvent des femmes le dire, il n'était que trop conscient de leur plaire, il n'y avait rien de mal à cela, il était photogénique, il avait un pouvoir de séduction, là encore « rustique », auprès de certaines femmes : un peu trop à l'état brut, sans finition, à mon goût, mais certaines apprécient la simplicité, une table et une chaise fabriquées intégralement en « matériaux authentiques » : du bois de récupération provenant de la vieille porte d'une étable dans le nord de l'Espagne ou dans le Piémont.

Autrefois, entre Serge et ses petites amies, la relation durait la plupart du temps quelques mois, puis elles se lassaient ; sa séduction avait un côté ennuyeux, linéaire, elles avaient vite fait le tour de cette « belle gueule ». Seule Babette l'avait supporté plus longtemps, cela faisait dix-huit ans maintenant, ce qui en soi pouvait déjà être qualifié de miracle : ils se disputaient depuis dix-huit ans déjà, tout bien considéré ils n'étaient absolument pas faits l'un pour l'autre, mais on voit souvent ce genre de cas, des couples pour qui de continuelles frictions sont le moteur de leur mariage, pour qui chaque dispute est un prélude au moment où ils pourront se réconcilier de nouveau dans leur lit.

Pourtant je ne pouvais pas m'empêcher d'avoir parfois l'impression que tout était bien plus simple, que Babette avait souscrit à un projet, à une vie aux côtés d'un politicien arrivé, et qu'il était dommage, compte tenu du temps investi, de mettre un terme à la relation : de même qu'on ne met pas de côté un mauvais livre dont on a déjà lu plus de la moitié et qu'on le finit à contrecœur, elle était restée auprès de Serge – le dénouement compenserait peut-être le reste.

Ils avaient engendré deux enfants : Rick, qui avait l'âge de Michel, et Valérie, une petite fille légèrement autiste de treize ans à la beauté presque diaphane d'une sirène. Et puis il y avait Beau, dont l'âge exact était inconnu, mais qui avait probablement entre quatorze et dix-sept ans. Beau venait du Burkina Faso, et il s'était retrouvé chez Serge et Babette dans le cadre d'un « projet de développement » ; le projet prévoyait le soutien financier d'écoliers dans le tiers-monde par l'envoi de matériel pédagogique et de produits de première nécessité, puis l'« adoption » des enfants – au début à distance, en envoyant des lettres, des photos et des cartes postales, puis en vrai, en chair et en os. Une sorte de crédit-bail, donc. Ou un chat que l'on retire de la fourrière ; si le chat réduit le canapé en morceaux avec ses griffes et inonde de pipi toute la maison, on le rapporte.

Je me souviens de certaines des photos et cartes postales que Beau avait envoyées du Burkina Faso. Sur la photo dont je me suis souvenu le plus longtemps, il était devant un petit bâtiment de briques rouges recouvert d'un toit en tôle ondulée, un jeune garçon très noir dans un pyjama rayé faisant penser à une chemise de nuit qui lui arrivait un peu au-dessus des genoux, ses pieds nus dans des sandales en caoutchouc.

« Merci beaucoup mes parents pour notre école[1] ! », était-il écrit sous la photo dans une élégante écriture scolaire.

« Quel amour, vous ne trouvez pas ? » avait dit Babette à l'occasion. Ils étaient partis au Burkina Faso et ils avaient été séduits, selon les propres termes de Serge et de Babette.

Un deuxième voyage a suivi, les formulaires ont été remplis, et quelques semaines plus tard Beau a atterri à l'aéroport de Schiphol. « Est-ce que vous vous rendez bien compte de l'aventure dans laquelle vous vous lancez ? » avait un jour demandé Claire, à l'époque où toute l'affaire de l'adoption n'en était encore qu'au stade des cartes postales. Mais sa question n'avait provoqué que des réactions indignées. Ils aidaient quelqu'un, tout de même ! Un enfant qui dans son propre pays n'aurait jamais la chance qu'il connaîtrait aux Pays-Bas ! Oui, ils savaient parfaitement dans quelle aventure ils se lançaient, il y avait déjà bien trop de gens dans le monde qui ne pensaient qu'à eux.

On ne pouvait pas les accuser de simple égoïsme. À l'époque Rick avait trois ans et Valérie quelques

---

1. En français dans le texte.

mois, ce n'étaient pas des parents adoptifs normaux qui ne pouvaient pas avoir eux-mêmes d'enfants. De façon totalement désintéressée, ils accueillaient un troisième enfant dans leur famille, pas un enfant qui était la chair de leur chair, mais un enfant défavorisé qui se voyait accorder la possibilité d'une nouvelle vie aux Pays-Bas.

Mais de quoi était-il question alors ? Effectivement, dans quelle aventure étaient-ils en train de se lancer ?

Comme Serge et Babette nous avaient clairement fait comprendre qu'il était interdit de poser cette question, nous n'en posions pas d'autres non plus. Beau avait-il encore ses propres parents, ou était-il orphelin ? Des parents qui voyaient leur enfant partir après avoir donné leur accord, ou un orphelin seul au monde ? Je dois dire que, sur l'affaire de l'adoption, Babette avait été encore plus fanatique que Serge, dès le début ce « projet » avait été entièrement le sien, elle voulait le mener à bien coûte que coûte. Elle faisait tout ce qu'elle pouvait pour donner à l'enfant adopté autant d'amour qu'à ses propres enfants.

En définitive, le mot adoption a lui-même fini par devenir tabou. « Beau est tout simplement notre enfant, disait-elle. Il n'y a pas de différence. » À ces occasions, Serge acquiesçait : « Nous l'aimons autant que Rick et Valérie. »

Il est naturellement possible que, dès cette époque, il ait pris conscience de l'effet qu'il produirait, je ne veux pas porter de jugement, ou l'accuser d'avoir agi avec préméditation mais, plus tard, cette histoire a tourné plutôt à son avantage, l'enfant noir du Burkina Faso qu'il aime autant que ses propres enfants. C'était d'un autre ordre que sa connaissance des vins, mais le résultat était le même. Cela lui donnait un visage : Serge Lohman, le politicien avec un fils adopté en Afrique.

Il a commencé à poser plus souvent avec toute sa famille, cela rendait bien, Serge et Babette sur le canapé avec leurs trois enfants à leurs pieds. Beau Lohman est devenu la preuve vivante que ce politicien n'allait pas agir par intérêt ; qu'au moins une fois dans sa vie, en tout cas, il n'avait pas agi par intérêt ; d'ailleurs ses deux autres enfants avaient été conçus de façon naturelle, cette adoption d'un enfant du Burkina Faso n'avait donc pas eu lieu par nécessité. Le message était le suivant : peut-être que Serge Lohman, en s'occupant d'autres questions, n'agirait pas non plus par intérêt.

Une serveuse a ajouté un peu de vin dans le verre de Serge et le mien ; les verres de Babette et de Claire étaient encore à moitié pleins. C'était une jolie jeune femme, aux cheveux d'un blond doré comme ceux de Scarlett Johansson. Elle mettait du temps à verser le vin, ses mouvements trahissaient sa relative inexpérience et sa présence sans doute récente dans l'établissement. Elle avait commencé par sortir la bouteille du seau à glace et l'avait entièrement séchée en l'essuyant à l'aide de la serviette blanche drapée autour du goulot qui retombait sur le bord du seau ; manifestement, elle n'était pas à son aise en versant, près de la chaise de Serge, elle formait un angle trop aigu de sorte qu'elle a heurté du coude la tête de Claire.

« Je suis vraiment désolée », a-t-elle dit en rougissant. Bien entendu, Claire a aussitôt assuré que ce n'était pas grave, mais la jeune femme était si troublée qu'elle a rempli le verre de Serge à ras bord. Ce n'était pas grave non plus – mais pas de l'avis d'un connaisseur en vins.

« Holà ! s'est écrié mon frère. Vous voulez me saouler ou quoi ? » Il a reculé sa chaise de cinquante centimètres, comme si la jeune femme, au lieu de trop remplir son verre, avait renversé la moitié de la bouteille sur son pantalon. Elle a rougi de plus belle, cligné des yeux, j'ai cru qu'elle allait éclater en sanglots. Comme les autres jeunes femmes en tablier noir, elle portait, elle aussi, la queue-de-cheval réglementaire, mais ses cheveux blond clair lui donnaient un air moins sévère que les jeunes femmes brunes.

Elle avait un visage doux, je n'ai pu m'empêcher de penser au moment où elle retirerait l'élastique de sa queue-de-cheval pour libérer ses cheveux en secouant la tête, plus tard le soir quand sa journée de travail au restaurant serait terminée – sa journée de travail épouvantable, comme elle le raconterait à une amie (ou peut-être même à un petit ami) : « Tu sais ce qui m'est encore arrivé aujourd'hui ? C'est tellement bête, ça a recommencé ! Tu sais comme je suis toujours crispée quand il faut que je montre l'étiquette sur les bouteilles de vin ? Eh bien, ce soir tout est encore allé de travers. Et s'il n'y avait que ça, mais sais-tu qui je servais ? » L'amie ou le petit ami regarderait les cheveux libérés et dirait : « Non, aucune idée. Qui ça ? » Pour produire le plus d'effet, la jeune femme resterait un instant silencieuse. « Serge Lohman ! — Qui ? — Serge Lohman ! Le ministre ! Ou peut-être qu'il n'est pas encore vraiment ministre, mais tu vois qui je veux dire, il est passé hier encore au journal télévisé, celui qui va gagner les élections. C'était tellement bête, en plus j'ai cogné la tête d'une femme à sa table. — Ah, lui... pas possible ! Et que s'est-il passé ? — Eh bien rien, il a été très gentil, mais j'avais envie de disparaître dans un trou de souris ! »

Très gentil... Oui, Serge avait été très gentil, après avoir reculé sa chaise de cinquante centimètres, relevé la tête et observé la jeune femme pour la première fois. J'ai vu changer l'expression de son visage en un centième de seconde, une transformation imperceptible à l'œil nu : d'une indignation, d'une humiliation feinte face au manque de professionnalisme dans la manipulation de son chablis, à la plus grande amabilité conciliante. Il a tout simplement fondu, et il ne pouvait manquer de faire un rapprochement avec la Scarlett Johansson dont nous venions de parler. Il voyait une « belle nana », une belle nana rougissant et bafouillant, entièrement à sa merci. Il lui a décoché son plus charmant sourire. « Mais ce n'est rien, vous savez, a-t-il dit en levant son verre, et une giclée de vin blanc a éclaboussé son assiette d'écrevisses à moitié vide. J'en viendrai certainement à bout.

— Je suis vraiment désolée, Monsieur, a répété la jeune femme.

— Il n'y a pas de quoi en faire une histoire. Quel âge avez-vous ? Êtes-vous déjà en âge de voter ? »

J'ai d'abord pensé avoir mal entendu. Étais-je témoin d'une scène pareille ? À cet instant, mon frère a tourné la tête vers moi et a cligné de l'œil.

« J'ai dix-neuf ans, Monsieur.

— Eh bien, si vous votez bientôt pour le bon parti aux élections, nous fermerons les yeux sur la façon dont vous servez le vin. »

La jeune femme a rougi de nouveau, son teint est devenu plus foncé que la première fois – et j'ai cru encore, comme quelques minutes plus tôt, qu'elle allait éclater en sanglots. J'ai vite détourné le regard, vers Babette, mais rien chez elle ne dénotait qu'elle désapprouvait le comportement de son mari. Pire encore, elle paraissait plutôt s'amuser : le politicien connu dans tout le pays, Serge Lohman, tête de liste du principal parti d'opposition, grand favori pour le mandat de Premier ministre, flirtait ouvertement avec des serveuses de dix-neuf ans et les faisait rougir – peut-être était-ce drôle, peut-être son charme irrésistible était-il une fois de plus confirmé ; ou bien peut-être était-elle, Babette, tout simplement enchantée d'être la femme d'un homme comme mon frère. Pendant le trajet en voiture pour venir ici, ou une fois garé, il l'avait fait pleurer. Mais que pouvait-on en conclure au juste ? Est-ce qu'elle allait brutalement le laisser tomber, maintenant, après dix-huit ans ? Six mois avant les élections ?

J'ai essayé de croiser le regard de Claire, mais elle était concentrée sur le verre rempli de vin de Serge et la gêne de la serveuse. Elle a tâté l'arrière de sa tête, l'endroit où le coude de la jeune femme l'avait heurtée – qui sait, peut-être plus brutalement qu'il n'y avait paru à première vue, et elle a demandé : « Vous retournez en France cet été ? Ou vous n'avez pas encore fait de projets ? »

12

Serge et Babette avaient une maison en Dordogne où ils allaient chaque année avec les enfants. Ils faisaient partie de ces Néerlandais qui trouvent « extraordinaire » tout ce qui est français : des croissants, ou de la baguette avec du camembert, aux voitures françaises (ils roulaient dans un des plus luxueux modèles de Peugeot) en passant par la chanson française et les films français. Pendant ce temps, ils ne remarquaient pas que la population française locale ne supportait plus les Néerlandais. Sur les murs de nombreuses maisons secondaires étaient inscrits des slogans antinéerlandais mais, d'après mon frère, ces réactions étaient l'œuvre d'« une minorité négligeable » – tout le monde était d'ailleurs toujours gentil avec eux dans les magasins et dans les restaurants !

« Euh… cela dépend, a répondu Serge. Rien n'a été encore fixé. »

Il y a un an, nous y étions passés pour la première fois, tous les trois, en route pour l'Espagne – pour la première et la dernière fois, comme l'avait dit Claire quand nous avions poursuivi notre voyage. Mon frère et sa femme avaient déjà si souvent insisté pour que nous passions chez eux qu'il devenait presque gênant de continuer à différer l'occasion.

La maison, qui occupait un bel emplacement en haut d'une colline, était dissimulée par des arbres et, entre les branches, on voyait au loin, dans la vallée, scintiller l'eau d'un coude de la Dordogne. Il faisait lourd quand nous y avons séjourné, il n'y avait pas le moindre souffle de vent et, même à l'ombre, près des murs frais à l'arrière, la chaleur était intenable. De gros coléoptères et des mouches bleues d'une taille que l'on voit rarement aux Pays-Bas produisaient en volant dans les feuillages un vrombissement assourdissant, ou venaient se heurter si brutalement contre les fenêtres que les vitres en vibraient dans leur cadre.

On nous a présenté à un « petit maçon » qui avait construit la cuisine ouverte de la maison, à « Madame la boulangère », et au propriétaire « d'un petit restaurant très simple fréquenté que par des gens de la région », sur les bords d'un affluent de la Dordogne. « Mon petit frère », a dit Serge à tout le monde pour me situer. Il paraissait à son aise parmi les Français, tous des gens ordinaires d'ailleurs ; les gens ordinaires étaient sa spécialité aux Pays-Bas, alors pourquoi pas ici aussi ?

Il semblait à peine conscient de rapporter gros à tous ces gens ordinaires, ce Néerlandais avec sa maison secondaire et son argent, et de bénéficier pour cette raison des normes minimales de politesse. « Si gentils, répétait Serge. Si simples. On n'en trouve plus de pareils aux Pays-Bas ! » Il ne remarquait pas, ou préférait tout bonnement fermer les yeux, quand le « petit maçon » projetait un filet vert de tabac à chiquer sur une dalle de leur terrasse en annonçant le prix d'un lot de tuiles rustiques authentiques pour l'auvent de la cuisine ajoutée au bâtiment principal. Quand « Madame la boulangère » avait envie de continuer à servir ses clients qui faisaient la queue pendant que Serge présentait son petit frère, et quand ces mêmes clients échangeaient des regards et des clins d'œil lourds de sens : des regards et des clins d'œil qui en disaient long sur le sentiment de révolte que suscitait chez eux le mépris de ces Néerlandais. Quand le jovial propriétaire du petit restaurant s'accroupissait à côté de notre petite table et disait sur un ton de conspiration qu'il venait de recevoir des escargots vignerons frais, d'un petit agriculteur qui habituellement ne les cédait jamais, mais qui avait cette fois bien voulu déroger à la règle, exclusivement pour Serge et « sa famille sympathique », moyennant un « prix spécial », leur offrant la possibilité de goûter à ce qu'ils ne pourraient goûter nulle part ailleurs. En même temps, il ne voyait aucun inconvénient à ce que les clients français se voient distribuer un menu simple sur lequel était imprimé le « relais du jour[1] », un menu bon marché avec entrée, plat et dessert, qui coûtait deux fois moins qu'une portion d'escargots.

---

1. En français dans le texte.

Quant à la séance de dégustation de vins dans le restaurant, je préfère ne pas en parler.

Claire et moi sommes restés trois jours. Pendant ces trois jours, nous avons aussi visité un château, où nous avons dû faire la queue pendant une heure avec des centaines d'autres étrangers, essentiellement des Néerlandais, puis suivi un guide sous une chaleur écrasante à travers douze pièces meublées de vieux lits à baldaquin et de fauteuils crapaud. Le reste du temps, nous l'avons surtout passé assis dans le jardin où l'air était étouffant. Claire essayait de lire un peu, je trouvais qu'il faisait trop chaud même pour ouvrir un livre, le blanc des pages me faisait mal aux yeux – mais il était encore bien plus compliqué de ne rien faire : Serge était toujours occupé, il réalisait certaines choses dans la maison de ses propres mains, quand il n'avait aucun homme à tout faire à sa disposition. « Les gens ici te respectent quand tu fais toi-même des travaux chez toi, disait-il. Ça se voit. » Aussi faisait-il quarante allers-retours avec des brouettes pleines de tuiles depuis la route départementale où elles étaient livrées, à un kilomètre cinq de là, jusqu'à la cuisine ajoutée à la maison. Il ne songeait pas une seconde que, par son activité, il ôtait au petit maçon une bonne part de ses heures rémunérées.

Il sciait aussi le bois pour la cheminée, parfois on aurait presque dit une photo pour sa campagne électorale : Serge Lohman, le candidat du peuple, avec une brouette, une scie et de grosses bûches ; un homme ordinaire, comme tout le monde, à cette différence près que rares sont les hommes ordinaires qui ont les moyens de s'offrir une résidence secondaire en Dordogne. Peut-être était-ce principalement pour cette raison qu'il n'avait jamais autorisé des cameramen à venir dans son « domaine », comme il l'appelait. « C'est mon endroit à moi, allait-il même jusqu'à dire. Mon endroit à moi, à moi et à ma famille. Personne n'a rien à y faire. »

Quand il ne transportait pas des tuiles ou ne sciait pas du bois, il cueillait des groseilles ou des mûres. Des groseilles ou des mûres dont Babette faisait ensuite des confitures. Un fichu de paysanne noué autour de la tête, elle passait des journées à répartir dans des centaines de pots la substance chaude aux effluves douceâtres. Claire n'avait pu faire autrement que de lui proposer son aide, tout comme je m'étais senti obligé d'aider Serge avec les tuiles. « Tu veux que je te file un coup de main ? avais-je demandé au bout de sept de ses voyages avec la brouette. — Eh bien, ce n'est pas de refus », avait-il répondu.

« Quand va-t-on pouvoir partir d'ici ? » s'est inquiétée Claire le soir au lit, quand nous avons enfin pu être seuls et nous blottir l'un contre l'autre – pas trop près, car il faisait trop chaud. Les mûres avaient teinté ses doigts en bleu, une variante plus foncée apparaissait aussi dans ses cheveux et avait laissé quelques traces sur ses joues.

« Demain, ai-je dit. Euh non, après-demain. »

Pour notre dernier soir, Serge et Babette avaient invité quelques amis et connaissances pour un buffet dans le jardin. Ces amis et connaissances étaient sans exception néerlandais, pas un Français ne se trouvait parmi eux, et ils avaient tous une résidence secondaire dans le voisinage. « Ne vous inquiétez pas, a dit Serge. C'est juste un petit groupe. Tous des gens très sympathiques, vraiment. »

Le soir dans le jardin, dix-sept Néerlandais, sans compter nous trois, étaient réunis, un verre ou une assiette à la main. Il y avait une actrice d'un certain âge (« sans travail et sans mari », comme Claire me le préciserait le lendemain matin), puis une chorégraphe à la retraite, maigre comme un clou, qui ne buvait que de la Vittel dans des petites bouteilles d'un demi-litre qu'elle avait elle-même apportées, et un couple d'écrivains homosexuels qui ne cessaient de se chicaner.

Babette avait dressé une table et déposé des salades, des fromages français, du saucisson et des baguettes. Serge s'occupait du barbecue, il s'était noué un tablier à carreaux rouges et blancs autour de la taille et faisait griller des hamburgers et des brochettes de viande, aux poivrons et aux oignons. « Tout l'art du barbecue réside dans un bon feu, m'avait-il expliqué quelques heures avant le dîner avec ce petit groupe. Le reste, c'est de la gnognotte. » J'avais reçu pour mission de rassembler des brindilles sèches. Serge buvait plus que de coutume, il avait posé sur l'herbe à côté du barbecue une bonbonne de vin, peut-être craignait-il plus qu'il ne voulait le laisser transparaître que la soirée ne soit pas réussie. « En ce moment aux Pays-Bas, ils sont tous en train de manger des pommes de terre avec un peu de jus de viande, a-t-il dit. Je n'en voudrais pour rien au monde ! Ici, c'est la vraie vie, mon gars ! » De la fourchette lui servant à retourner la viande, il a indiqué les arbres et les buissons qui protégeaient le jardin des gêneurs.

Les Néerlandais avec lesquels j'ai discuté ce soir-là racontaient tous plus ou moins la même histoire, en employant d'ailleurs souvent les mêmes mots. Ils n'enviaient pas leurs compatriotes qui, par manque d'argent ou retenus par d'autres obligations, étaient restés aux Pays-Bas. « Nous vivons ici comme Dieu en France », a dit une femme qui d'après ses explications avait travaillé pendant des années dans l'« industrie des régimes minceur ». J'ai cru à une plaisanterie, mais je me suis rendu compte qu'elle s'était exprimée le plus sérieusement du monde, comme si l'expression venait d'elle.

J'ai regardé autour de moi les silhouettes tenant leurs verres de vin, éclairées par les lueurs dorées de plusieurs braseros et torches que Serge avait disposés à divers endroits stratégiques. J'ai alors entendu la voix d'un vieil acteur dans un spot télévisé qui remontait à dix ans ? peut-être vingt ? : « Oui, c'est possible, de vivre comme Dieu en France. Avec un bon verre de cognac et du vrai fromage français… »

J'ai senti à nouveau cette odeur de Boursin, comme si quelqu'un au même moment avait préparé un toast en le tartinant de ce fromage français factice parmi les plus infects qui soient, et me l'avait tenu sous le nez. Et sous cet éclairage associé à la puanteur du Boursin, je n'ai pu voir dans la soirée que mon frère et sa femme avaient organisée qu'un vieux spot publicitaire rance et périmé : un spot publicitaire vieux de vingt ans ou plus, pour une imitation de fromage français ne correspondant à aucun fromage français, de même qu'ici, au cœur de la Dordogne, tout le monde ne faisait que jouer à la France, tandis que les Français brillaient par leur absence.

Les slogans antinéerlandais ne suscitaient chez ces Néerlandais que des haussements d'épaules. « Des petits voyous ! » estimait l'actrice au chômage. Un rédacteur d'une agence publicitaire, qui avait vendu « tout le bazar » pour venir s'installer définitivement en Dordogne, affirmait que les slogans s'adressaient surtout aux campeurs néerlandais qui apportaient de chez eux toute leur nourriture dans leurs caravanes et ne versaient pas un centime aux commerçants de la région.

« Nous ne sommes pas comme ça, disait-il. Nous mangeons dans leurs restaurants, nous buvons un Pernod dans leurs cafés et nous lisons leurs journaux. Sans des gens comme Serge et beaucoup d'autres, cela ferait longtemps que bon nombre de maçons et de plombiers n'auraient plus de travail.

— Sans parler des petits viticulteurs ! a ajouté Serge en levant son verre. À la vôtre ! »

En retrait, dans la partie sombre du jardin, près des buissons, la chorégraphe maigre comme un clou embrassait le plus jeune du couple d'écrivains. J'ai vu une main disparaître sous une chemise et j'ai détourné le regard.

Qu'allait-il se passer si ceux qui écrivaient les slogans ne se contentaient pas de slogans ? me suis-je dit. Il ne fallait sans doute pas grand-chose pour faire fuir cette bande de poltrons. Les Néerlandais tremblaient déjà dans leur culotte quand on les menaçait de recourir vraiment à la violence. On pourrait commencer par casser quelques vitres à coups de pierre, et si cela n'avançait à rien on pourrait mettre le feu à plusieurs résidences secondaires. Pas trop, parce que le but en définitive était que ces maisons redeviennent la possession des gens qui y avaient droit en priorité : les jeunes, les Français, les couples mariés depuis peu, qui maintenant, compte tenu de la flambée des prix des logements, devaient rester vivre pendant des années chez leurs parents. Les Néerlandais avaient complètement perverti le marché de l'immobilier pour la population locale : même pour des ruines on devait débourser à présent des montants astronomiques. Avec l'aide de maçons français qui travaillaient à relativement peu de frais, la ruine était retapée, pour ensuite rester vide la majeure partie de l'année. Tout bien considéré, il était miraculeux que, jusqu'à présent, aussi peu d'incidents se soient produits, que la population autochtone se soit contentée de taguer des slogans.

J'ai parcouru l'étendue d'herbe du regard. Quelqu'un avait mis un CD d'Édith Piaf. Babette, vêtue pour la soirée d'une robe noire ample et transparente, faisait à présent quelques pas de danse mal assurés sous l'effet de l'alcool sur l'air de « Non, je ne regrette rien… ». Quand casser des vitres et incendier ne produit pas le résultat souhaité, il faut intensifier la lutte, me suis-je dit. On pouvait attirer un de ces trouillards de Néerlandais loin de chez lui sous prétexte qu'on savait où trouver un viticulteur encore moins cher, pour ensuite le rosser quelque part dans un champ de maïs – en lui assénant quelques coups mollassons... Non, par une intervention plus musclée, avec des battes de base-ball et des fléaux.

Ou si on en voyait un rentrer à pied du supermarché, seul sur la route dans un virage, avec son cabas rempli de baguettes et de vin rouge, on pouvait faire un léger écart avec la voiture. Presque par accident. « Il a surgi comme ça tout à coup sur le capot », pourrait-on dire plus tard – ou on ne dirait rien du tout, on laisserait le Néerlandais pour mort sur le bas-côté comme un lièvre écrasé, et on laverait en rentrant chez soi les traces éventuelles sur le pare-chocs et sur l'aile. Du moment que le message passait, tout était permis : Vous n'avez rien à faire ici ! Dégagez, rentrez dans votre pays ! Allez jouer à la France dans votre propre pays, avec une baguette et des fromages et du vin rouge, mais pas ici, chez nous !

« Paul... ! Paul... ! » Au milieu de la pelouse, dans son vêtement ample flottant dangereusement près d'un des pots contenant un brasero, Babette me tendait les bras. « Milord », tonnaient les baffles. Danser. Danser sur l'herbe avec la femme de mon frère. Comme Dieu en France. Regardant autour de moi, j'ai vu Claire à côté de la table sur laquelle étaient disposés les fromages. Nos yeux se sont croisés au même moment.

Elle parlait avec l'actrice sans emploi et m'a lancé un regard désespéré. Dans des soirées aux Pays-Bas, un tel regard signifiait : Si on rentrait, par pitié ? Mais nous ne pouvions pas rentrer, nous étions condamnés à vivre chaque instant jusqu'au dernier. Demain. Demain nous pourrions partir. Au secours, se contentait d'implorer le regard de Claire.

J'ai fait un geste à l'intention de ma belle-sœur pour lui faire comprendre que je ne pouvais pas vraiment maintenant, mais plus tard certainement, promis, je viendrais danser avec elle sur l'herbe, et je me suis dirigé vers la table aux fromages. « Allez souriez, Milord… ! Chantez, Milord ! » chantait Édith Piaf. Il y avait forcément des gens obtus parmi les centaines de Néerlandais qui avaient une résidence secondaire en Dordogne, me suis-je dit. Des gens qui se cachaient la tête sous le sable, qui refusaient tout bonnement de se rendre compte qu'ils étaient ici des étrangers indésirables. Qui, malgré tous les signes manifestes témoignant du contraire, continuaient de prétendre que tout était l'œuvre d'une « minorité négligeable », les vitres cassées, les incendies, les compatriotes roués de coups et renversés par des voitures. Peut-être fallait-il aider encore plus brutalement ces derniers obstinés à renoncer à leurs illusions ?

J'ai pensé aux films *Les Chiens de paille* et *Délivrance*, qui me reviennent toujours à l'esprit quand je suis à la campagne, mais ici, en Dordogne, sur la colline où mon frère et sa femme avaient créé leur « petit paradis français », comme ils l'appelaient, encore plus que d'habitude. Dans *Les Chiens de paille*, la population locale, après s'être livrée au début à quelques brimades, décide d'une horrible vengeance contre des nouveaux venus qui pensent avoir acheté une jolie maisonnette dans la campagne anglaise. Dans *Délivrance*, ce sont des péquenauds américains qui viennent troubler la promenade en bateau d'un groupe de citadins. Dans les deux films, on ne recule ni devant le viol ni devant le meurtre.

L'actrice a commencé par me regarder de la tête aux pieds avant de m'adresser la parole. « Votre femme me dit que vous nous quittez demain. » Sa voix avait quelque chose d'artificiellement sucré, comme l'édulcorant du Coca light, ou le contenu des chocolats pour diabétiques dont l'emballage précise qu'ils ne font pas grossir. J'ai regardé Claire, qui avait levé les yeux vers le ciel parsemé d'étoiles. « Et pour aller en Espagne en plus. »

J'ai pensé à mes scènes favorites dans *Les Chiens de paille*. Quel serait le son de cette voix artificielle si quelques maçons français ivres entraînaient sa propriétaire dans une grange ? Ivres au point de ne plus faire la différence entre une femme et une ruine dont seuls les murs tiennent encore debout. Se souviendrait-elle encore de son texte au moment où les maçons décideraient de s'attaquer aux travaux de remise en état qui avaient pris du retard ? La voix se libérerait-elle d'elle-même quand ils décideraient de retirer une couche après l'autre ?

Soudain il y a eu un tumulte à proximité du jardin, non pas au fond dans l'obscurité des buissons où la chorégraphe avait tripoté le plus jeune des deux écrivains, mais plus près de la maison, vers l'allée qui menait à la route départementale.

Environ cinq hommes approchaient. Des Français, ai-je aussitôt remarqué, même si j'aurais eu du mal à dire à quoi on le voyait aussi facilement : à leurs vêtements sans doute, qui avaient certes un aspect rustique, mais pas aussi faussement négligé et peu soigné que les habits des Néerlandais venus ici jouer à la France. Un des hommes avait un fusil de chasse appuyé contre son épaule.

Peut-être les enfants avaient-ils donné une indication, ou effectivement demandé la permission de quitter la soirée et d'aller « au village », comme notre Michel a continué de le prétendre le lendemain. En tout cas, ils ne m'avaient pas vraiment manqué ces dernières heures. La fille de Serge, Valérie, avait passé une bonne partie de la soirée dans la cuisine devant la télévision ; à un moment donné, elle était venue nous dire à tous bonne nuit et avait aussi embrassé son oncle Paul une fois sur chaque joue.

Pour l'heure, Michel était flanqué de deux Français, il baissait la tête, ses cheveux noirs, qu'il avait laissés pousser jusqu'aux épaules cet été-là, pendaient devant lui ; un des deux hommes le tenait serré par le bras. Le fils de Serge, Rick, était lui aussi maintenu, mais moins solidement, la main d'un des Français étant simplement posée sur son épaule, comme s'il ne présentait déjà plus de danger.

Celui qui devait être le plus tenu en respect était Beau, le fils adoptif du Burkina Faso qui, *via* un programme d'aide pour l'entretien de son école en tôle ondulée et ses nouveaux parents, avait atterri, après une escale aux Pays-Bas, en Dordogne parmi les Néerlandais. Il donnait des coups de pied, frappait. Deux autres Français lui avaient tourné les bras dans le dos et ils ont fini par le plaquer à terre, le visage contre le sol dans l'herbe du jardin de mon frère.

« Messieurs… ! Messieurs ! » ai-je entendu s'écrier Serge, qui se dirigeait à grandes enjambées vers le groupe. Il avait cependant déjà consommé une certaine quantité de vin rouge de la région, et visiblement du mal à marcher droit. « Messieurs ! Que se passe-t-il ? »

13

J'étais parti aux toilettes mais, à mon retour, le plat n'était toujours pas arrivé. En revanche, la nouvelle bouteille de vin trônait déjà sur la table.

La décoration des lieux d'aisances avait été soigneusement pensée, elle aussi ; à se demander si des mots comme « W-C » ou « toilettes » étaient à la hauteur de l'effort fourni. Partout l'eau bruissait, non seulement le long de la paroi des urinoirs en acier inoxydable, mais aussi sur les miroirs aux cadres de granit s'élevant à hauteur d'homme. On aurait pu dire que l'ensemble était dans la lignée du reste : dans la lignée des queues-de-cheval des serveuses, de leurs tabliers noirs, de la petite lampe – art déco ? – surplombant le pupitre, de la viande biologique et du costume à fines rayures du gérant, sauf qu'il était difficile de savoir dans la lignée de quoi exactement. C'était un peu comme certaines lunettes de stylistes, qui n'ajoutent rien à la personnalité de celui qui les porte, mais qui au contraire attirent avant tout l'attention sur elles : Nous sommes des lunettes, ne vous avisez pas de l'oublier !

Je n'avais pas vraiment besoin d'aller aux toilettes, je voulais seulement m'échapper un instant, quitter notre table et ces bavardages sur les films et les destinations de vacances, mais quand je me suis placé, purement pour la forme, devant la paroi des urinoirs en acier inoxydable et que j'ai ouvert ma braguette, le bruissement de l'eau et le doux murmure des sons incessants de piano ont fait brusquement monter en moi un puissant afflux.

C'est alors que j'ai entendu la porte s'ouvrir et qu'un nouveau visiteur est entré. Je n'ai pas le problème de ne plus pouvoir uriner quand je me retrouve en présence d'autres personnes aux toilettes, mais il me faut en revanche plus de temps : il m'en faut surtout plus pour que cela se déclenche. Je me suis maudit d'être planté devant la paroi des urinoirs plutôt qu'à l'intérieur d'une cabine fermée avec une cuvette.

Le nouveau visiteur a toussé plusieurs fois puis a commencé à fredonner un air qui m'a vaguement rappelé quelque chose, une mélodie que j'ai mis à peine une seconde à reconnaître, « *Killing Me Softly* ».

« *Killing Me Softly With His Song* »... de... bon sang, c'était quoi déjà, son nom... ? Roberta Flack ! Gagné ! Je priais le bon Dieu pour que l'homme choisisse plutôt une cabine, mais du coin de l'œil j'ai vu sa silhouette prendre place face aux urinoirs à moins d'un mètre de moi. Il a fait les gestes habituels et, quelques secondes plus tard, a retenti le son d'un jet clair, puissant, qui giclait contre l'eau ruisselant le long de la paroi.

C'était le genre de jet très imbu de lui-même, un jet qui cherche avant tout à témoigner d'une santé de fer et qui, autrefois déjà, à l'école primaire, appartenait sans doute à un garçon capable de pisser plus loin que tout le monde, jusque de l'autre côté du fossé.

J'ai lancé un regard de côté et j'ai vu que le propriétaire du jet était le barbu, celui qui dînait à la table à côté de la nôtre avec sa bien trop jeune amie. L'homme a regardé dans ma direction au même moment. Nous nous sommes brièvement salués, comme cela se fait quand on urine à un mètre de distance l'un de l'autre. Dans la barbe, la bouche de l'homme s'est transformée en rictus. Un rictus triomphant, n'ai-je pu m'empêcher de penser, le rictus caractéristique d'un homme au jet puissant, un rictus qui s'amuse aux dépens des hommes qui ont plus de difficultés à uriner.

Car un jet puissant n'était-il pas entre autres un signe de virilité ? Un jet puissant ne conférait-il pas à son propriétaire le droit du premier choix lors de la répartition des femmes ? Et à l'inverse quelques gouttes lamentables n'étaient-elles pas l'indication que, quelque part en bas, d'autres choses étaient obstruées ? Que la survie de l'espèce était en jeu car les femmes n'auraient que haussements d'épaules face à ces quelques gouttes et ne se laisseraient plus guider dans leur choix que par le vigoureux bruissement d'un jet puissant ?

Les urinoirs n'étaient pas séparés par des cloisons, il me suffisait de baisser le regard pour voir la verge du barbu. Certainement une grosse verge, à en juger par le giclement, me suis-je dit, une grosse verge du genre insolent, parcourue d'épaisses veines bleues à la surface d'une peau gris foncé, bien irriguée mais tout de même assez rugueuse : le genre de verge qui peut inciter des hommes à passer leurs vacances dans un camp de nudistes, ou en tout cas à acheter le plus petit modèle de slip de bain moulant dans le tissu le plus fin possible.

J'étais parti parce que, soudain, tout était devenu insupportable. Après un détour par les destinations de vacances et la Dordogne, nous en étions arrivés au racisme. Ma femme avait soutenu mon point de vue, qui est qu'en dissimulant et en passant sous silence le racisme, on ne fait qu'aggraver le mal au lieu d'y remédier. À l'improviste, sans me consulter au préalable du regard, elle m'était venue en aide. « Je crois que ce que Paul veut dire… » C'est ainsi qu'elle avait commencé : en exprimant ce que, selon elle, je voulais dire. Dans la bouche d'une autre que Claire, la formulation aurait pu paraître humiliante, ou protectrice ou mesquine, comme si on pouvait ne pas me juger capable de traduire ma pensée en des termes compréhensibles. Mais dans la bouche de Claire, « Je crois que ce que Paul veut dire… » signifiait ni plus ni moins que les autres étaient lents à comprendre, lents alors que son mari leur avait pourtant présenté sous le nez une idée extrêmement claire, évidente – et qu'elle commençait à perdre patience.

Puis nous avions tout de même continué à parler de films pendant un petit moment. Claire avait qualifié *Devine qui vient dîner ?* de « film le plus raciste jamais tourné ». On peut supposer que tout le monde connaît l'histoire. La fille d'un couple de Blancs aisés (joué par Spencer Tracy et Katharine Hepburn) vient en compagnie de son nouveau fiancé rendre visite à ses parents. À la consternation des parents, le fiancé (Sidney Poitier) est noir. Pendant le dîner, la situation s'éclaircit peu à peu : le Noir est un bon Noir, un Noir intelligent en complet soigné qui enseigne à l'université. Sur le plan intellectuel, il domine largement les parents blancs de sa fiancée, des personnes ordinaires de la classe moyenne bourrées de préjugés sur les Noirs.

« Et c'est justement du fait de ces préjugés qu'il y a anguille sous roche, avait dit Claire. Parce que les Noirs que les parents connaissent d'après les émissions de télé, et les quartiers où ils n'osent pas aller, sont pauvres, paresseux, dangereux et criminels. Mais leur futur gendre est heureusement un Noir intégré qui porte un costume trois pièces soigné. Pour ressembler le plus possible à ces Blancs. »

Pendant son exposé, Serge avait pris l'air, en regardant ma femme, d'un auditeur intéressé, mais la façon dont il se tenait trahissait sa difficulté à écouter une femme qu'il ne parvenait pas à classer sur-le-champ dans des catégories clairement définies comme

« nichons », « beau cul » ou « elle peut m'apporter le petit-déjeuner quand elle veut ».

« Les premiers Noirs mal intégrés n'ont fait leur apparition que bien plus tard dans les films, a ajouté Claire. Des Noirs coiffés de casquettes de base-ball et conduisant des voitures de frimeurs : les Noirs violents des mauvais quartiers. Mais, au moins, ils se montraient tels qu'ils étaient. Plus comme une pâle imitation des Blancs. »

Mon frère s'est alors mis à tousser, il s'est raclé la gorge. Il a redressé le dos et approché la tête de la table : comme s'il cherchait le microphone. Oui, c'est l'impression qu'il donnait, me suis-je dit, dans tous ses mouvements, il redevenait soudain l'homme politique national et le grand favori pour diriger notre pays qui s'apprête à donner la réplique à la dame dans le public d'une petite salle perdue de province.

« Et qu'as-tu contre les Noirs intégrés, Claire ? a-t-il lancé. À t'entendre, on dirait que tu préfères qu'ils restent eux-mêmes, même si cela signifie qu'ils continuent de s'entre-tuer dans leurs ghettos pour un gramme de crack. Sans aucune perspective d'amélioration. »

J'ai regardé ma femme. Mentalement, je l'encourageais à donner le coup de grâce à mon frère ; le ballon était sur le point de penalty, comme on dit. Il n'y avait tout simplement pas de mot pour qualifier, tellement c'était épouvantable, cette façon qu'il avait d'introduire subrepticement dans une discussion normale sur les gens et leurs différences le programme de son propre parti. Amélioration... Un mot, rien de plus : des couillonnades à l'intention de l'arrière-ban.

« Je ne parle pas d'amélioration, Serge, a dit Claire. Je parle de l'image que nous nous faisons – nous les Néerlandais, les Blancs, les Européens – des autres cultures. Dont nous avons peur. Tu ne vas pas changer de trottoir quand tu croises un petit groupe de Noirs s'ils portent des casquettes de base-ball et marchent d'un pas élastique sur des Air Nike, plutôt que s'ils sont bien habillés ? Comme toi et moi ? Ou comme des diplomates ? Comme des employés de bureau ?

— Je ne fuis jamais de l'autre côté de la rue. Je crois que nous devons aller au-devant de tout le monde, d'égal à égal. Tu parles de ce qui nous fait peur. Je suis d'accord avec toi sur ce point. Mais si nous commencions par arrêter d'avoir peur, cela nous permettrait d'aller plus loin et d'instaurer une meilleure compréhension mutuelle.

— Serge, je ne suis pas une personne que tu dois essayer de convaincre dans un débat en employant des termes creux comme amélioration et compréhension. Je suis ta belle-sœur, la femme de ton frère. Nous sommes ici simplement entre nous. En amis. En famille.

— Tout le problème, c'est d'avoir le droit d'être un salaud », ai-je dit.

Un bref silence a suivi, ce silence où, selon la formule, on peut entendre une mouche voler, sauf que le brouhaha dans le restaurant ne le permettait pas. Ce serait exagéré de prétendre que toutes les têtes se sont tournées de mon côté, comme on le lit parfois.

Mais on nous prêtait attention. Babette a pouffé de rire. « Paul... ! a-t-elle lancé.

— Non, je me suis soudain rappelé une émission de télévision qui remonte à des années, ai-je ajouté. Je ne sais plus comment elle s'appelle. » Je le savais parfaitement, mais je n'avais aucune envie d'en mentionner le nom, ce qui n'aurait fait que détourner la conversation. Le nom aurait pu inciter mon frère à une remarque sarcastique pour atténuer d'avance l'impact du message que je voulais faire passer. Une réflexion du type : Je ne savais pas qu'il regardait ce genre d'émissions... « C'était sur des homosexuels. Une femme, qui avait deux homosexuels comme voisins du dessus, deux jeunes hommes qui vivaient ensemble et s'occupaient parfois de ses chats, était interviewée. "Ils sont tellement adorables, ces garçons !" racontait la femme. Ce qu'elle voulait dire, en fait, c'est que ses voisins étaient certes homosexuels, mais le soin qu'ils apportaient à ses chats montrait qu'ils étaient tout de même des gens comme vous et moi. Elle trônait dans l'émission, satisfaite d'elle-même, parce que tout le monde allait maintenant savoir à quel point elle était tolérante. Et que ses voisins du dessus étaient des garçons adorables, même s'ils faisaient des choses dégoûtantes ensemble. Des choses répréhensibles en fait, malsaines et contre-nature. Perverses en somme, mais excusables parce que les deux hommes s'occupaient de façon désintéressée de ses chats. »

Je me suis interrompu un instant. Babette souriait. Serge avait levé à plusieurs reprises les sourcils. Et Claire, ma femme, avait un regard amusé – le regard qu'elle me lançait quand elle savait quelle tournure prenait la discussion.

« Pour comprendre ce qu'affirmait cette femme à propos de ses voisins, ai-je poursuivi puisque personne ne disait rien, il faut renverser la situation. Si les deux homosexuels adorables n'étaient pas venus donner des croquettes aux chats, mais leur avaient au contraire jeté des pierres, ou leur avaient lancé depuis leur balcon des filets de porc empoisonnés, ils n'auraient été tout simplement que de sales pédés, comme d'habitude. Je crois que c'est ce que Claire veut dire à propos de *Devine qui vient dîner ?* : Sidney Poitier était aussi un homme charmant. Le réalisateur du film ne vaut guère mieux que la femme dans l'émission. En fait, Sidney Poitier fait fonction d'exemple. Il doit servir d'exemple pour tous les autres Noirs déplaisants, les Noirs incommodants. Les Noirs dangereux, les voleurs, les violeurs et les dealers de crack. Si vous enfilez un beau costume comme celui de Sidney et que vous vous comportez vous aussi comme le gendre idéal, nous, les Blancs, nous vous serrerons dans nos bras. »

14

Le barbu se séchait les mains. J'avais entre-temps refermé ma braguette. J'avais fait mine d'avoir fini d'uriner, bien que je n'aie produit aucun son, et je m'étais vite dirigé vers la sortie. J'avais déjà la main posée sur le bouton de la porte en acier inoxydable quand j'ai entendu le barbu dire : « Ce n'est pas embêtant pour votre ami, de se retrouver dans un restaurant alors que son visage est si connu ? »

Je me suis immobilisé et, sans lâcher le bouton de la porte, je me suis à moitié retourné. Le barbu continuait de se sécher les mains en reprenant des serviettes en papier. Dans les poils de sa barbe, sa bouche s'était à nouveau tordue en un rictus – pas un rictus triomphant cette fois, plutôt la pleutre exposition de ses dents. N'allez pas y voir de mal, tel était le message du rictus.

« Ce n'est pas mon ami. »

Le sourire a disparu. Les mains se sont immobilisées. « Je vous prie de m'excuser, a-t-il dit. Simplement, je vous ai vus assis ensemble. Ma fille et moi, nous nous sommes dit : Nous allons faire comme à l'ordinaire, nous n'allons pas nous mettre à les fixer. »

Je suis resté silencieux. La révélation à propos de sa fille me faisait plus de bien que je ne voulais l'admettre. Le barbu n'avait pas été en mesure, malgré l'impertinence dont il semblait faire preuve, d'attirer dans ses filets une femme de trente ans de moins.

Il a jeté les boules de papier mouillées dans une poubelle en acier inoxydable, un modèle au couvercle qui se rabat automatiquement, et il a eu du mal à tout y faire entrer d'un coup.

« Je me demandais, a-t-il commencé. Je me demandais s'il serait possible que…, ma fille et moi, nous pensons tous les deux que notre pays est en train de

changer. Elle fait des études de sciences politiques...
Je me demandais si tout à l'heure je pourrais la prendre en photo avec M. Lohman ? »

Il avait sorti de la poche de sa veste un petit appareil photo plat et brillant. « Cela ne va pas forcément prendre très longtemps, a-t-il insisté. Je comprends que vous êtes tout simplement venus dîner à titre privé, je ne veux pas le déranger. Ma fille... ma fille ne me pardonnera jamais d'avoir osé demander. Elle a été la première à faire remarquer qu'il ne faut pas regarder fixement un homme politique dans un restaurant. Qu'il faut le laisser tranquille pendant les rares moments de sa vie privée. Et qu'il ne faut surtout pas vouloir se faire prendre en photo avec lui. D'un autre côté, je sais qu'elle trouvera cela formidable. D'être photographiée avec Serge Lohman, je veux dire. »

Je l'ai regardé. Je me suis demandé ce que cela faisait d'avoir un père dont on ne pouvait pas voir le visage. Si un jour venait où, en tant que fille d'un tel père, on perdait patience – ou si on s'y habituait tout simplement, comme à un vilain papier peint.

« Cela ne pose aucun problème, ai-je dit. M. Lohman trouve toujours agréable d'entrer en contact avec son arrière-ban. Nous sommes encore en train de discuter d'un sujet important, mais surveillez-moi du coin de l'œil. Quand je vous ferai signe, ce sera le bon moment pour une photo. »

15

Quand je suis revenu des toilettes, le plus frappant à notre table était surtout le silence : un silence tendu qui fait aussitôt comprendre qu'on a manqué l'essentiel.

J'étais retourné avec le barbu dans le restaurant, lui en tête, si bien que je n'ai remarqué le silence qu'une fois tout près de notre table.

Ou plutôt, c'est autre chose qui a d'abord attiré mon attention : la main de ma femme qui tenait celle de Babette sur la nappe, de l'autre côté de la table en diagonale. Mon frère regardait son assiette vide.

Et ce n'est que lorsque je me suis laissé tomber sur ma chaise que j'ai constaté que Babette pleurait. Des pleurs silencieux, accompagnés de secousses presque imperceptibles de ses épaules et d'un tremblement de son bras – le bras dont Claire tenait la main.

J'ai cherché et je suis parvenu à établir un contact visuel avec ma femme. Claire a levé les sourcils et lancé un regard lourd de sens en direction de mon frère. Juste à ce moment-là, il a relevé la tête de son assiette, m'a regardé d'un air niais et a haussé les épaules. « Eh bien, tu tombes à pic, Paul, a-t-il dit. Peut-être que tu aurais dû rester un peu plus longtemps aux toilettes. »

Babette a retiré brutalement la main sous celle de ma femme, elle a pris sa serviette et l'a jetée dans son assiette.

« T'es vraiment un enfoiré de première ! » a-t-elle lancé à Serge, et elle a reculé sa chaise. L'instant suivant, elle se dirigeait à grands pas entre les tables en direction des toilettes – ou vers la sortie, ai-je pensé. Mais il me semblait peu probable qu'elle nous laisse à nous-mêmes. Son attitude, la vitesse maîtrisée avec laquelle elle s'éloignait entre les tables, me signifiait qu'elle espérait que l'un d'entre nous la suive.

D'ailleurs mon frère s'est à moitié levé de sa chaise, mais Claire a posé une main sur son avant-bras. « Laisse-moi y aller, Serge », a-t-elle dit, et elle s'est mise debout. Elle s'est vite frayé un chemin entre les tables. Babette avait entre-temps totalement disparu. Je n'avais donc pas pu voir si elle avait choisi les toilettes ou le grand air.

Mon frère et moi nous sommes regardés. Il a essayé de sourire mollement, sans y parvenir. « C'est…, a-t-il commencé. Elle a… » Il a lancé un regard circulaire, puis approché sa tête de la mienne. « Ce n'est pas ce que tu crois », a-t-il murmuré, si doucement que je ne l'ai presque pas compris.

Il y avait un problème avec sa tête. Avec son visage. C'était bien la même tête (et le même visage), mais elle semblait flotter dans l'air, sans lien évident avec un corps, ou même avec une pensée cohérente. On aurait dit un personnage de dessin animé à qui quelqu'un vient de retirer la chaise sur laquelle il est assis en donnant un coup de pied dedans. Le personnage reste encore suspendu dans l'air pendant un court instant avant de s'apercevoir que la chaise n'est plus là.

S'il distribuait des tracts sur les marchés en faisant cette tête, ai-je pensé, des tracts à des personnes ordinaires en insistant pour qu'elles votent pour lui aux prochaines élections, tout le monde passerait droit devant lui sans s'arrêter. Son visage rappelait une auto flambant neuve qui sort de chez le concessionnaire, effleure un poteau dès le premier coin de rue et garde une éraflure. Personne n'a envie d'une voiture pareille.

Serge s'était levé et avait pris place sur la chaise en face de moi. La chaise de Claire, de ma femme. Il sentait certainement à travers l'étoffe de son pantalon sur le siège la chaleur persistante du corps de Claire. Cette pensée m'a mis en rage.

« Comme cela, on va pouvoir se parler plus facilement. »

Je n'ai rien dit. Je ne tournerai pas autour du pot : c'est ainsi que je préfère voir mon frère, quand il se débat. Je n'allais pas lui lancer une bouée de sauvetage.

« Elle a des problèmes en ce moment avec..., enfin, j'ai toujours trouvé que c'était un mot déplaisant, a-t-il poursuivi. La ménopause. On pense que cela ne va jamais arriver à nos femmes. »

Il a marqué un temps de silence. L'idée était probablement que, pendant ce silence, je parle de Claire. De Claire et de la ménopause. « Nos femmes », avait-il dit. Mais cela ne le regardait pas. Ce qui se passait pour Claire était une affaire privée.

« Ce sont les hormones, a-t-il poursuivi. Tantôt elle va avoir trop chaud et il va falloir ouvrir toutes les

fenêtres, tantôt elle va se mettre soudain à pleurer. »
Encore visiblement déconcerté, il a tourné la tête vers
les toilettes, vers la porte de sortie, puis de nouveau
vers moi. « Peut-être qu'il vaut mieux qu'elle en parle
avec une autre femme. Tu vois ce que je veux dire,
des femmes entre elles. Dans des moments pareils, je
vais forcément tout faire de travers. »

Il a souri. Je n'ai pas répondu à son sourire. Il a
levé ses bras qui étaient posés sur la table et secoué
ses mains. Puis il a appuyé ses avant-bras et ses
coudes sur la table et rejoint les extrémités des doigts
de chacune de ses mains. Il a encore lancé un rapide
coup d'œil derrière lui.

« En fait, nous devons parler d'un autre sujet,
Paul », a-t-il dit.

J'ai senti s'accentuer en moi un froid et une dureté
– un froid et une dureté qui avaient été présents toute
la soirée.

« Nous devons parler de nos enfants », a dit Serge
Lohman.

J'ai acquiescé. J'ai lancé un regard de côté avant
d'acquiescer à nouveau. Le barbu avait déjà regardé
plusieurs fois dans notre direction. Pour être plus clair,
j'ai acquiescé une troisième fois. Le barbu m'a fait
à son tour un signe de tête.

Je l'ai vu poser sa fourchette et son couteau, se
pencher vers sa fille et lui parler à voix basse. La
fille s'est emparée de son sac et s'est mise à fouiller
à l'intérieur. Pendant ce temps, son père a pris l'appareil photo dans la poche de sa veste et s'est levé de
sa chaise.

LE PLAT

16

« Des raisins », a dit le gérant.

Son petit doigt était à moins d'un demi-centimètre d'une minuscule grappe de fruits ronds que j'avais d'abord pris pour des baies : des groseilles, ou autres, je n'y connaissais rien en baies, je savais seulement que la plupart d'entre elles n'étaient pas comestibles.

Les « raisins » étaient disposés à côté d'une petite feuille de salade violet foncé, cinq bons centimètres d'assiette vide les séparant du plat proprement dit, la « roulade de pintade garnie de fines tranches de lard allemand ». Serge avait lui aussi eu droit dans son assiette à la minuscule grappe accompagnée de la petite feuille de salade, mais il avait pour sa part choisi le tournedos. Il n'y a pas grand-chose à dire d'un tournedos, sauf qu'il s'agit d'un morceau de viande, mais, comme un commentaire était obligatoire, le gérant a fourni une brève explication sur sa provenance. Une « ferme biologique » où les animaux se promenaient « librement » jusqu'à ce qu'on les abatte.

J'ai constaté les signes d'impatience sur le visage de Serge, il avait faim comme seul Serge peut avoir faim, j'en reconnaissais les symptômes : la pointe de sa langue lèche sa lèvre supérieure comme le ferait un chien affamé dans un dessin animé, il se frotte les mains l'une contre l'autre, un geste qui, aux yeux d'un étranger, peut éventuellement passer pour jubilatoire, mais ne l'est pas. Mon frère ne jubilait pas, un tournedos était posé dans son assiette, et ce tournedos devait être consommé le plus rapidement possible : il devait le manger, et pas plus tard que maintenant (Maintenant !).

Dans l'unique but de faire enrager mon frère, j'avais interrogé le gérant sur la grappe de raisins.

Le fait que Babette et Claire ne soient pas encore revenues ne lui posait aucun problème. « Elles ne vont pas tarder à arriver », avait-il dit quand pas moins de quatre jeunes femmes en tablier noir étaient venues nous apporter nos plats, entraînant le gérant dans leur sillage. Le gérant avait demandé si nous souhaitions attendre le retour de nos femmes avant d'être servis, mais Serge avait aussitôt rejeté cette suggestion. « Posez les assiettes, je vous en prie », avait-il dit en se passant déjà la langue sur la lèvre supérieure et sans pouvoir s'empêcher non plus de se frotter les mains.

L'auriculaire du gérant avait d'abord indiqué ma roulade de pintade garnie de lard allemand, puis les accompagnements : un petit tas maintenu par une pique à cocktail de « lamelles de lasagne aux aubergines et à la ricotta » rappelant un club sandwich en miniature, et un épi de maïs transpercé dans le sens de la longueur par un ressort. Le ressort, qui permettait sans doute de prendre l'épi de maïs sans se salir les doigts, prêtait surtout à rire : enfin non, pas à rire, on aurait dit une plaisanterie intentionnelle, un clin d'œil du chef, en quelque sorte. Le ressort chromé dépassait à chaque extrémité d'environ deux centimètres de l'épi luisant de beurre. Je n'ai rien contre les épis de maïs, mais j'ai toujours trouvé répugnant d'en ronger ; on n'ingurgite presque rien, on en garde trop entre les dents et, pendant ce temps-là, on a du beurre qui dégouline sur le menton. Sans compter que je n'ai jamais pu me défaire de l'idée qu'un épi de maïs est avant tout de la nourriture pour les cochons.

Quand le gérant a terminé sa description des conditions biologiques à la ferme, celle d'où provenait l'animal dans lequel le tournedos de Serge avait été découpé, et annoncé qu'il reviendrait plus tard pour donner des précisions concernant les plats de nos femmes, je lui ai montré la petite grappe de baies. « Ce ne seraient pas des groseilles ? » ai-je demandé.

Serge avait planté sa fourchette dans le tournedos. Il était sur le point d'en découper un morceau, la main droite tenant son couteau aux dents aiguisées en suspension au-dessus de son assiette. Le gérant, qui s'apprêtait à tourner les talons, nous a de nouveau fait face. Tandis qu'il approchait son auriculaire de la petite grappe de raisins, j'ai regardé le visage de Serge.

Il exprimait par-dessus tout de l'impatience. De l'impatience et de l'agacement face à ce nouveau contretemps. Serge ne voyait aucun inconvénient à entamer son steak en l'absence de Babette et de

Claire, mais l'idée d'enfoncer ses dents dans la viande tant qu'une main étrangère était encore dans le voisinage de nos assiettes lui coupait l'appétit.

« C'était quoi cette histoire de baies ? a-t-il demandé quand le gérant a fini par partir et que nous nous sommes retrouvés tous les deux. Depuis quand t'intéresses-tu aux baies ? »

Il avait découpé un gros morceau du tournedos et l'avait mis dans sa bouche. Il lui a fallu à peine dix secondes pour le mastiquer. Après avoir avalé sa bouchée, il a regardé pendant quelques secondes fixement devant lui ; on aurait dit qu'il attendait que la viande ait atteint son estomac. Puis il a approché à nouveau sa fourchette et son couteau de l'assiette.

Je me suis levé.

« Qu'est-ce qu'il y a encore, maintenant ? a demandé Serge.

— Je vais voir où elles sont passées depuis tout ce temps », ai-je dit.

17

J'ai d'abord essayé les toilettes pour dames. Prudemment, afin de n'effrayer personne, j'ai entrebâillé la porte.

« Claire ? »

En dehors de l'absence d'urinoirs, le lieu était identique aux toilettes pour hommes. De l'acier inoxydable, du granit et des sons de piano. La seule différence était le vase contenant des narcisses blancs posé entre les deux lavabos. J'ai pensé au propriétaire du restaurant, à son pull blanc à col roulé.

« Babette ? » Prononcer le nom de ma belle-sœur n'était qu'une formalité, un prétexte pour justifier ma présence dans l'encadrement de la porte des toilettes pour femmes au cas où une personne occuperait une des cabines, ce qui apparemment n'était pas le cas.

Je suis passé devant le vestiaire et les jeunes femmes à côté du pupitre, en direction de la sortie. Dehors, le temps était doux ; on voyait la pleine lune entre les cimes des arbres et une odeur d'herbes aromatiques flottait dans l'air, une senteur que je ne parvenais pas à bien situer mais qui m'évoquait un vague souvenir de la Méditerranée. Plus loin, à l'extrémité du parc, j'ai vu les phares d'une voiture, et d'un tramway qui passait. Et plus loin encore, à travers les buissons, les fenêtres éclairées du café où, en ce moment même, les gens ordinaires dégustaient leurs côtes de porc.

J'ai marché jusqu'au bout de l'allée de gravier bordée de torches électriques et pris à gauche un sentier qui faisait le tour du restaurant. À droite, un petit pont au-dessus d'un canal menait à la rue où circulaient les voitures et où était situé le café ; à gauche s'étendait le bassin rectangulaire. Plus loin à l'arrière-plan, là où la surface de l'eau se dissolvait dans l'obscurité, j'ai vu ce que j'ai d'abord pris pour un mur, mais qui s'est révélé être, après un examen plus attentif, une haie à hauteur d'homme.

J'ai tourné une fois encore à gauche et j'ai longé le bassin. La lumière du restaurant se reflétait dans l'eau sombre, de là où j'étais, je voyais les personnes attablées. J'ai continué de marcher un peu puis je me suis arrêté.

Alors que nous étions à moins de dix mètres de distance, je voyais mon frère assis à notre table, sans que lui me voie. En attendant le plat dans le restaurant, j'avais moi-même regardé à plusieurs reprises à l'extérieur mais, quand l'obscurité était tombée, il avait été de plus en plus difficile de distinguer quoi que ce soit ; en revanche, depuis ma place à table, j'avais vu presque tout le restaurant reflété sur la vitre. Il aurait fallu que Serge plaque son visage contre la fenêtre, peut-être m'aurait-il vu alors, mais même dans ce cas on pouvait se demander s'il aurait pu entrevoir plus qu'une silhouette noire de l'autre côté du bassin.

J'ai regardé autour de moi : aussi loin que l'obscurité me permettait de voir, le parc était désert. Pas la moindre trace de Claire et de Babette. Mon frère avait posé sa fourchette et son couteau, et s'essuyait la bouche avec sa serviette. De là où j'étais, je ne voyais pas le contenu de son assiette, mais j'aurais été prêt à parier qu'il n'y avait plus rien : le repas avait été consommé, sa faim était assouvie. Serge a porté son verre à ses lèvres et a bu. Juste à ce moment-là, le barbu et sa fille se sont levés et ont quitté leur table. En se dirigeant vers la sortie, ils ont ralenti très légèrement le pas près de la table de Serge, j'ai vu le barbu lever la main à son intention et la jeune femme lui adresser un sourire, et Serge a levé son verre pour les saluer.

Ils avaient certainement encore voulu le remercier pour l'épisode de la photo. Serge s'était effectivement montré très aimable, l'homme attaché à sa vie privée dînant au restaurant avait basculé sans transition dans son rôle de visage connu dans tout le pays : un visage connu dans tout le pays qui était pourtant toujours resté le même, très simple, une personne comme vous et moi, que l'on pouvait aborder partout et à tout moment parce qu'elle ne se plaçait pas sur un piédestal.

Peut-être avais-je été le seul à remarquer la ride d'agacement entre ses sourcils au moment où le barbu lui avait adressé la parole. « Je vous prie de m'excuser, mais vous... vous... ce monsieur ici m'a assuré que cela ne poserait pas de problème si nous... » La ride n'avait été visible qu'une seconde tout au plus, puis Serge Lohman était redevenu celui pour qui tout le monde pouvait voter, le candidat au poste de Premier ministre qui se sentait à son aise parmi les gens ordinaires.

« Bien sûr ! Bien sûr ! » avait-il lancé d'un ton enjoué quand le barbu lui avait montré l'appareil photo et avait pointé sa fille du doigt. « Et comment vous appelez-vous ? » avait demandé Serge à la jeune femme. Ce n'était pas une jeune femme spécialement belle, pas le genre de femme susceptible de faire naître dans les yeux de mon frère des éclairs de lubricité : pas une femme pour qui il se serait démené, comme quelques instants plus tôt la serveuse maladroite sosie de Scarlett Johansson. Mais elle avait un joli visage, un visage intelligent d'ailleurs, pour m'exprimer plus clairement – trop intelligent pour qu'elle ait envie d'être photographiée avec mon frère. « Naomi, avait-elle répondu.

— Venez vous asseoir à côté de moi, Naomi », avait dit Serge, et quand la jeune femme avait pris place sur la chaise vide, il avait posé le bras autour de ses épaules. Le barbu avait reculé de quelques pas. « Encore une pour plus de sûreté », avait-il dit après un premier flash, et il avait appuyé une seconde fois.

L'épisode de la photo avait provoqué l'agitation prévisible. Aux tables autour de la nôtre, les gens avaient feint de ne pas remarquer ce qui se passait, mais l'effet avait été le même que lors de l'entrée de Serge plus tôt dans la soirée : malgré leurs efforts pour faire comme si de rien n'était, il se produisait tout de même quelque chose, je ne sais pas comment l'exprimer plus clairement. C'est comme lors d'un accident, quand on poursuit son chemin sans s'arrêter parce qu'on ne veut pas voir de sang. Ou plutôt non, prenons un exemple moins catastrophique : un animal renversé par une voiture sur le bord de la route, on le voit, on a déjà repéré l'animal mort à une certaine distance, mais on cesse de le regarder. On n'a pas envie d'être confronté à du sang et à un étalement de viscères. On regarde donc ailleurs, on regarde par exemple le ciel, ou un buisson en fleur plus loin dans un champ – tout sauf l'autre côté de la route.

Serge avait tout fait pour se montrer enjoué, le bras posé sur les épaules de la jeune femme : il l'avait attirée vers lui et avait penché sa tête de côté, au point que leurs têtes se touchaient presque. La photo serait sans aucun doute réussie, la fille du barbu n'avait probablement pas espéré de plus belle photo, mais j'avais tout de même très nettement l'impression que Serge aurait été moins enjoué si, au lieu de cette jeune femme, Scarlett Johansson (ou son sosie) s'était retrouvée sur la chaise à côté de la sienne.

« Nous aimerions vous remercier du fond du cœur, avait dit le barbu. Nous ne vous dérangerons plus. Vous êtes ici à titre privé. »

La jeune femme (Naomi) n'avait rien dit ; elle avait reculé sa chaise et était allée rejoindre son père.

Pourtant, ils ne partaient pas.

« Cela vous arrive-t-il souvent ? » avait demandé le barbu en se penchant légèrement en avant, la tête juste au-dessus de notre table – il parlait aussi plus bas, d'un ton plus confidentiel. « Que les gens viennent vous voir, comme ça, pour vous demander d'être pris en photo avec vous ? »

Mon frère l'avait regardé fixement, la ride entre ses sourcils était réapparue. Qu'attendaient-ils de plus de sa part ? disait la ride. Le barbu et sa fille avaient eu droit à leur moment enjoué, il était temps maintenant qu'ils débarrassent le plancher.

Je ne lui donnais pas tort, pour une fois. J'avais déjà pu le constater à d'autres occasions, les gens s'incrustaient auprès de Serge Lohman. Ils ne parvenaient pas à prendre congé, ils voulaient que cela dure plus longtemps. Oui, ils n'en avaient jamais assez, une photo ou une signature ne suffisait pas ; ils voulaient de l'exclusif, un traitement de faveur : il fallait qu'ils se distinguent de tous les autres déjà venus demander une photo ou une signature. Ils cherchaient une histoire. Une histoire à raconter à tout le monde le lendemain : Tu sais qui nous avons rencontré hier soir ? Oui, lui. Tellement gentil, tellement simple. Nous pensions qu'après la photo il voudrait qu'on le laisse tranquille. Mais pas du tout ! Il nous a invités à sa table et il a tenu à ce que nous buvions un verre avec lui. À mon avis, ce n'est pas tout le monde qui a une tête connue qui ferait ce genre de choses. Mais lui si. Et on est restés vraiment tard.

Serge a regardé le barbu, la ride entre ses sourcils était encore plus marquée, mais un étranger aurait pu croire que, gêné par la lumière en face de lui, Serge fronçait les sourcils. Il a fait glisser son couteau sur la nappe, l'éloignant de son assiette puis le rapprochant. Je savais à quel dilemme il était à présent confronté, j'en avais été témoin à d'autres occasions, plus souvent que je ne l'aurais souhaité. Mon frère voulait qu'on le laisse tranquille, il s'était montré sous son meilleur jour, posant son bras autour des épaules de la fille il s'était laissé immortaliser par le père, il était simple, il était humain, quand on votait pour Serge Lohman, on votait pour un Premier ministre simple et humain.

Seulement voilà, le barbu restait planté devant lui, en quête d'autres bavardages à bon compte qu'il se ferait un plaisir de rapporter à ses collègues lundi au travail, et Serge devait se contenir. La moindre remarque caustique, le moindre sarcasme, pouvait réduire à néant tous ses efforts, le crédit accumulé disparaîtrait en fumée, l'offensive de charme aurait été déployée en vain. Le barbu raconterait lundi à ses collègues que Serge Lohman était un sale con arrogant, un homme qui pétait plus haut que son cul. Sa fille et lui ne l'avaient d'ailleurs pas dérangé, ils n'avaient fait que lui demander une petite photo puis ils l'avaient laissé finir tranquillement son repas en privé. Parmi les collègues, il s'en trouverait un ou deux qui après cette histoire ne voteraient plus pour Lohman. Il était d'ailleurs fort possible que ces deux ou trois collègues racontent à leur tour l'histoire de cette tête de liste arrogante, inaccessible : l'effet dit boule de neige. Et comme tous les commérages, l'histoire de deuxième, troisième et quatrième main prendrait une tournure de plus en plus grotesque : comme une traînée de poudre, une rumeur publique des plus fiables se répandrait selon laquelle Serge Lohman avait offensé un père ordinaire et sa fille qui lui avaient demandé très poliment de prendre une photo ; dans des versions ultérieures, le Premier ministre jetterait les deux dehors manu militari.

Bien qu'il fût entièrement responsable de ce qu'il lui arrivait, mon frère me faisait pitié à des moments pareils. J'avais toujours compris les stars de cinéma et de la pop qui s'en prenaient aux paparazzi les attendant à la sortie d'une discothèque et réduisaient en miettes leurs appareils photo. Si Serge avait décidé de frapper le barbu, de lui casser sa gueule de lâche dissimulée par cette pilosité de lutin aussi répugnante que risible, il aurait pu compter à cent pour cent sur mon soutien. J'aurais tordu le bras du barbu dans son dos, me suis-je dit, puis Serge se serait concentré sur la transformation de son visage ; il aurait dû donner d'autant plus de force à ses coups de poing qu'il fallait traverser la barbe pour abîmer le visage proprement dit.

On peut qualifier pour le moins d'ambivalent le comportement de Serge face à l'intérêt que lui porte le public. Dans les moments et les situations où il constitue un bien public : pendant ses discours dans les salles au fin fond de la province, lorsqu'il répond aux questions de l'« arrière-ban », ou qu'il est devant des caméras de télévision ou des micros à la radio, quand il distribue, en anorak, des tracts sur le marché et engage la conversation avec des gens ordinaires, ou lorsque devant son pupitre il a droit à des applaudissements – non, que dis-je : à l'ovation de plusieurs minutes qu'on lui a rendue debout à la fin du dernier congrès du parti (on a jeté des fleurs sur l'estrade, un geste soi-disant spontané, en réalité mis en scène par un stratège de sa campagne)... À chacune de ces occasions, il rayonne. Pas seulement de joie, ou par vanité, ou parce que les hommes politiques ne peuvent avancer en ce monde sans rayonner ou parce que, sinon, autant tirer définitivement un trait dès le lendemain sur sa campagne électorale. Non, il rayonne vraiment : quelque chose émane de lui.

Chaque fois que j'ai assisté à une telle scène, je l'ai trouvée incroyable, incroyable et stupéfiante : voir mon frère, ce rustre maladroit, ce plouc borné qui doit manger « pas plus tard que maintenant » et ingurgite son tournedos sans joie en trois bouchées, cet abruti si prompt à s'ennuyer, dont les yeux s'égarent dès que le sujet ne le concerne pas directement ; voir ce frère qui est le mien commencer littéralement à rayonner sur une estrade et sous la lumière des projecteurs et des éclairages dans un studio de télévision – le voir en un mot devenir un homme politique charismatique.

« C'est son rayonnement, a affirmé la présentatrice d'une émission pour les jeunes dans une interview pour un magazine féminin. Quand on est en sa présence, il se passe quelque chose. » J'avais moi-même vu par hasard l'émission pour les jeunes à laquelle Serge avait participé. On comprenait parfaitement ce qu'il faisait. Tout d'abord, il gardait toujours le sourire, il se l'est appris, mais ses yeux ne rient pas en revanche, et c'est à cela que l'on remarque que ce n'est pas authentique. Enfin tout de même : il sourit, les gens trouvent cela agréable. Ensuite, pendant la majeure partie de l'interview, il avait les mains dans les poches, et ce n'est pas qu'il s'ennuyait ou était blasé, il le faisait avec décontraction, comme s'il était dans la cour du lycée – c'est bien la « cour du lycée » que cela évoquait le plus, car l'enregistrement avait eu lieu à la fin d'une conférence dans les locaux bruyants et mal éclairés d'une association de jeunes. Trop vieux pour passer pour un élève, il était en revanche sans aucun doute le professeur le plus sympathique : le professeur en qui on peut avoir confiance, à qui il arrive parfois de dire « merde » ou « cool », le professeur sans cravate qui à l'occasion du voyage scolaire à Paris boit un petit verre de trop au bar de l'hôtel. De temps en temps, Serge sortait une main de sa poche pour illustrer d'un geste un aspect particulier du programme du parti, et on aurait dit qu'il allait passer cette main dans la chevelure de la présentatrice, ou qu'il allait lui dire qu'elle avait de beaux cheveux.

Mais il changeait de comportement quand il était quelque part à titre privé. Comme tous les gens qui ont un visage connu, il a lui aussi un regard particulier : quand il entre quelque part à titre privé, il ne fixe jamais quelqu'un droit dans les yeux, son regard part dans toutes les directions sans jamais s'arrêter sur des personnes en chair et en os ; il s'attarde sur les plafonds, les lampes suspendues aux plafonds, les tables, les chaises, une illustration dans un cadre accroché au mur – mais ce qu'il préfère, c'est encore ne rien regarder. Pendant ce temps, il sourit ; c'est le sourire de quelqu'un qui sait que tout le monde le regarde – ou fait exprès de ne pas le regarder, ce qui au fond revient au même. Il a parfois du mal à séparer ces deux aspects : bien public et circonstances privées. On a alors la nette impression qu'il pense que, à tout prendre, autant tirer profit de l'intérêt que lui porte le public dans sa vie privée ; comme ce soir-là dans le restaurant.

Il a regardé le barbu, puis moi, la ride avait disparu. Il m'a fait un clin d'œil et, aussitôt après, il a fouillé dans la poche de sa veste et il en a sorti son téléphone portable.

« Je suis désolé, a-t-il dit en regardant l'écran. Je suis obligé de répondre. » Il a souri pour s'excuser à l'intention du barbu, il a appuyé sur une touche et porté le portable à son oreille.

Nous n'avions rien entendu, pas de sonnerie à l'ancienne, pas de petite mélodie particulière – mais après tout pourquoi pas ? C'était plausible, il se pouvait que, dans le brouhaha ambiant, le barbu, Naomi et moi n'ayons rien entendu, ou, qui sait, peut-être la fonction vibreur était-elle activée ?

Qui aurait pu y trouver à redire ? Certainement pas le barbu. Pour lui le moment était venu de partir bredouille : bien sûr il pouvait douter de l'appel téléphonique, il était parfaitement en droit de penser qu'on se payait sa tête – mais l'expérience montrait que les gens n'allaient pas imaginer des choses pareilles. Cela aurait terni leur histoire. Ils avaient été pris en photo avec le futur Premier ministre des Pays-Bas, ils avaient échangé quelques mots avec lui, mais il était débordé.

« Oui, a dit Serge dans l'appareil. Comment ? » Il regardait non plus le barbu et sa fille, mais dehors, pour lui ils étaient déjà partis. Je dois dire qu'il jouait de manière convaincante. « Je suis en train de dîner, a-t-il poursuivi en regardant sa montre ; il a mentionné le nom du restaurant. Avant minuit, cela ne va pas être possible », a-t-il conclu.

J'ai senti qu'il m'incombait à présent de m'occuper à mon tour du barbu. J'étais le secrétaire médical qui raccompagne le patient à la porte parce que le médecin doit voir son prochain patient. J'ai fait un geste, pas un geste d'excuse, mais un geste censé signifier qu'il pouvait maintenant se retirer avec sa fille sans perdre la face.

« C'est à ces moments-là qu'on se demande à quoi bon faire tout cela, a soupiré mon frère quand nous nous sommes retrouvés tous les deux et qu'il a rangé son portable. Bon Dieu, ce sont les pires ! Les collants. Et encore, si la fille avait été au moins un peu jolie… » Il m'a fait un clin d'œil. « Oh, désolé, Paul, j'ai oublié que c'était justement ton style, celles qui font tapisserie. »

Il a ricané de sa propre plaisanterie, et j'ai ri avec lui tout en regardant vers la porte du restaurant pour voir si Claire et Babette arrivaient. Serge a repris son sérieux plus vite que je ne le pensais, il a posé ses coudes sur la table et appuyé les extrémités de ses doigts les unes contre les autres. « De quoi parlions-nous ? » a-t-il dit.

C'est là qu'ils sont venus apporter le plat.

18

Et maintenant ? Maintenant j'étais dehors et je regardais à une certaine distance mon frère assis seul à table. La tentation était grande de rester ici jusqu'à la fin de la soirée – du moins de ne pas retourner là-bas.

J'ai entendu un couinement électronique que, dans un premier temps, je ne suis pas parvenu à situer ; j'ai entendu d'autres couinements qui ensemble semblaient former une mélodie, rappelant une sonnerie de portable, sans que ce soit celle du mien.

Pourtant, le bruit venait d'une poche de ma veste, mais de la poche droite ; or je suis gaucher, je mets toujours mon portable dans ma poche gauche. J'ai glissé la main – ma main droite – dans la poche de ma veste et j'ai senti, en dehors du contact familier des clés de chez moi et d'une forme dure dont je savais qu'il s'agissait d'un petit paquet de Stimorol entamé, un objet qui ne pouvait être qu'un téléphone portable.

Avant même d'extraire le petit portable qui couinait, j'ai compris de quoi il retournait. Je n'ai pas pu reconstituer aussitôt comment le portable de Michel avait atterri là, mais j'étais à présent manifestement confronté au fait que quelqu'un appelait Michel : sur son portable. La sonnerie était très forte maintenant qu'elle n'était plus étouffée dans un espace clos, si forte que je craignais qu'on ne l'entende au loin dans le parc.

« Merde ! » me suis-je exclamé.

Le mieux était évidemment de laisser le portable piailler jusqu'à ce qu'il bascule automatiquement sur le répondeur. En même temps, je voulais que le bruit cesse sur-le-champ.

J'étais par ailleurs curieux de savoir qui appelait.

J'ai regardé l'écran pour voir si à tout hasard je reconnaissais un nom, mais aucun nom ne s'est avéré nécessaire. L'écran s'est éclairé dans l'obscurité et, les traits avaient beau être flous, je n'ai eu aucun mal à reconnaître le visage de ma femme.

Pour une raison ou une autre, Claire appelait son fils, et il n'y avait qu'une seule manière de savoir pourquoi.

« Claire ? » ai-je dit après avoir fait coulisser le clapet vers le haut.

Il y a eu un silence. « Claire ? » ai-je répété. J'ai regardé à plusieurs reprises autour de moi, il n'était pas improbable que ma femme surgisse ici soudain de derrière un arbre – que le tout soit une plaisanterie, mais une plaisanterie dont je ne saisissais pas encore très bien le sens.

« Papa ?

— Michel ! Mais où es-tu ?

— À la maison. J'étais... je ne pouvais... Mais où es-tu ?

— Au restaurant. Nous te l'avons pourtant bien dit. Mais comment... » Mais comment se fait-il que j'aie ton portable ? avais-je envie de demander, mais j'ai soudain pensé qu'il valait mieux ne pas poser cette question.

« Mais qu'est-ce que tu fais avec mon portable ? » a alors demandé mon fils ; il ne paraissait pas choqué, mais plutôt étonné, comme moi.

Sa chambre, au début de la soirée, son portable sur sa table... Qu'est-ce que tu fais ici ? Tu m'as dit que tu me cherchais. Pourquoi ? Est-ce que je tenais encore son portable à la main à ce moment-là ? Ou bien l'avais-je reposé sur la table ? Rien. Je te cherchais. Était-il possible... ? Mais dans ce cas je devais avoir déjà mis ma veste. Je ne portais jamais de veste chez moi. J'essayais de trouver un moyen d'expliquer pourquoi j'étais monté à l'étage avec ma veste, pour me rendre dans la chambre de mon fils. « Je n'en ai aucune idée, ai-je dit entre-temps d'un ton aussi léger que possible. Je suis aussi surpris que toi. Je veux dire, ils se ressemblent un peu, nos portables, mais j'ai du mal à imaginer que j'aie...

— Je n'arrivais pas à le trouver, m'a interrompu Michel. Alors j'ai composé mon numéro au cas où je l'entendrais sonner. »

La photo de sa mère à l'écran. Il avait appelé du téléphone fixe, et sur l'écran de son portable apparaissait une photo de sa mère quand on l'appelait du téléphone fixe de la maison. Pas de son père, me suis-je dit tout d'un coup. Ou de nous deux. Et au même moment j'ai pensé à quel point ce serait ridicule, une photo de ses parents, souriant dans les bras l'un de l'autre, sur le canapé du salon : un mariage heureux. Papa et maman m'appellent. Papa et maman veulent me parler. Papa et maman m'aiment plus que qui que ce soit d'autre au monde.

« Je suis désolé, mon garçon. J'ai bêtement mis ton portable dans ma poche. Ton père se fait vieux. » La maison, c'était maman. La maison, c'était Claire. Je ne me sentais pas doublé, ai-je constaté, d'une certaine façon j'étais même rassuré. « Nous n'allons plus rester très longtemps. Tu le récupéreras dans une heure ou deux.

— Où êtes-vous ? Ah oui, vous êtes sortis dîner, tu l'as déjà dit. C'est bien le restaurant dans ce parc, en face de... » Michel a mentionné le nom du café fréquenté par les gens ordinaires. « C'est tout près.

— Ne te donne pas cette peine. Tu vas le récupérer bientôt. Dans une heure tout au plus. » Avais-je conservé un ton léger ? Enjoué ? Ou pouvait-on déceler à ma voix que je préférais éviter qu'il vienne au restaurant chercher son portable ?

— Non, ça va durer trop longtemps. J'ai... j'ai besoin d'un numéro, il faut que j'appelle quelqu'un. » Avais-je entendu chez lui une hésitation, ou était-ce seulement une coupure de réseau ?

« Je peux regarder pour toi. Si tu me dis de quel numéro tu as besoin... »

Non, le ton n'allait vraiment pas. Je n'avais même pas envie d'être un père aussi gentil, aussi souple : un père qui a le droit de fouiner dans le portable de son fils puisqu'un père et un fils « n'ont pas de secret l'un pour l'autre ». J'étais déjà reconnaissant que Michel continue de m'appeler « papa », plutôt que « Paul ». Toute cette histoire de prénom m'avait toujours profondément choqué : des enfants de sept ans qui appellent leur père « Joris », ou leur mère « Wilma ». Cette souplesse était mal inspirée, elle se retournait toujours, en définitive, contre les parents qui se montraient trop souples. De « Joris » et « Wilma », il n'y avait qu'un pas vers : « Je t'avais pourtant bien dit au beurre de cacahuètes, Joris ? » Et la tartine au chocolat, renvoyée à la cuisine, disparaissait dans la poubelle à pédale.

J'avais vu assez souvent, dans mon entourage, des parents rire un peu bêtement quand leurs enfants leur parlaient sur ce ton. « Ah, de nos jours, ils font leur crise d'adolescence de plus en plus tôt », disaient-ils pour les excuser, manquant de perspicacité, ou craignant tout simplement de reconnaître qu'ils avaient laissé s'abattre sur eux le règne de la terreur. Leur espoir viscéral était bien entendu que leurs enfants les apprécient plus longtemps en tant que Joris et Wilma qu'en tant que papa et maman.

Un père qui regardait dans le portable de son fils de quinze ans se rapprochait trop de lui. Il voyait en un coup d'œil combien de jeunes femmes figuraient dans la liste des contacts, ou les photos émoustillantes téléchargées comme fond d'écran. Non, mon fils et moi avions justement des secrets l'un pour l'autre, nous respections nos vies privées, nous frappions à la porte de nos chambres respectives quand elle était fermée. Et jamais nous n'entrions ni ne sortions nus, sans serviette autour de la taille, de la salle de bains, sous prétexte qu'il n'y avait rien à cacher, comme cela se faisait dans les familles à la Joris et Wilma – non, surtout pas d'ailleurs, en ce qui concerne ce dernier point !

Mais j'avais en revanche regardé dans le portable de Michel. J'avais vu des choses que je n'étais pas censé voir. Du point de vue de Michel, le fait que je sois en possession de son portable plus longtemps que le strict nécessaire était visiblement une question de vie ou de mort.

« Non, ce n'est pas la peine, papa. Je vais venir le chercher tout de suite.

— Michel ? » ai-je dit encore, mais il avait déjà raccroché. « Merde ! » ai-je crié pour la seconde fois ce soir-là, et au même instant j'ai vu Claire et Babette sortir de la haie à hauteur d'homme. Ma femme avait passé le bras autour des épaules de sa belle-sœur.

Cela a duré quelques secondes : pendant ces quelques secondes, j'ai envisagé de reculer pour m'enfoncer dans les buissons. Puis je me suis souvenu de la raison de ma présence dans ce jardin : j'étais censé chercher Claire et Babette. Cela aurait pu se passer plus mal. Claire aurait pu me voir tenir le portable de Michel à mon oreille. Elle se serait demandé à qui je téléphonais ici, à l'extérieur du restaurant, en secret !

« Claire ! » J'ai fait un grand signe. Puis je suis venu à leur rencontre.

Babette tenait encore un mouchoir appuyé contre son nez, mais à première vue elle ne pleurait plus. « Paul... », a dit ma femme.

Elle m'a regardé droit dans les yeux en prononçant mon prénom. Puis elle a levé les yeux au ciel et poussé un soupir imaginaire. Je savais ce que cela signifiait parce que je l'avais déjà vue le faire souvent : entre autres la fois où sa mère avait avalé une dose excessive de somnifères dans sa maison de repos.

C'est encore pire que ce que je croyais, disaient les yeux et le soupir.

À présent Babette me regardait elle aussi, elle a écarté le mouchoir de son visage. « Oh, Paul, a-t-elle dit. Mon cher, mon très cher Paul...

— Le... le plat est arrivé », ai-je répondu.

19

Il n'y avait personne dans les toilettes pour hommes.

J'ai essayé les trois portes des cabines ; elles étaient libres toutes les trois.

« Allez-y, avais-je dit à Claire et à Babette à l'entrée du restaurant. Commencez sans moi, j'arrive tout de suite. »

Je me suis glissé dans les toilettes les plus éloignées de la porte d'entrée et j'ai verrouillé la porte. Pour la forme, j'ai baissé mon pantalon et je me suis assis sur la lunette ; j'ai gardé mon slip.

J'ai sorti de ma poche le portable de Michel et j'ai fait coulisser le clapet vers le haut.

Sur l'écran, j'ai vu une chose que je n'avais pas vue plus tôt – du moins, je ne l'avais pas remarquée tout à l'heure dans le jardin.

Au bas de l'écran s'affichait une petite fenêtre blanche.

2 appels manqués
Faso

Faso ? Quelle idée de s'appeler Faso !

On aurait dit un nom inventé, un nom qui n'existait pas vraiment…

Et soudain, j'ai compris. Bien sûr ! Faso ! Faso était le surnom que Michel et Rick avaient donné à leur demi-cousin et demi-frère adoptif. À Beau. À cause de son pays natal. Et de son prénom : Beau.

Beau Faso. B. Faso du Burkina Faso.

Ils avaient commencé il y a quelques années : c'est du moins à ce moment-là que je les avais entendus utiliser ce surnom pour la première fois, à l'occasion d'une fête pour l'anniversaire de Claire. « Tu en veux encore, Faso ? » avais-je entendu Michel dire en présentant à Beau un saladier en plastique rouge rempli de pop-corn.

Et Serge, qui était dans les parages, l'avait entendu lui aussi. « Je t'en prie, avait-il dit. Arrête avec ça. Il s'appelle Beau. »

Quant à Beau, ce surnom ne semblait pas le déranger le moins du monde. « Non, c'est très bien comme ça, papa, avait-il dit à mon frère.

— Non, ce n'est pas très bien, avait dit Serge. Tu t'appelles Beau. Faso ! Je ne sais pas, je trouve cela vraiment… je trouve cela vraiment pas sympathique. »

Peut-être que Serge avait voulu dire : « Je trouve cela discriminatoire », et qu'il l'avait évité de justesse.

« Mais tout le monde a un surnom, papa. »

Tout le monde. C'était ce que Beau voulait. Il voulait être comme tout le monde.

Après cette occasion, j'avais rarement entendu Michel et Rick employer ce surnom en public. Mais visiblement il avait perduré : il avait même réussi à figurer dans la liste de contacts de Michel.

Pourquoi Beau/Faso avait-il appelé Michel ?

J'aurais pu écouter le répondeur pour savoir s'il avait laissé un message, mais Michel se serait aussitôt aperçu que j'avais fouiné dans son portable. Nous étions tous deux chez le même opérateur, j'aurais pu réciter par cœur le message prononcé par la femme de la messagerie vocale. « Vous avez un nouveau message » se transformait après la première écoute en : « Vous avez un ancien message. »

J'ai appuyé sur le bouton du menu, puis cliqué sur Mes documents et de là sur Vidéos.

Un menu est apparu : 1. Mes Vidéos, 2. Vidéos téléchargées et 3. Vidéos favorites.

Comme une heure plus tôt (une éternité) dans la chambre de Michel, j'ai cliqué sur 3. Vidéos favorites ; plus qu'une éternité, c'était un point de rupture : un point de rupture comme avant ou après la guerre.

L'instantané correspondant à la dernière séquence vidéo enregistrée était encadré d'une bordure bleue : il s'agissait du film que j'avais déjà vu il y avait une éternité. J'ai cliqué sur la vidéo précédente, appuyé sur Options, puis sur Lecture.

Une gare. Le quai d'une gare, une station de métro à première vue. Oui, une station de métro aérien, quelque part en banlieue, à en juger par les tours d'habitation en arrière-plan. Peut-être le quartier du sud-est d'Amsterdam, ou alors Slotervaart.

Je ferais aussi bien de jouer cartes sur table. Je reconnaissais la station de métro. J'ai su tout de suite de quelle station de métro il était question, et à quel endroit, et sur quelle ligne de métro elle se trouvait – mais je ne vais pas le crier sur tous les toits, cela n'a pour l'instant aucun intérêt que je cite le nom de cette station.

La caméra descendait et commençait à suivre une paire de chaussures de sport blanches qui avançait assez vite sur le quai. Au bout d'un certain temps, la caméra remontait et un homme apparaissait à l'écran, un homme d'un certain âge déjà, la soixantaine d'après moi, même s'il est toujours difficile de le déterminer pour ce genre de personnages : il n'était en tout cas manifestement pas le propriétaire des chaussures de sport blanches. Quand la caméra s'est approchée, son visage pas rasé, qui présentait quelques taches, est entré dans le champ. Un mendiant vraisemblablement, un sans-abri. Quelque chose de ce genre.

J'ai senti le même froid que plus tôt dans la soirée dans la chambre de Michel, le froid qui venait de l'intérieur.

À côté de la tête du sans-abri est apparue celle de Rick. Le fils de mon frère souriait à la caméra. « *Take one*, a-t-il dit. *Action !* »

Sans autre avertissement, il a frappé l'homme du plat de la main sur le côté du visage, contre l'oreille. Le coup, d'une extrême violence, a projeté la tête sur le côté ; l'homme a grimacé et mis les deux mains devant ses yeux, comme pour parer au prochain coup.

« *You're a piece of shit, motherfucker !* » a crié Rick, sans se défaire de façon convaincante de son accent, comme un acteur néerlandais dans un film américain ou anglais.

La caméra s'est approchée, suffisamment près pour que le visage pas rasé du sans-abri remplisse tout le petit écran. Il clignait ses yeux rouges, humides, ses lèvres marmonnaient des propos incompréhensibles.

« Dis *Jackass* », a lancé une autre voix en dehors de l'écran que j'ai reconnue aussitôt comme étant celle de mon fils.

La tête du sans-abri a disparu, puis celle de Rick est réapparue. Mon neveu regardait la caméra et faisait exprès de sourire bêtement. « *Don't try this at home* », a-t-il dit, et il a asséné un autre coup – on voyait du moins sa main faire le geste de frapper, on ne voyait pas le coup proprement dit.

« Dis *Jackass* », ai-je entendu dire la voix de Michel.

La tête du sans-abri est réapparue à l'écran ; à en juger par l'angle de prise de vues – on ne voyait à présent plus les tours, mais seulement un morceau du béton gris du quai, et derrière les rails –, il était maintenant étendu par terre. Ses lèvres tremblaient, ses yeux étaient fermés.

« *Jack... jack... ass* », a-t-il dit.

Là-dessus l'image s'est figée. Dans le silence qui à présent s'était fait, je n'entendais plus que le murmure de l'eau qui coulait contre la paroi des urinoirs.

« Nous devons parler de nos enfants », avait dit Serge. Cela faisait combien de temps ?

Une heure ? Deux heures ?

J'aurais préféré rester ici jusqu'au lendemain matin : être trouvé par l'équipe de nettoyage.

Je me suis levé.

20

En entrant dans la salle à manger, j'ai hésité.

Michel pouvait arriver d'un moment à l'autre pour récupérer son portable (en tout cas, il n'était pas encore là, ai-je constaté en avançant de quelques pas puis en m'immobilisant : il n'y avait à notre table que Claire, Babette et Serge).

J'ai vite fait un pas de côté, pour me dissimuler derrière un grand palmier. J'ai regardé à travers le feuillage, mais je n'ai pas eu l'impression qu'ils m'avaient vu.

Ce serait bien que j'intercepte Michel ici, ai-je pensé. Ici dans le hall, ou dans le vestiaire ; mais le mieux serait bien entendu dehors, dans le jardin. Oui, il fallait que j'aille dans le jardin, je pourrais venir à la rencontre de Michel et lui remettre son portable. À l'abri des regards et des questions éventuelles de sa mère, de son oncle et de sa tante.

J'ai fait demi-tour et je suis passé devant la jeune fille à côté du pupitre pour sortir. Je n'avais pas de plan préconçu. J'allais devoir dire quelque chose à mon fils. Mais quoi ? J'ai décidé de commencer par attendre qu'il prenne lui-même la parole – j'allais faire bien attention à ses yeux, ai-je résolu, ses yeux francs qui avaient toujours si mal su mentir.

J'ai pris l'allée éclairée par les torches électriques, puis j'ai tourné à gauche, comme plus tôt dans la soirée. De toute évidence, Michel allait emprunter le chemin que nous avions suivi nous-mêmes, et traverserait le petit pont en face du café. On pouvait accéder au parc par une autre entrée, l'entrée principale en fait, mais il aurait dû faire un trajet plus long à vélo dans le noir.

Arrivé au pont, je me suis immobilisé et j'ai regardé autour de moi. Il n'y avait personne. Les torches ne diffusaient ici plus qu'une faible lueur jaunâtre, pas plus forte que la lumière de quelques bougies.

L'obscurité avait aussi un avantage. Dans le noir, comme nous ne pourrions pas voir nos yeux, Michel serait peut-être enclin à me dire la vérité.

Et ensuite ? Qu'allais-je faire de cette « vérité » ? J'ai approché une main de mon visage pour me frotter les yeux. Il faudrait en tout cas que je garde le regard clair, tout à l'heure. J'ai mis ma main en creux devant ma bouche, j'ai expiré puis reniflé. Oui, mon haleine sentait l'alcool, la bière et le vin, mais j'avais jusqu'à présent bu moins de cinq verres en tout, ai-je calculé. Je comptais justement me retenir ce soir, je ne voulais pas donner à Serge la possibilité de marquer des points en profitant de mon apathie – je me connaissais, je savais qu'un dîner en ville exigeait une concentration que je n'étais capable de supporter que pendant un temps limité et que, ensuite, je n'aurais plus l'énergie de répliquer quand il recommencerait à évoquer les enfants.

J'ai regardé en face, au bout du pont, les lumières dans le café derrière les buissons, de l'autre côté de la rue. Un tram est passé sans marquer l'arrêt, puis tout est redevenu silencieux.

« Dépêche-toi ! » ai-je dit à haute voix.

Et c'est là et à cet instant, quand j'ai entendu ma propre voix – extirpé brutalement de mon sommeil par ma propre voix, pourrait-on dire –, que j'ai soudain compris ce que j'avais à faire.

J'ai sorti le portable de Michel de ma poche et j'ai fait glisser le clapet vers le haut.

J'ai appuyé sur Afficher.

J'ai lu les deux SMS : le premier montrait un numéro de téléphone et précisait que la personne n'avait pas laissé de message ; le second signalait que le même numéro avait enregistré « 1 nouveau message ».

J'ai comparé les heures indiquées par chaque SMS. Le premier et le deuxième n'étaient espacés que de deux minutes. Les messages remontaient à plus d'un quart d'heure : le moment où j'avais parlé à mon fils au téléphone, ici dans le parc, un peu plus loin.

J'ai appuyé deux fois sur Options, puis sur Supprimer.

Ensuite j'ai composé le numéro de la messagerie vocale.

Bientôt, quand Michel récupérerait son portable, il n'y aurait plus d'appels manqués affichés à l'écran, me suis-je dit, il n'aurait donc pas de raison d'appeler la messagerie vocale – du moins pour l'instant.

« Yo ! » ai-je entendu, après que la voix familière de la femme de la messagerie vocale a annoncé qu'il y avait un nouveau message (et deux messages archivés). « Yo ! Tu vas finir par me rappeler, ou quoi ? »

Yo ! Depuis environ six mois, Beau avait adopté un look « afro-américain », avec un bonnet des New

York Yankees et le langage correspondant. On l'avait fait venir d'Afrique et, jusqu'à récemment, il avait toujours parlé un néerlandais soigné. Pas le néerlandais des gens ordinaires, mais le néerlandais qu'on employait dans le cercle de mon frère et de sa femme : prétendument sans accent, mais avec en réalité l'accent, reconnaissable entre tous, de la haute société ; le néerlandais qu'on entend sur les terrains de tennis et à la cafétéria du club de hockey.

Un jour, Beau avait dû se regarder dans le miroir et décider que l'Afrique était l'équivalent de pitoyable et d'indigent ; mais qu'il ne deviendrait jamais néerlandais non plus, malgré son bon usage de la langue. Il était parfaitement compréhensible qu'il cherche ailleurs son identité, de l'autre côté de l'océan Atlantique, dans les banlieues noires de New York et de Los Angeles.

Pourtant, dès le début, un aspect de son numéro m'avait profondément déplu. Celui-là même qui m'avait toujours déplu chez le fils adopté de mon frère : son caractère sacré, pour ainsi dire, son habileté à exploiter sa différence vis-à-vis de ses parents adoptifs, de son frère adoptif, de sa sœur adoptive et de son cousin adoptif.

Autrefois, quand il était encore petit, il venait se réfugier, souvent en larmes, bien plus fréquemment que Rick ou Valérie sur les genoux de sa « mère ». Babette caressait alors sa petite tête noire et lui disait des mots réconfortants, tout en cherchant du regard le responsable de son chagrin.

Presque toujours, elle trouvait le coupable non loin de là.

« Que s'est-il passé avec Beau ? demandait-elle d'un ton de reproche à son fils biologique.

— Rien, maman, ai-je entendu Rick répondre une fois. Je l'ai juste regardé. »

« Tu es tout simplement raciste, m'avait lancé Claire quand je lui avais confié mon aversion pour Beau.

— Pas du tout ! lui avais-je répondu. Je serais raciste si je trouvais cet hypocrite gentil simplement du fait de la couleur de sa peau et de ses origines. Ce serait de la discrimination positive. Je serais raciste si je concluais que l'hypocrisie de notre neveu par adoption vient de l'Afrique en général et du Burkina Faso en particulier.

— C'était une blague ! » avait dit Claire.

Un vélo s'engageait sur le pont. Un vélo au phare allumé. Je ne voyais encore que la silhouette du cycliste, mais je serais capable de reconnaître mon enfant parmi des milliers. Sa position penchée au-dessus du guidon, comme un coureur cycliste, sa façon nonchalante de laisser le vélo se balancer de droite et de gauche, alors que son corps bouge à peine : c'étaient la position et les mouvements d'un… d'un prédateur, m'est-il soudain venu à l'esprit sans que je puisse réprimer cette pensée. J'avais voulu dire, voulu penser, « d'un athlète ». Un sportif.

Michel faisait du football et du tennis, et il y a six mois il s'était inscrit dans un club de sport. Il ne fumait pas, il consommait de l'alcool très modérément, et il avait à plusieurs occasions exprimé sa répugnance pour toute drogue, douce ou dure. « Ces mollassons », appelait-il les fumeurs de hasch dans sa classe, et nous, Claire et moi, nous étions bien entendu contents. Contents que notre fils ne présente pas de troubles du comportement, sèche rarement les cours et fasse toujours ses devoirs. Ce n'était pas un élève brillant, il ne se démenait jamais, il se contentait à la vérité du strict nécessaire, mais en revanche personne ne se plaignait jamais de lui. Ses résultats et ses bulletins de fin d'année étaient le plus souvent « satisfaisants », sauf pour le sport où il avait toujours la meilleure note.

« Un message archivé », disait la voix de la femme.

Je me suis aperçu seulement à ce moment-là que j'avais encore le portable de Michel à l'oreille. Michel avait déjà traversé la moitié du pont. Je me suis détourné, dos au pont, et je me suis dirigé vers le restaurant ; il fallait que, d'une manière ou d'une autre, j'interrompe le plus vite possible la connexion et je remette le portable dans ma poche.

« D'accord pour ce soir, disait la voix de Rick. On le fait ce soir. Appelle-moi. Ciao. »

Puis la voix de la femme de la messagerie vocale a annoncé l'heure et la date de l'enregistrement.

J'ai entendu Michel derrière moi, les roues de son vélo crissant sur le gravier.

« Un message archivé », répétait la femme.

Michel est arrivé à mon niveau. Que voyait-il ? Un homme qui se promène tranquillement dans le parc ? Avec un téléphone portable à l'oreille ? Ou son père ? Avec ou sans portable ?

« Bonsoir mon chéri », a résonné la voix de Claire dans mon oreille au moment même où mon fils m'a dépassé à vélo. Il a continué de rouler jusqu'à l'allée éclairée, puis il est descendu de vélo. Il a regardé autour de lui et s'est approché d'un râtelier à vélos à gauche de l'entrée. « Je serai dans une heure à la maison. Papa et moi partons à sept heures au restaurant, et je m'arrangerai pour que nous rentrions après minuit. Donc il faut que vous le fassiez ce soir. Papa n'est au courant de rien et j'aime autant que cela continue. Au revoir mon chéri. À tout de suite. Bisou. »

Michel avait mis l'antivol à son vélo et se dirigeait vers l'entrée du restaurant. La voix de la femme de la messagerie vocale a donné la date (d'aujourd'hui) et l'heure (deux heures de l'après-midi) de l'enregistrement du dernier message.

Papa n'est au courant de rien.

« Michel ! » ai-je appelé. J'ai vite glissé le portable dans ma poche. Il s'est arrêté et il a regardé autour de lui. Je lui ai fait un grand geste.

Et j'aime autant que cela continue.

Mon fils m'a rejoint au bout de l'allée de gravier. Nous sommes arrivés ensemble exactement à l'endroit où elle commençait. Ici, la lumière était vive. Mais peut-être avais-je besoin d'autant de lumière, ai-je pensé.

« Salut », a-t-il dit. Il portait le bonnet Nike noir, le casque pendait autour de son cou, le fil disparaissait dans le col de sa veste. C'était une veste verte matelassée Dolce & Gabbana qu'il venait d'acheter avec le budget dont il disposait pour ses vêtements, si bien qu'il ne lui restait plus d'argent pour ses chaussettes et ses caleçons.

« Bonsoir, mon garçon. Je me suis dit que j'allais forcément te croiser. »

Mon fils m'a regardé. Ses yeux francs. Naïf, voilà le terme qui conviendrait le mieux pour décrire son regard. Papa n'est au courant de rien.

« Tu téléphonais », a-t-il dit.

Je n'ai rien répondu.

« Tu téléphonais à qui ? »

Il avait essayé de prendre le ton le plus désinvolte possible, mais j'avais décelé une pointe d'insistance dans sa voix. Jamais je ne l'avais entendu parler sur ce ton et j'ai senti mes poils se hérisser dans mon cou.

« J'essayais de t'appeler, ai-je dit. Je me demandais pourquoi tu mettais autant de temps. »

21

Voilà ce qui s'est passé. Voilà les faits.

Une nuit, il y a environ deux mois, trois jeunes rentraient chez eux après une fête. La fête avait lieu dans la cantine de l'établissement secondaire de deux des trois garçons. Tous deux étaient frères. L'un des deux était adopté.

Le troisième garçon fréquentait un autre établissement. C'était leur cousin.

Le cousin, qui buvait rarement, voire jamais d'alcool, avait pourtant bu quelques bières ce soir-là. Les deux autres aussi. Les deux cousins avaient dansé avec des filles. Pas avec leurs petites amies habituelles, parce qu'ils n'en avaient pas à ce moment-là – juste avec plusieurs filles. Le frère adopté avait en revanche une petite amie habituelle. Pendant une bonne partie de la soirée, il l'avait embrassée dans un coin sombre, un peu à l'écart.

La petite amie ne s'était pas jointe aux trois garçons, quand ils étaient partis, car ils devaient être tous les trois chez eux avant une heure du matin. La fille était restée attendre que son père vienne la chercher.

Il était déjà une heure et demie, mais les garçons savaient que ce dépassement restait dans la marge que leur accordaient leurs parents. Il avait été convenu au préalable que le cousin dormirait chez les deux frères – les parents du cousin étant partis quelques jours à Paris.

En chemin, les garçons avaient eu envie de boire une dernière bière dans un café. Comme ils n'avaient pas assez d'argent sur eux, ils devaient d'abord en retirer. Quelques rues plus loin, ils ont trouvé un distributeur. C'était le genre de distributeur abrité derrière une porte extérieure en verre, à l'intérieur d'un local.

Un des deux frères, le frère biologique, disons, va tirer de l'argent. Le frère adoptif et le cousin restent l'attendre dehors. Mais le frère biologique ressort presque aussitôt. Déjà ? demandent les deux autres. Non, mec, dit le frère, putain mec, j'ai eu la trouille de ma vie. Quoi ? demandent les deux autres. Là, à l'intérieur, dit le frère. Il y a quelqu'un par terre. Il y a quelqu'un qui dort, dans un sac de couchage, bordel, mec, je lui ai presque marché sur la tête.

En ce qui concerne le déroulement exact de ce qui a suivi, et notamment l'identité du premier qui a eu l'idée de ce plan funeste, les opinions divergent. Les trois étaient d'accord que la puanteur dans le local du distributeur était insupportable. Une odeur pestilentielle : de vomi et de sueur, et d'encore autre chose que l'un des trois a décrit comme un relent de cadavre.

C'est un point important, cette puanteur, quand on pue, on doit s'attendre à moins de sympathie ; la puanteur peut aveugler, toutes ces odeurs ont beau être humaines, elles n'en dissipent pas moins la notion d'une personne en chair et en os. Cela n'excuse pas ce qui s'est produit par la suite, mais il ne faut malgré tout pas oublier de le préciser.

Les trois garçons veulent tirer de l'argent, pas beaucoup, quelques billets de dix pour une dernière bière dans un café. Mais impossible de rester dans le local avec une telle puanteur, *no way*, on n'y tient pas dix secondes sans avoir des haut-le-cœur, comme si des sacs poubelle déchirés y étaient entassés.

Mais c'est une personne qui y est allongée : une personne qui respire, oui, qui ronfle même et râle dans son sommeil. Allez, on va chercher un autre distributeur, dit le fils adoptif. Sûrement pas, disent les deux autres. Ce serait tout de même un monde de ne plus pouvoir tirer de l'argent parce que quelqu'un est étalé devant le distributeur à puer et à cuver son vin. Allez, répète le fils adoptif, on s'en va.

Mais les deux autres trouvent que cela manque de nerf : ils vont tirer de l'argent ici, ils ne vont pas faire le tour de je-ne-sais-combien de pâtés de maisons pour trouver un autre distributeur. Le cousin entre dans le local, il commence à tirer sur le sac de couchage. Hé, ho, on se réveille ! Debout, là-dedans !

Je m'en vais, dit le fils adoptif. Je n'ai pas envie de voir ça.

Allez, sois pas si rabat-joie, disent les deux autres, on n'en a pas pour longtemps, et après on ira boire une bière. Mais le frère répète qu'il n'a pas envie de voir ça, que d'ailleurs il est fatigué et qu'il ne veut plus de bière – et il prend son vélo et s'en va.

Le frère biologique essaie de le retenir. Attends, lui lance-t-il tandis que l'autre s'éloigne. Mais le frère adoptif se contente de faire un geste d'adieu, puis disparaît au coin de la rue. Laisse tomber, dit le cousin. Il est pas drôle. Il est comme-il-faut. Ce n'est qu'un con pas drôle.

Les voilà qui entrent tous les deux dans le local à présent. Le frère tire sur le sac de couchage. Hé, on se réveille ! Bon sang, dit-il, bon sang qu'est-ce que ça pue ! Le cousin donne un coup de pied à l'extrémité du sac de couchage à l'emplacement des pieds. Ce n'est pas vraiment une odeur de cadavre, plutôt celle de sacs poubelle effectivement, de sacs-poubelle remplis des restes d'un repas, des os de poulet rongés, des filtres à café moisis. On se réveille ! Ils sont à présent tous les deux en proie à une certaine obstination, le cousin et le frère ; c'est ici, dans ce distributeur, qu'ils vont tirer de l'argent, et nulle part ailleurs. Bien sûr, ils ont déjà un peu bu pendant la fête au lycée. C'est d'ailleurs une obstination reconnaissable, l'obstination de l'automobiliste éméché qui affirme être encore parfaitement en état de conduire – c'est l'obstination de l'invité qui s'est incrusté trop longtemps à un anniversaire, prend une dernière bière (« encore une petite »), puis raconte pour la septième fois la même histoire.

Vous devez vous lever, c'est un distributeur. Ils restent encore polis : malgré la puanteur, qui leur picote les yeux, ils ne tutoient pas. L'inconnu, l'invisible dans le sac de couchage, est certainement plus âgé qu'eux. Un monsieur donc, un clochard sans doute, mais tout de même un monsieur.

Pour la première fois, des bruits émergent du sac de couchage. Les bruits auxquels on peut s'attendre en pareilles circonstances : plaintes, soupirs, grommellements incompréhensibles. Cela s'anime. On dirait un enfant qui a envie de rester encore un peu couché, qui aujourd'hui aurait préféré ne pas aller à l'école ; puis les bruits sont suivis de mouvements : une chose ou un être s'étire et semble s'apprêter à faire émerger du sac de couchage une tête ou une autre partie du corps.

Ils n'ont pas de plan préconçu, le frère et le cousin, ils s'aperçoivent peut-être trop tard qu'ils ne tiennent pas à savoir ce qui se dissimule précisément dans le sac de couchage. Jusqu'à présent, il ne s'agissait que d'un obstacle, une chose en travers du chemin, qui dégageait une odeur inhumaine, qui n'était pas à sa place, il fallait l'éliminer, alors qu'à présent il va bientôt falloir engager la discussion avec cette chose (ou cette personne) sortie contre son gré de son sommeil, de ses rêves : qui sait à quoi rêvent les sans-abri à l'odeur fétide ? À un toit au-dessus de leur tête sans doute, un repas chaud, une femme et des enfants, une maison avec un accès pour le garage, un gentil chien qui remue la queue en courant à leur rencontre sur un gazon arrosé par un tourniquet.

Allez vous faire foutre !

Ce n'est pas tant le juron qui les effraie que le son de la voix. Il bouscule les a priori. Ils s'attendaient à voir émerger du sac de couchage un rustre : les cheveux trempés de sueur, collés ensemble par paquets, la bouche édentée à quelques chicots noirs près. Mais ce qu'ils entendent ressemble presque à une femme...

Et si c'était – à ce moment-là, les mouvements reprennent dans le sac de couchage : une main, une autre main, un bras entier, puis une tête. Cela ne se voit pas tout de suite, ou plutôt si, cela vient des cheveux clairsemés : des cheveux noirs, avec ici et là un peu de gris, à travers lesquels se distingue le cuir chevelu. Un homme devient chauve autrement. Le visage est crasseux, la barbe pas rasée, enfin non, c'est plutôt que le visage présente une certaine pilosité, mais sans conteste différente de celle d'un homme. Allez vous faire foutre ! Bande de cons ! La voix est stridente, la femme agite le bras, comme pour chasser des mouches.

Une femme. Le frère et le cousin se regardent. C'est le moment d'en rester là. Plus tard, ils se souviendront tous les deux de ce moment-là. La découverte que c'est une femme qui dort dans le sac de couchage change tout. Allez viens, on s'en va, dit d'ailleurs le frère. Dégagez ! crie la femme. Allez vous faire foutre ! Allez vous faire foutre !

Ta gueule ! dit le cousin. Ferme ta gueule, je te dis ! Il donne un grand coup de pied dans le sac de couchage, mais le local est petit, il a déjà du mal à garder l'équilibre, et il glisse, le pied part trop loin, la pointe de la chaussure érafle le sac de couchage et touche la femme sous le nez. Une main aux gros doigts boursouflés et aux ongles noirs agrippe le nez. Qui saigne. Salopards ! entendent-ils, la voix est maintenant si forte et perçante qu'elle semble remplir tout l'espace. Assassins ! Racailles ! Le frère tire le cousin vers la porte. Allez viens, on s'en va. Ils passent la porte et se retrouvent dehors. Espèces de salopards, petits merdeux, entendent-ils encore en provenance du local du distributeur, un peu moins fort à présent, même si la voix semble encore si puissante qu'on doit sûrement l'entendre jusqu'au coin de la rue. Mais il est tard, la rue est déserte, trois ou quatre fenêtres sont éclairées tout au plus.

Je ne voulais pas…, dit le cousin. J'ai glissé. Putain quelle sale connasse ! Bien sûr, dit le frère. Bien sûr que non. Mais bon sang elle va la fermer sa gueule ! Du local proviennent encore des sons, mais la porte s'est refermée ; ils sont déjà un peu plus sourds, un crachotement, un vague ronchonnement dépité.

Soudain ils sont pris d'un fou rire, plus tard ils se souviendront encore précisément du regard qu'ils se sont lancé, de leurs visages indignés, rouges de colère : de cela, et des bougonnements étouffés derrière la porte en verre, et de leur éclat de rire. Un rire compulsif. Ils ne peuvent plus s'arrêter, ils sont obligés de s'appuyer contre le mur, puis ils s'agrippent l'un à l'autre. Ils se sautent au cou, le corps secoué de rire. Bande de racailles ! Le frère imite la voix perçante de la femme. Salopards ! Le cousin s'accroupit, puis tombe par terre. Arrête ! S'il te plaît ! Je vais mourir !

Près d'un arbre sont regroupés quelques sacs-poubelle, et d'autres objets visiblement posés là pour être évacués par les services de la voirie : un siège de bureau à roulettes, un carton d'emballage qui a contenu un téléviseur grand écran, une lampe de bureau et le tube cathodique d'un téléviseur. Ils rient encore quand ils s'emparent de la chaise de bureau et la transportent jusqu'au local du distributeur. Sale pétasse ! Ils approchent, tant bien que mal dans le petit espace, la chaise de bureau du sac de couchage où, entre-temps, la femme s'est de nouveau glissée. Le cousin maintient la porte ouverte, le frère va chercher la lampe de bureau, et encore deux sacs-poubelle remplis. La tête de la femme resurgit du sac de couchage, ses cheveux forment effectivement de gros paquets gras, elle a une barbe, ou peut-être est-ce de la saleté agglutinée. À l'aide d'un seul bras, elle essaie de repousser la chaise de bureau, mais elle n'y parvient qu'à moitié. Aussi le premier sac-poubelle vient-il lui heurter le visage de plein fouet ; sa tête bascule en arrière et se cogne brutalement contre une corbeille à papier en acier accrochée au mur. Le cousin lance à présent la lampe de bureau, un modèle démodé avec un abat-jour rond et un pied en accordéon. L'abat-jour atteint le nez de la femme. Sans doute est-ce curieux qu'elle ne crie plus, que le frère et le cousin n'entendent plus sa voix perçante. Elle se contente de branler de la tête d'un air hébété quand le second sac-poubelle finit sa trajectoire contre sa tête. Gros tas de déchets, va roupiller ailleurs ! Va donc chercher du travail ! Ce « Va donc chercher du travail ! » déclenche chez eux un nouveau fou rire. Du travail ! crie le frère. Travail, travail, travail ! Le cousin retourne près de l'arbre aux sacs-poubelle. Il écarte le carton d'emballage qui a contenu le téléviseur grand écran et trouve le jerrycan. C'est un jerrycan de l'armée, un modèle vert comme on en voit fixés sur les jeeps. Le cousin prend le jerrycan par l'anse. Vide. Il ne s'attend d'ailleurs pas à autre chose, qui aurait l'idée de mettre un jerrycan plein à côté d'ordures ménagères ? Non, non, qu'est-ce qu'on va faire ? s'écrie le frère quand il voit arriver le cousin avec le jerrycan. Rien mec, ne t'en fais pas, il est vide, qu'est-ce que tu crois ? La femme a un peu repris ses esprits. Bande de voyous, vous devriez avoir honte, dit-elle d'une voix soudain remarquablement convenable, une voix d'un lointain passé peut-être, avant que la chute libre ne commence. Ça pue ici, dit le cousin, nous allons fumiger tout ce bazar. Il brandit le jerrycan. Oui, très intéressant, dit-elle, est-ce que je vais enfin finir par pouvoir me rendormir ? Le sang autour de son nez a séché. Le cousin jette le jerrycan vide – qui sait, peut-être exprès – à côté de sa tête, à bonne distance, ce qui produit un gigantesque bruit, certes, mais, tout bien considéré, moins épouvantable que les sacs-poubelle et la lampe de bureau.

Plus tard – quelques semaines plus tard – on voit nettement sur les images diffusées par *Opsporing Verzocht*[1] les deux garçons ressortir après avoir jeté le jerrycan. Ils ne reviennent pas avant un long moment. Sur les images de la caméra suspendue dans le local du distributeur, on ne voit d'ailleurs jamais la femme dans le sac de couchage. La caméra est orientée vers la porte, sur les personnes qui veulent utiliser le distributeur ; on peut voir qui retire de l'argent, mais il s'agit d'une caméra fixe, le reste du local est hors champ.

Le soir où Claire et moi avons vu les images pour la première fois, Michel était en haut dans sa chambre. Nous étions assis l'un à côté de l'autre sur le canapé du salon, avec le journal et une bouteille de vin rouge, du moins ce qu'il en restait après notre dîner. Toute la presse avait déjà couvert l'histoire, il en avait même été question à plusieurs reprises au journal télévisé, mais c'était la première fois que les images étaient montrées. Elles étaient cahotantes, floues, aussitôt reconnaissables comme les images d'une caméra de

1. Littéralement « On recherche », émission de téléréalité néerlandaise sur des enquêtes policières non résolues.

surveillance. Jusqu'à présent, les gens avaient crié au scandale. Où allait le monde ? Une femme sans défense… la jeunesse… le durcissement des sanctions – oui, les partisans de la peine de mort avaient de nouveau pointé le bout de leur nez.

C'était avant la diffusion d'*Opsporing Verzocht*. Jusqu'à ce moment-là, l'incident n'avait finalement été rien de plus qu'une nouvelle, une nouvelle choquante, certes, mais tout de même une nouvelle qui, comme toutes les nouvelles, était condamnée à l'usure : les aspérités se lisseraient avec le temps, jusqu'à ce qu'elles finissent par disparaître totalement, une nouvelle en tout cas pas suffisamment importante pour être stockée dans notre mémoire collective.

Mais les images de la caméra de surveillance avaient tout changé. Les jeunes – les auteurs du délit – avaient été dotés d'un visage, même si ce visage ne se reconnaissait pas facilement, l'appareil étant de mauvaise qualité et les deux garçons portant des bonnets qui leur descendaient en dessous des sourcils. Les téléspectateurs ont vu en revanche autre chose : ils ont vu que les jeunes y prenaient manifestement plaisir, qu'ils étaient presque pliés en deux de rire en balançant d'abord la chaise de bureau, puis les sacs-poubelle, la lampe de bureau et pour finir le jerrycan vide sur leur victime sans défense, ou en tout cas invisible. On les voyait – sur des images cahotantes en noir et blanc – se faire un *high five* après avoir jeté les sacs-poubelle, vociférer, des insultes sans aucun doute, contre la sans-abri en dehors du champ, même s'il n'y avait pas le son.

On les voyait surtout rire. C'était à ce moment-là que la mémoire collective avait resurgi. À ce moment décisif, les jeunes hilares ont exigé leur place dans la mémoire collective. Parmi les dix premières places du classement dans notre mémoire collective, ils arrivaient en huitième position, probablement juste après le colonel vietnamien qui tire sommairement une balle dans la tête d'un combattant viêt-cong, mais peut-être tout de même avant le Chinois qui avec ses sacs en plastique essaie d'immobiliser des chars sur la place de la Paix-Céleste.

Un autre facteur jouait aussi. Les jeunes portaient certes des bonnets, mais ils venaient d'un bon milieu. Ils étaient blancs. On n'aurait pas su dire à quoi cela tenait, il était difficile de mettre le doigt dessus : quelque chose dans leurs vêtements, dans leurs mouvements. Des jeunes gens soignés. Pas le genre de racailles qui mettent le feu aux voitures pour déclencher une émeute ethnique. De l'argent en quantité suffisante, des parents aisés. Des jeunes comme nous en connaissons tous. Des jeunes comme notre neveu. Comme notre fils.

Rétrospectivement, je me souviens précisément du moment où je me suis aperçu qu'il ne s'agissait pas de jeunes comme notre neveu ou notre fils, mais de notre fils lui-même (et de notre neveu). Ce moment glacial s'est totalement figé. À la seconde près, j'aurais pu montrer sur les images le moment où j'ai détourné les yeux de l'écran du téléviseur et où j'ai lancé à Claire un regard de côté. Comme l'enquête est encore en cours, je ne vais pas dévoiler ce qui m'a fait prendre conscience, abasourdi par cette constatation, que je regardais notre propre fils frapper une sans-abri à coups de chaise de bureau et de sacs-poubelle. En riant. Je ne vais pas m'étendre sur le sujet car, théoriquement, j'ai encore la possibilité de tout nier. Reconnaissez-vous ce jeune homme comme étant Michel Lohman ? En l'état actuel de l'enquête, je peux encore secouer la tête. C'est difficile à dire... Les images sont plutôt indistinctes, je n'en jurerais pas.

D'autres images suivaient, il s'agissait d'un montage, ils avaient coupé les moments où il ne se passait pas grand-chose. On voyait les deux garçons revenir sans cesse dans le local pour y jeter des choses.

Le pire arrivait à la fin, l'image-clé pour ainsi dire : l'image qui circulait sur la moitié de la planète. On les voyait d'abord projeter le jerrycan – le jerrycan vide – puis, après être une fois de plus ressortis et revenus, lancer autre chose ; sur les images on ne distinguait pas bien quoi : un briquet ? une allumette ? Un éclair de lumière s'ensuivait, un éclair de lumière qui d'un seul coup surexposait le tout, empêchant d'apercevoir quoi que ce soit pendant quelques secondes. L'écran devenait blanc. Quand des images réapparaissaient, on voyait les garçons prendre leurs jambes à leur cou.

Ils ne revenaient plus. Sur les dernières images de la caméra de surveillance, on ne voyait d'ailleurs plus grand-chose. Pas de fumée ni de flammes. L'explosion du jerrycan n'avait pas provoqué d'incendie. Pourtant, le fait de ne rien voir rendait justement les images très inquiétantes. Comme le plus important se déroulait en dehors du champ, il fallait combler soi-même le reste.

La sans-abri était morte. Morte sur le coup, selon toute probabilité. Au moment même où les vapeurs d'essence lui avaient explosé au visage. Ou tout au plus quelques minutes plus tard. Peut-être avait-elle essayé de se dégager du sac de couchage – peut-être pas. Hors champ.

Comme je l'ai dit, j'ai lancé un regard de côté pour observer le visage de Claire. Si elle tournait la tête vers moi et me regardait, je le saurais. Elle avait vu la même chose que moi.

Et à ce moment-là, Claire a tourné la tête et m'a regardé.

J'ai retenu mon souffle – ou plutôt : j'ai pris une inspiration pour être le premier à dire quelque chose. Dire quelque chose – j'ignorais encore les mots exacts que j'allais employer – qui allait changer notre vie.

Claire a pris la bouteille de vin rouge et l'a levée ; il restait encore un petit fond, juste assez pour un demi-verre.

« Tu en veux encore un peu ? a-t-elle demandé. Ou est-ce que j'ouvre une autre bouteille ? »

22

Michel avait glissé les mains dans les poches de son blouson. Il était difficile de savoir s'il avait cru à mes mensonges ; il a tourné la tête de côté et la lumière du restaurant s'est posée sur son visage.

« Où est maman ? »

Maman. Claire. Ma femme. Maman avait dit à son fils que papa n'était au courant de rien. Et qu'elle aimait autant que cela continue.

Au début de la soirée, ma femme, dans le café, m'avait demandé si je trouvais moi aussi que notre fils se comportait bizarrement ces derniers temps. Distant était le mot qu'elle avait employé. Vous parlez ensemble d'autres choses que lui et moi, avait-elle dit. Peut-être y a-t-il eu une histoire de fille ?

Claire avait-elle feint de s'inquiéter du comportement de Michel ? Ses questions n'avaient-elles pour seul but que de découvrir ce que je savais : ou si j'avais la moindre idée de ce que notre fils et notre neveu manigançaient à leurs heures perdues ?

« Maman est à l'intérieur, ai-je dit. Avec... » – je voulais dire « avec oncle Serge et tante Babette », mais soudain j'ai trouvé ces appellations ridiculement enfantines au regard des événements. « Oncle » Serge et « tante » Babette faisaient partie du passé : du lointain passé où nous étions encore heureux, m'est-il soudain venu à l'esprit, et je me suis mordu la lèvre. Je devais éviter que ma lèvre tremble, ou que Michel ne voie mes yeux humides. « ... Serge et Babette, ai-je dit pour terminer ma phrase. Nous en sommes tout juste au plat. »

M'étais-je fait une idée, ou bien Michel avait-il tâté la poche de son blouson pour s'assurer de la présence de quelque chose ? Son portable peut-être ? Il ne portait pas de montre, il utilisait son portable pour lire l'heure. Je m'arrangerai pour que nous rentrions après minuit, lui avait assuré Claire sur sa messagerie. Donc il faut que vous le fassiez ce soir. Avait-il besoin de savoir l'heure, maintenant que je lui avais annoncé que nous en étions au plat ? Combien de temps le séparait de l'« après minuit » pour faire ce qu'ils avaient à faire ?

Le ton qui m'avait inquiété à peine trente secondes plus tôt avait disparu de la voix de Michel quand il avait demandé où était sa mère. Où est maman ? « Oncle » et « tante » étaient puérils et faisaient partie d'un univers de fêtes d'anniversaire, et de questions comme « Que veux-tu faire plus tard ? ». Mais « maman » était maman. Maman resterait toujours maman.

Sans plus approfondir, j'ai décidé que le moment était venu. J'ai sorti le portable de Michel de ma poche. Il a regardé ma main, puis il a levé les yeux.

« Tu as regardé », a-t-il dit. Sa voix n'avait plus rien de menaçant, elle dénotait plutôt une certaine fatigue – de la résignation.

« Oui. » J'ai haussé les épaules, comme on hausse les épaules quand on ne peut plus rien y faire. « Michel..., ai-je commencé.

— Qu'est-ce que tu as vu ? » Il a pris dans ma main son portable, il a fait glisser le clapet vers le haut puis l'a refermé.

« Eh bien... le distributeur... et aussi le clochard sur le quai... » J'ai souri – un rictus plutôt bête, m'a-t-il semblé, et totalement déplacé, mais je m'étais dit que j'allais m'y prendre de cette manière, que ce serait mon approche : j'allais jouer les innocents, un père un peu naïf qui ne trouve pas si grave que son fils maltraite des clochards et fasse brûler des sans-abri. Oui, naïf était ce qu'il y avait de mieux ; je n'aurais pas trop de mal à jouer le père naïf, parce que, finalement, c'est ce que j'étais : naïf. « *Jackass...*, ai-je dit tout en continuant de sourire.

— Maman est au courant ? »

J'ai secoué la tête. « Non. »

Que sait maman ? avais-je en fait envie de demander, mais il était encore trop tôt. Je me suis souvenu de la soirée où on avait montré pour la première fois à la télévision des images du local du distributeur. Claire avait demandé si j'avais encore envie d'un peu de vin ou si elle devait ouvrir une autre bouteille. Elle était d'ailleurs allée ensuite dans la cuisine. La présentatrice d'*Opsporing Verzocht* avait pendant ce temps vivement incité les téléspectateurs à appeler le numéro en bas de l'écran s'ils disposaient d'informations susceptibles de permettre d'arrêter les coupables. « Vous pouvez aussi, bien entendu, appeler la police proche de votre domicile », avait-elle ajouté en me regardant de ses nobles yeux scandalisés. Où le monde en est-il arrivé ? disaient ces yeux.

Quand Claire est allée se glisser dans notre lit avec un livre, je suis monté et je suis passé devant la chambre de Michel. J'ai vu un rai de lumière sous sa porte. Je me rappelle être resté immobile dans le couloir pendant une minute entière. Je me demandais très sérieusement ce qui se passerait si je ne disais strictement rien. Si je me contentais de continuer à vivre, comme tout le monde. Je pensais au bonheur – aux couples heureux et aux yeux de mon fils.

Ensuite j'ai pensé à tous les autres qui avaient regardé l'émission : aux élèves de l'établissement de Rick et Beau qui à cette fameuse date étaient aussi allés à la fête du lycée – et qui avaient peut-être vu la même chose que moi. J'ai pensé aux gens ici dans le quartier, ici dans la rue : les voisins et les commerçants qui avaient vu passer en traînant des pieds le jeune homme un peu silencieux mais toujours aimable avec son sac de sport, sa veste matelassée et son bonnet.

Enfin j'ai pensé à mon frère. Il n'était pas des plus malins, en un certain sens on pouvait même dire de lui qu'il était retardé. Si les sondages d'opinion étaient dans le vrai, il prêterait serment à l'issue des prochaines élections pour devenir notre nouveau Premier ministre. Avait-il regardé ? Babette avait-elle regardé ? Pour un étranger, il était impossible de reconnaître nos enfants d'après les seules images de la caméra de surveillance qui avaient été diffusées, me disais-je, mais les parents avaient le don de repérer leurs enfants parmi des milliers : sur une plage bondée, dans une aire de jeux, sur des images imprécises en noir et blanc...

« Michel ? Tu es encore réveillé ? » J'avais frappé à la porte et il avait ouvert. « Papa ! Mais qu'est-ce qui t'arrive, s'est-il exclamé en voyant ma tête. Qu'est-ce qu'il y a ? »

Puis tout s'est passé plutôt vite, plus vite que je ne l'avais pensé en tout cas. En un certain sens, il paraissait même soulagé qu'il y ait à présent une personne de plus qui soit au courant. « Ça alors, a-t-il répété plusieurs fois. Ben, ça alors. C'est vraiment curieux, tu sais, d'en parler maintenant, ici avec toi. »

Il donnait l'impression que la situation était simplement curieuse : la même que si nous nous étions attardés ensemble sur les détails les plus intimes de ses tentatives pour séduire une jeune fille à l'occasion d'une fête de lycée. Au fond, il avait raison, bien sûr, je n'avais jusqu'à présent jamais essayé de faciliter la discussion sur des sujets trop personnels. Le plus étrange surtout, c'était que, dès le début, j'avais constaté en moi une certaine réserve. Comme si je lui laissais la liberté, moi, son père, de ne pas tout raconter quand un sujet était trop douloureux pour lui.

« Nous ne pouvions pas le savoir, tout de même ! a-t-il dit. Comment aurions-nous pu le savoir, qu'il restait encore quelque chose dans ce jerrycan ? Il était vide, je te jure qu'il était vide. »

Quelle importance cela avait, au juste, que lui et son cousin ignorent réellement que des jerrycans vides peuvent aussi exploser ? Ou qu'ils jouent les innocents à propos d'une précaution à prendre que l'on pouvait supposer de notoriété publique ? Des émanations de gaz, des vapeurs d'essence : ne jamais tenir une allumette près d'un réservoir vide. Sinon, comment se faisait-il qu'on ne pouvait pas utiliser son téléphone portable dans une station-essence ? À cause des vapeurs d'essence et du risque d'explosion.

Pas vrai ?

Mais je n'ai rien dit. Je n'ai pas cherché à contredire Michel, à remettre en cause les arguments qu'il utilisait pour plaider son innocence. Car dans quelle mesure était-il innocent, finalement ? Est-on innocent quand on jette une lampe de bureau à la tête de quelqu'un, et innocent quand on met le feu à cette même personne par accident ?

« Maman le sait ? » Oui, voilà ce qu'il a demandé. Déjà à ce moment-là.

J'ai secoué la tête. Nous sommes ainsi restés là pendant un certain temps en silence, debout l'un en face de l'autre dans sa chambre, tous les deux les mains dans les poches. Je n'ai pas posé plus de questions. Je n'ai pas demandé, par exemple, ce qui lui avait pris. Ce qui leur était passé par la tête, à lui et à son cousin, quand ils avaient commencé à lancer des objets sur la sans-abri.

Rétrospectivement, je suis certain qu'à cet instant et à cet endroit, durant ces quelques minutes de silence où nous avions les mains dans les poches, j'ai pris ma décision. J'ai pensé à la fois où Michel avait donné un coup de pied dans un ballon qui avait brisé une vitre de la devanture d'un magasin de vélos, il avait huit ans à l'époque. Nous étions allés voir ensemble le propriétaire du magasin pour lui proposer un dédommagement. Mais le propriétaire ne s'en était pas contenté. Il avait explosé, se lançant dans une tirade contre « tous ces sales petits cons » qui jour après jour jouaient au football devant sa boutique et envoyaient « exprès » le ballon contre les vitres. Tôt ou tard, un ballon allait forcément passer à travers, avait-il dit, c'était réglé comme du papier à musique. « Et c'est exactement ce que veulent ces petits voyous », avait-il ajouté.

Je tenais Michel par la main tandis que nous écoutions le marchand de vélos. Mon fils de huit ans avait baissé les yeux et regardait par terre, l'air contrit, tout en me serrant parfois les doigts.

Cette combinaison d'éléments, le marchand de vélos aigri qui classait Michel parmi les voyous et mon fils qui adoptait si ostensiblement une attitude coupable, m'a fait sauter le pas.

« Mais bon sang, tu vas finir par la fermer ? » ai-je lancé.

Le marchand de vélos, derrière son comptoir, a manifestement cru, dans un premier temps, avoir mal compris. « Que dites-vous ? a-t-il demandé.

— Tu m'as parfaitement entendu, connard. Je suis venu ici avec mon fils pour te proposer de l'argent pour ta saloperie de vitre, pas pour écouter tes discours aigris sur les enfants qui jouent au football. Qu'est-ce que ça peut faire, abruti, un ballon dans une vitre ? Cela ne te donne en aucun cas le droit de traiter un garçon de huit ans de voyou. Je suis venu ici pour verser un dédommagement, mais maintenant je ne vais rien payer. Tu te démerdes pour trouver l'argent.

— Monsieur, je ne vais pas vous laisser m'insulter, a-t-il dit, en s'apprêtant à sortir de derrière son comptoir. Ce sont ces vauriens qui ont cassé ma vitre, pas moi. »

Tout contre le comptoir était posée une pompe à vélo, un modèle droit classique ; la pompe à proprement parler était vissée par en dessous à une planchette en bois. Je me suis penché et j'ai pris la pompe.

« Vous feriez mieux de rester là où vous êtes, ai-je dit calmement. Il ne s'agit pour l'instant que d'une vitre. »

Quelque chose dans ma voix, je m'en souviens encore, a d'abord incité le marchand de vélos à s'immobiliser, puis à reculer d'un pas, revenant ainsi derrière son comptoir. J'avais effectivement employé un ton extraordinairement calme. Je n'étais pas à bout, la main avec laquelle je tenais la pompe n'était pas agitée par le moindre tremblement. Le marchand de vélos s'était adressé à moi en m'appelant monsieur, et j'en avais peut-être les apparences, mais je n'étais pas un monsieur.

« Allons, allons, a-t-il dit. Nous n'allons pas nous mettre à faire des bêtises, pas vrai ? »

J'ai senti la main de Michel autour de mes doigts. Il les a serrés à nouveau, plus fort que les autres fois. J'ai serré sa main à mon tour.

« Combien coûte ce carreau ? »

Il a cligné des yeux. « Je suis assuré, a-t-il dit. C'est juste que...

— Ce n'est pas ce que j'ai demandé. J'ai demandé combien il coûte.

— Cent... cent cinquante florins. Deux cents en tout, avec le coût de la main-d'œuvre, et le reste. »

Pour sortir les billets de la poche de mon pantalon, j'ai dû lâcher la main de Michel. J'ai posé deux billets de cent florins sur le comptoir.

« Voilà. C'est pour cette raison que je suis venu. Pas pour écouter tes conneries malsaines sur des enfants qui jouent au football. »

J'ai reposé la pompe à vélo à sa place. Je me sentais fatigué. Et j'éprouvais du regret. Le même sentiment de regret que l'on ressent quand on rate une balle au tennis : on veut faire un smash, mais on frappe de toutes ses forces à côté, le bras qui tient la raquette ne rencontre pas de résistance et fauche l'air inutilement.

Je l'ai su à ce moment-là, et je le sais encore, que je trouvais dommage que le marchand de vélos se soit si vite contenu. Je pense que je me serais senti bien moins fatigué si j'avais pu utiliser la pompe à vélo.

« Bon, eh bien nous avons résolu ce problème, pas vrai mon chéri ? » ai-je dit en rentrant à la maison.

Michel s'était à nouveau emparé de ma main, mais il n'a pas répondu. Quand j'ai lancé un regard de côté, j'ai vu qu'il avait les larmes aux yeux.

« Qu'y a-t-il, mon chéri ? » ai-je demandé. Je m'étais arrêté et accroupi devant lui. Il s'est mordu la lèvre, puis s'est mis à pleurer vraiment.

« Michel ! Michel, écoute. Tu ne dois pas être triste. Cet homme était désagréable. C'est ce que je lui ai dit. Tu n'as rien fait de mal. Tu as juste donné un coup de pied dans un ballon qui est allé droit dans une vitre. C'était un accident. Cela arrive, un accident, mais il n'a pas pour autant le droit de parler de toi de cette façon.

— Maman, a-t-il dit entre deux sanglots. Maman... »

J'ai senti quelque chose dans mon corps se figer, ou plutôt quelque chose d'indescriptible et de confus se déployer : une palissade, des mâts de tente, un parapluie qui s'ouvre – j'avais peur de ne plus pouvoir me relever.

« Maman ? Tu veux voir maman ? »

Il a hoché énergiquement la tête et frotté ses joues couvertes de larmes avec ses doigts.

« Si on rentrait vite voir maman alors ? On va tout raconter à maman ? Ce que nous avons fait ensemble ?

— Oui », a-t-il couiné.

Quand je me suis levé, j'ai cru effectivement entendre quelque chose craquer, dans ma colonne vertébrale, ou encore plus en profondeur. J'ai pris la main de Michel et nous nous sommes mis en marche. Au coin de notre rue, il a regardé de côté ; son visage était encore rouge et baigné de larmes, mais il avait cessé de pleurer.

« Tu as vu comme il avait peur, le gars ? ai-je dit. Nous n'avons eu pratiquement rien à faire. Il ne voulait même plus que nous payions la vitre. Mais je ne trouve pas cela correct. Quand on casse quelque chose, même si c'est par accident, il faut payer les dégâts. »

Michel n'a rien dit jusqu'à ce que nous arrivions devant la porte de chez nous.

« Papa ?

— Oui ?

— Tu voulais vraiment taper le monsieur ? Avec cette pompe à vélo ? »

J'avais glissé la clé dans la serrure, mais je me suis agenouillé à nouveau devant lui. « Écoute. Cet homme n'est pas un monsieur. Cet homme n'est qu'une saleté qui déteste les enfants qui jouent. La question n'est pas de savoir si je lui aurais vraiment donné un coup sur la tête avec cette pompe. Il n'aurait eu à s'en prendre qu'à lui-même. Non, l'important était qu'il pense que j'allais le frapper, c'était suffisant. »

Michel m'a regardé d'un air grave ; j'avais choisi soigneusement mes mots, parce que je ne voulais pas le faire encore pleurer. Mais ses yeux étaient déjà presque secs, il a écouté attentivement puis il a acquiescé lentement de la tête.

J'ai passé mon bras autour de lui et je l'ai serré contre moi. « Si on ne parlait pas à maman de cette pompe à vélo ? On garde ce petit secret entre nous deux ? »

Il a acquiescé une nouvelle fois.

Plus tard dans l'après-midi, il est allé avec Claire acheter des vêtements en ville. Le soir à table, il était plus silencieux et sérieux que d'habitude. À une occasion, je lui ai fait un clin d'œil, mais il ne m'en a pas fait un à son tour.

Quand il a été temps pour lui d'aller se coucher, Claire venait de s'asseoir sur le canapé pour regarder un film qu'elle avait envie de voir. « Reste tranquillement assise, je vais l'accompagner. »

Nous sommes restés allongés un petit moment l'un à côté de l'autre sur son lit pour bavarder un peu : un bavardage innocent, à propos de football et d'un nouveau jeu informatique pour lequel il faisait des économies. J'avais décidé de ne plus évoquer l'incident de l'après-midi dans le magasin de vélos tant qu'il n'aborderait pas le sujet.

Je l'ai embrassé en lui souhaitant bonne nuit et je m'apprêtais à éteindre la lampe quand il s'est penché vers moi et a passé les bras autour de mon cou. Il y mettait de la force, il n'avait jamais mis autant de force dans une étreinte, il appuyait sa tête contre ma poitrine.

« Papa. Mon gentil papa. »

23

« Tu sais ce qu'il y a de mieux à faire ? » ai-je dit ce soir-là dans sa chambre, quand il m'a eu raconté toute l'histoire, et m'a encore fait remarquer que Rick et lui n'avaient jamais eu l'intention de mettre le feu à quelqu'un. « C'était une blague, a-t-il dit. Et en plus... – il a fait une grimace de dégoût – si tu avais senti cette puanteur ! » a-t-il ajouté.

J'ai acquiescé, j'avais alors déjà pris ma décision. J'ai fait ce qui selon moi était ce qu'un père devait faire : je me suis mis à la place de mon fils. Je me suis mis à la place de Michel : il rentrait à la maison après la fête, avec Rick et Beau. Il avait voulu tirer de l'argent au distributeur – et il avait fait cette découverte dans le local du distributeur.

Je me suis mis à sa place. Je me suis efforcé d'imaginer comment j'aurais moi-même réagi face à cette créature dans le sac de couchage qui était en travers de leurs pieds, là, à l'intérieur ; face à cette puanteur, au simple fait que quelqu'un, un être humain (j'évite ici sciemment d'employer des mots comme sans-abri ou clochard, en parlant plutôt d'être humain), pense que les locaux des distributeurs peuvent servir d'endroit où passer la nuit ; un être humain qui ensuite se montre scandalisé quand deux jeunes gens essaient de le convaincre du contraire ; un être humain qui devient hargneux quand on le dérange dans son sommeil ; une réaction d'enfant gâté en somme, une réaction dont il nous arrive d'être témoin chez des gens qui pensent avoir des droits.

Michel ne m'avait-il pas raconté que la femme s'était exprimée de façon « convenable » ? Un accent convenable, de bonne famille, d'un milieu comme il faut. Jusqu'à présent, peu d'informations avaient été communiquées sur le passé de la sans-abri. Peut-être y avait-il des raisons. Peut-être était-elle le mouton noir d'une famille aisée dont les membres avaient l'habitude de donner des ordres au personnel.

Autre chose encore. On était aux Pays-Bas. On n'était pas dans le Bronx, on n'était pas dans les bidonvilles de Johannesburg ou de Rio de Janeiro. Aux Pays-Bas, il existait un système de protection sociale. Personne n'avait besoin de se mettre en travers du chemin dans le local d'un distributeur.

« Tu sais ce qu'il y a de mieux à faire ? ai-je dit. Nous allons pour l'instant laisser l'affaire se tasser. Tant qu'il n'y a rien qui se passe, il ne s'est rien passé. »

Mon fils m'a regardé pendant quelques secondes. Il se sentait peut-être trop vieux pour dire « mon gentil papa », mais dans ses yeux j'ai vu en dehors de son angoisse de la gratitude.

« Tu crois ? » a-t-il dit.

24

Et maintenant, dans le jardin du restaurant, nous étions de nouveau face à face, silencieux. Michel avait déjà fait coulisser plusieurs fois le clapet de son portable avant de glisser l'appareil dans la poche de sa veste.

« Michel… », ai-je commencé.

Il ne me regardait pas, il avait détourné la tête, vers le parc plongé dans l'obscurité ; son visage était lui aussi dans le noir. « Je n'ai pas le temps, a-t-il dit. Il faut que je m'en aille.

— Michel. Pourquoi ne m'as-tu rien dit ? À propos de ces films ? Ou en tout cas de ce film. À l'époque ? Quand il était encore temps ? »

Il s'est frotté le nez avec les doigts, il a raclé le gravier avec ses chaussures de sport blanches et haussé les épaules.

« Michel ? »

Il regardait le sol. « C'est pas important », a-t-il dit.

Le temps d'un instant, j'ai pensé au père que j'aurais pu être, peut-être même que j'aurais dû être, le père qui maintenant dirait : « Bien sûr que si, c'est important ! » Il était désormais trop tard pour faire des remontrances, j'avais déjà raté cet arrêt depuis bien longtemps : à ce moment-là, le soir de l'émission de télévision, dans sa chambre. Ou peut-être encore avant.

Quelques jours plus tôt, juste après le coup de téléphone de Serge pour fixer un rendez-vous au restaurant, j'avais regardé encore une fois l'émission *Opsporing Verzocht* sur Internet. L'idée ne me paraissait pas mauvaise, je pensais arriver mieux préparé au dîner.

« Il faut qu'on parle, avait dit Serge.

— De quoi ? » avais-je répondu. J'avais fait l'innocent, persuadé que c'était la meilleure attitude à adopter.

À l'autre bout du fil, mon frère avait poussé un profond soupir.

« Je ne crois pas que j'aie besoin de te faire un dessin, avait-il dit.

— Babette est au courant ? avais-je alors simplement demandé.

— Oui. C'est pour cela que j'aimerais que nous en parlions tous les quatre. Nous sommes concernés tous les quatre. Ce sont nos enfants. »

J'avais remarqué qu'il ne m'avait pas demandé pour sa part si Claire le savait aussi. Visiblement, il partait de ce principe – ou cela l'indifférait. Puis il avait mentionné le nom du restaurant, le restaurant où on le connaissait ; il avait dit que les listes d'attente de sept mois pour la moindre petite table ne poseraient aucun problème.

Claire était-elle au courant, elle aussi ? me suis-je dit à présent, en regardant mon fils qui manifestement s'apprêtait à aller chercher son vélo pour repartir.

« Michel, attends encore un peu. » Il faut qu'on parle, aurait dit l'autre père, le père que je n'étais pas.

J'avais donc regardé à nouveau les images de la caméra de surveillance, les jeunes qui rient en lançant une lampe de bureau et des sacs-poubelle sur la sans-abri invisible. Puis l'éclair de lumière des vapeurs d'essence qui explosent, les garçons qui décampent, les numéros de téléphone à appeler – ou la police de son quartier avec laquelle on peut se mettre en contact.

J'avais regardé encore une fois, surtout le dernier passage avec le jerrycan et la projection de ce qui, je le savais maintenant, était un briquet. Un Zippo, un briquet avec un clapet, le genre de briquet dont la flamme ne s'éteint que lorsqu'on rabat le clapet. Que faisaient avec un briquet les deux garçons qui ne fumaient ni l'un ni l'autre ? Il y avait certaines questions que je n'avais pas posées – tout simplement parce que je ne jugeais pas nécessaire de tout savoir, en proie à un puissant besoin d'ignorance, pourrait-on dire aussi –, mais celle-là, si. « Pour pouvoir donner du feu, avait répondu Michel sans hésiter. Les filles, avait-il ajouté quand après cette réponse j'avais continué de le regarder sans aucun doute un peu bêtement. Les filles te demandent du feu, pour un joint ou une

Marlboro Light ; tu loupes une occasion quand tu n'as rien dans les poches, c'est tout. »

Comme je l'ai expliqué, j'ai regardé deux fois le dernier passage. Après l'éclair de lumière, les garçons ouvrent la porte de verre et disparaissent. On voit la porte se refermer lentement, puis les images s'arrêtent là.

Quand j'ai regardé la seconde fois, pourtant, j'ai soudain vu une chose que je n'avais pas encore remarquée. J'ai cliqué pour faire défiler les images en arrière jusqu'au moment où Michel et Rick sortaient du local, puis encore plus lentement, image par image.

Est-il vraiment nécessaire de décrire les phénomènes physiques qui ont accompagné ma découverte ? Ils parlent, me semble-t-il, d'eux-mêmes. Le cœur qui bat, les lèvres et la langue sèches, la stalactite dans la tête, à l'arrière, la pointe fichée dans la dernière vertèbre cervicale, dans l'espace creux sans os ou cartilage où commence le crâne, au moment où j'ai figé la dernière image de la caméra de surveillance.

Là, en bas à droite : quelque chose de blanc. Une chose blanche à laquelle on ne prête pas attention lors d'une première visualisation, parce qu'on suppose que le pire est déjà passé. La lampe, les sacs-poubelle, le jerrycan... il est temps de hocher la tête et d'exprimer sa désapprobation : la jeunesse ; le monde ; sans défense ; meurtre ; films ; jeux vidéo ; camps de travail ; alourdissement des sanctions ; peine de mort.

L'image était figée et je regardais la chose blanche. Dehors, l'obscurité était totale ; sur la vitre de la porte en verre se reflétait une partie de l'intérieur du local :

le sol au carrelage gris, le distributeur à proprement parler avec les touches et l'écran, et la marque, le logo, dit-on je crois, de la banque à laquelle appartenait le distributeur.

D'un point de vue purement théorique, la chose blanche pouvait être un reflet, le reflet éclairé au néon d'un objet à l'intérieur du local – d'un des objets que les jeunes avaient lancés sur la sans-abri peut-être.

Mais cette hypothèse était purement théorique. La chose blanche était à l'extérieur, elle était entrée dans le champ depuis l'extérieur, depuis la rue. Un quelconque spectateur ne l'aurait jamais remarqué, a fortiori quand le film avait été diffusé pendant l'émission *Opsporing Verzocht*. Il fallait arrêter les images, ou les regarder image par image, comme je l'avais fait, et même là…

Il fallait savoir ce que l'on voyait. Voilà ce qu'il en était. J'étais certain de savoir ce que je voyais, parce que j'avais aussitôt reconnu la chose blanche pour ce qu'elle était.

J'ai cliqué sur Plein écran. L'image était plus grande à présent, mais à l'évidence plus floue et informe. Machinalement, j'ai pensé à *Blowup*, le film de Michelangelo Antonioni où un photographe en agrandissant une photo voit un revolver sous un buisson : plus tard, il s'avère que l'arme a servi à un meurtre. Mais agrandir ici, sur l'ordinateur, n'avait aucun sens. J'ai cliqué sur Réduire et j'ai pris la loupe posée sur mon bureau.

Il fallait maintenant que je tienne la loupe à la bonne distance. Selon que je m'approchais ou m'éloignais de l'écran, l'image devenait plus nette. Plus nette et plus grande.

Je voyais confirmé, en plus net et en plus grand, ce que j'avais déjà bien vu au premier regard : une chaussure de sport. Une chaussure de sport blanche comme en portent une quantité de gens ; une quantité de gens comme mon fils et mon neveu.

J'ai d'ailleurs réfléchi un petit instant à ce dernier aspect, pas plus d'un dixième de seconde : une chaussure de sport renvoie certes à des dizaines de milliers de personnes portant des chaussures de sport, mais à l'inverse il est difficile de remonter à partir d'une dizaine de milliers de chaussures de sport à une personne spécifique qui en porte.

Non, ce n'était pas sur ce point que ma pensée s'est attardée le plus longtemps. Ce qui m'importait était le message, ou plutôt : la signification des chaussures de sport blanches dehors, devant la porte vitrée du local du distributeur. Ou pour être encore plus précis : les significations.

J'ai bien regardé une nouvelle fois, j'ai fait un zoom avant puis un zoom arrière avec la loupe. Un examen plus attentif révélait une légère décoloration sur la chaussure de sport, à cet endroit le noir dehors dans la rue était un peu moins sombre. Sans doute était-ce la jambe, le bas du pantalon du porteur de la chaussure de sport blanche qui entrait dans le champ.

Ils étaient revenus. C'était la première signification. La seconde signification était que la police, en concertation ou non avec les réalisateurs d'*Opsporing*

Verzocht, avait décidé de ne pas diffuser les dernières images.

Naturellement, tout était possible. Naturellement, la chaussure de sport pouvait appartenir à quelqu'un d'autre que Michel ou Rick, à une personne qui était passée là par hasard trente secondes après le départ des deux garçons. Cette hypothèse paraissait cependant assez peu vraisemblable, à cette heure de la nuit, dans cette rue, quelque part en banlieue. Sans compter que ce passant aurait été un témoin susceptible d'avoir vu les garçons. Un témoin important auquel la police aurait demandé de se signaler lors de la diffusion de l'émission.

Tout bien considéré, la chaussure de sport blanche ne se prêtait qu'à une seule explication : l'unique explication qui m'était aussitôt venue à l'esprit (l'ensemble de l'exercice, l'agrandissement de la chaussure de sport à l'aide d'une loupe et la déduction avaient pris, de fait, moins de quelques secondes) : ils étaient revenus. Peut-être Michel et Rick étaient-ils revenus pour voir de leurs propres yeux ce qu'ils avaient provoqué.

Tout cela était déjà préoccupant, mais restait de l'ordre du préoccupant. Le plus alarmant était ce qui se cachait derrière la décision de ne pas diffuser ces images lors de l'émission *Opsporing Verzocht*. J'essayais d'imaginer ce qu'avaient bien pu être les raisons. Peut-être y voyait-on des détails permettant de mieux reconnaître Michel ou Rick (ou les deux) ? Mais, dans ce cas, cela aurait dû au contraire inciter à les montrer ?

Et si ces images manquaient tout simplement d'intérêt ? ai-je pensé plein d'espoir pendant trois secondes. Une prolongation sans intérêt qui n'ajoutait rien pour le téléspectateur ? Non, me suis-je dit aussitôt après. Elles ne pouvaient pas manquer d'intérêt. Le simple fait qu'ils soient revenus était trop important pour être occulté.

On pouvait donc voir quelque chose sur ces images, quelque chose que l'on pouvait décider de ne pas montrer aux téléspectateurs : quelque chose dont seuls la police et les auteurs des faits avaient connaissance.

On lisait parfois que, dans le cas d'une enquête très médiatisée, la police évitait de mentionner certains faits : elle ne donnait pas de précisions sur l'arme du crime ou omettait de mentionner un dessin laissé par l'assassin à côté de sa victime ou dessus. Le but étant d'éviter que des détraqués revendiquent le crime – ou l'imitent.

Pour la première fois depuis des semaines, je me suis demandé si Michel et Rick avaient eux-mêmes vu les images de la caméra de surveillance. Le soir de la diffusion d'*Opsporing Verzocht*, j'en avais parlé à Michel, je lui avais dit qu'ils avaient été filmés par une caméra de surveillance, mais qu'ils étaient pour ainsi dire méconnaissables. J'avais ajouté qu'il n'y avait pour l'instant aucun problème. Les jours suivants, nous n'avions pas reparlé de la caméra de surveillance. Je partais du principe que le mieux était de ne plus rien évoquer, pour ne pas alimenter le secret entre mon fils et moi.

J'espérais que la tempête allait s'apaiser, qu'au fil du temps l'attention se relâcherait, que les gens seraient obnubilés par d'autres nouvelles plus récentes et que l'explosion du jerrycan s'effacerait de la mémoire collective. Une guerre éclaterait quelque part, ou peut-être mieux encore, un attentat, avec beaucoup de morts, beaucoup de victimes parmi les civils, qui donnerait aux gens matière à hocher la tête. Des chassés-croisés d'ambulances, la torsion de l'acier de rames de train ou de métro, l'explosion de la façade d'un bâtiment de dix étages – ce serait le seul moyen pour que la sans-abri dans le local du distributeur disparaisse à l'arrière-plan ; un incident, un événement négligeable au regard de grandes catastrophes.

Voilà ce que j'ai espéré les premières semaines. La nouvelle ne serait plus d'actualité, peut-être pas dans un mois, mais dans six mois – en tout cas certainement dans un an. La police serait elle aussi absorbée à ce moment-là par d'autres affaires plus urgentes. Les enquêteurs seraient de moins en moins nombreux sur cette affaire, comme on dit, et quant à l'unique enquêteur obstiné, s'acharnant seul pendant des années sur des délits non résolus, je ne me faisais pas d'illusions : il n'existait que dans les séries télévisées.

Au bout de ces six mois, ou au bout de cette année, nous pourrions à nouveau vivre comme une famille heureuse. Cela laisserait certes une cicatrice quelque part, mais une cicatrice n'empêche pas le bonheur. En attendant, j'allais me comporter aussi normalement que possible. Faire des choses normales. De temps en temps sortir dîner, aller au cinéma, voir un match de foot avec Michel. À table le soir pendant le dîner, j'observais attentivement ma femme. Je cherchais le moindre changement dans son comportement, un indice qui m'aurait permis de savoir si, à son tour, elle soupçonnait un lien entre les images de la caméra de surveillance et notre propre famille heureuse.

« Qu'y a-t-il ? avait-elle demandé à l'occasion d'une de ces soirées ; manifestement, j'avais appliqué trop à la lettre l'idée de cet examen attentif. Qu'est-ce que tu as à m'observer ?

— Rien. Je donnais l'impression de t'observer ? »

Claire avait éclaté de rire ; elle avait posé sa main sur la mienne et m'avait doucement serré les doigts.

Dans ces moments-là, je craignais toujours de croiser le regard de mon fils. Je ne voulais pas voir de connivence dans ses yeux, je n'allais pas non plus lui faire un clin d'œil ou lui laisser entendre que nous partagions un secret tous les deux. Je voulais que tout soit normal. Un secret partagé nous aurait donné un avantage sur Claire – sur sa mère, sur ma femme. Ce serait d'une certaine manière l'exclure, ce qui représenterait une menace encore plus grande pour notre famille heureuse que l'ensemble de l'incident dans le local du distributeur.

Sans un regard de connivence (sans clin d'œil), un secret n'existait pas, d'ailleurs, c'était ma conviction. Nous aurions peut-être du mal à chasser de notre esprit les événements dans le local du distributeur, mais au bout d'un certain temps ils existeraient en dehors de nous-mêmes – comme pour les autres. Ce que nous devions oublier, en revanche, c'était le secret. Et il valait mieux commencer par oublier, le plus vite possible.

25

Tel était mon projet. Tel avait été mon projet avant que je regarde à nouveau la diffusion d'*Opsporing Verzocht* et que j'aperçoive la chaussure de sport blanche.

L'initiative qui a suivi n'a été que le fruit d'une soudaine intuition. Peut-être pouvait-on trouver quelque part plus d'éléments, me suis-je dit. Ou plutôt : peut-être pouvait-on examiner les éléments manquants, supprimés par erreur ou non, sur un autre site.

J'ai cliqué sur YouTube. La probabilité était extrêmement faible, mais cela valait la peine d'essayer, me suis-je dit. À côté de Rechercher, j'ai tapé le nom de la banque à laquelle appartenait le distributeur et, derrière, les mots « sans-abri », « *death* » et « *homeless* ».

Pas moins de trente-quatre résultats sont apparus pour ma recherche. J'ai fait défiler les petits écrans. Sur tous, l'image du début était à peu près la même : les têtes coiffées d'un bonnet de deux garçons qui riaient. Seuls les titres correspondants et les courtes descriptions du contenu de chaque séquence vidéo changeaient. *Dutch Boys* [nom de la banque] *Murder*[1] était encore un des plus simples. *Don't Try This at Home – Fire Bomb Kills Homeless Woman*[2] en était un autre. Chacun des films avait un extraordinaire succès – ils avaient été visualisés pour la plupart des milliers de fois.

J'ai cliqué au hasard sur l'un d'eux et j'ai assisté à nouveau, mais dans une version montée, plus rapide, à la projection de la lampe de bureau, des sacs-poubelle et du jerrycan. J'en ai regardé encore quelques-uns. Dans un montage intitulé : [nom de la ville] *Hottest New Tourist Attraction : Put Your Money on Fire*[3] *!*, quelqu'un avait ajouté une bande-son avec des rires. Chaque fois qu'un nouvel objet était jeté en direction de la sans-abri, une cascade de rires suivait. Les rires devenaient totalement hystériques quand l'éclair de lumière jaillissait du jerrycan, et le tout se concluait par un tonnerre d'applaudissements.

La plupart des vidéos ne montraient pas l'image de la chaussure de sport blanche, elles s'arrêtaient aussitôt après l'éclair de lumière et les garçons qui détalaient.

Rétrospectivement, je n'arrive plus trop à me rappeler pour quelle raison j'ai cliqué sur la vidéo suivante. À première vue, elle ne se distinguait pas des

---

1. « Meurtre à la [nom de la banque] par des jeunes Néerlandais ».
2. « N'essayez pas d'en faire autant chez vous – Une bombe incendiaire tue une sans-abri ».
3. « Nouvelle attraction touristique tendance : mettez le feu à votre argent ! ».

trente-trois autres. L'image du début était à peu près la même : deux garçons coiffés de bonnets qui rient, sauf qu'en l'occurrence ils brandissaient déjà la chaise de bureau.

Peut-être était-ce le titre, *Men in Black III*. Pas un titre comique comme la plupart des autres, pour commencer. Mais aussi le premier et, après une vérification ultérieure, le seul titre qui ne se référait pas aux événements dans le film, mais renvoyait indirectement aux auteurs des faits.

Men in Black III commençait par la projection de la chaise de bureau, puis suivaient les sacs-poubelle, la lampe et le jerrycan. Mais il y avait une différence fondamentale. Chaque fois que les deux, ou que l'un des deux garçons apparaissaient assez clairement à l'écran, les images étaient ralenties. Et chaque fois que cela se produisait, on entendait une musique sinistre, une sorte de signal sonore plutôt, un bruit grave, de gargouillement, que l'on associe surtout à des films de naufrage ou pris sous l'eau. Cette technique avait pour effet de concentrer l'attention sur Michel et Rick, et non sur la projection des affaires trouvées à côté de l'arbre.

Qui sont ces garçons ? semblaient demander les images au ralenti, associées à la musique sinistre. Ce qu'ils font, nous le savons à présent. Mais qui sont-ils ?

Le clap était tout à la fin. Après l'éclair de lumière et la porte du local qui se referme, l'image devenait noire. Je m'apprêtais déjà à cliquer sur la vidéo suivante, mais sous l'écran un compteur précisait que *Men in Black III* durait au total deux minutes cinquante-huit et que nous n'en étions qu'à deux minutes trente-huit.

Comme je l'ai déjà dit, j'allais refermer la fenêtre de la vidéo, je pensais que l'image resterait noire pendant une vingtaine de secondes supplémentaires – la musique s'était amplifiée, un générique de fin allait suivre, un point c'est tout, me suis-je dit.

Cette soirée et notre dîner au restaurant se seraient-ils passés différemment si j'avais estimé à ce moment-là que j'en avais assez vu ?

Dans l'ignorance, voilà la réponse. Enfin, dans une relative ignorance. J'aurais pu continuer à vivre pendant encore quelques jours, peut-être même quelques semaines ou mois, dans mes rêves de familles heureuses. Il m'aurait suffi de confronter pendant toute une soirée ma propre famille à celle de mon frère, j'aurais observé Babette essayant de dissimuler ses larmes derrière ses lunettes noires et mon frère mâchant sa viande sans joie pour l'engloutir en quatre bouchées. Puis je serais rentré à pied à la maison avec ma femme, j'aurais passé un bras autour de sa taille et, sans nous regarder, nous aurions su tous les deux qu'effectivement les couples heureux se ressemblent.

L'image est passée du noir au gris. On voyait à nouveau la porte du local du distributeur, mais maintenant de l'extérieur. La qualité de l'image était nettement moins bonne, proche de celle d'une caméra de téléphone portable, cela sautait aux yeux.

La chaussure de sport blanche.

Ils étaient revenus.

Ils étaient revenus pour filmer ce qu'ils avaient provoqué.

« *Holy shit !* » disait une voix hors champ (Rick).

« Beurk ! » disait une autre voix (Michel).

La caméra s'orientait à présent sur l'extrémité du sac de couchage du côté du pied. On voyait flotter une vapeur bleuâtre. Avec une lenteur exaspérante, la caméra se déplaçait du bas du sac de couchage vers le haut.

« Allez, on s'en va. (Rick)

— En tout cas, ça pue nettement moins. (Michel)

— Michel… allez viens…

— Va te mettre à côté. Il faut que tu dises *Jackass*. On aura ça, au moins.

— Je m'en vais…

— Non, connard ! Reste ! »

À l'extrémité du sac de couchage du côté de la tête, la caméra s'est immobilisée. L'image se figeait puis devenait noire. Un texte apparaissait en lettres rouges à l'écran :

Men in Black III
The Sequence
Bientôt sur vos écrans

J'avais attendu quelques jours. Michel était souvent absent, il emportait toujours son téléphone portable, je n'avais eu l'occasion qu'aujourd'hui – ce soir juste avant de devoir partir au restaurant. Pendant qu'il était en train de coller une rustine sur son pneu, j'étais allé dans sa chambre.

J'étais parti du principe qu'il l'avait effacé. J'espérais, je priais, qu'il l'ait effacé. Et j'avais encore le très vague espoir qu'avec les images placées sur Internet j'avais déjà tout vu – qu'ils avaient arrêté à ce moment-là.

Mais cela n'avait pas été le cas.

Quelques heures plus tôt seulement, j'avais vu le reste.

26

« Michel, ai-je dit à mon fils qui avait commencé à se retourner pour partir, qui avait dit que tout cela n'avait pas grande importance. Michel, tu dois effacer ces films. Tu aurais dû les effacer depuis longtemps, mais maintenant c'est absolument nécessaire. »

Il s'est immobilisé. Puis il a de nouveau raclé le gravier avec ses Nike blanches.

« Écoute, papa... », a-t-il commencé. Il paraissait vouloir ajouter quelque chose, mais il s'est contenté de secouer la tête.

Sur les deux petits films, je l'avais entendu donner, et parfois même aboyer des ordres à son cousin. C'était toujours ce que Serge avait insinué, et ce qu'il allait sans aucun doute répéter ce soir : Michel avait une mauvaise influence sur Rick. Je l'avais toujours nié, j'avais trouvé que mon frère utilisait un argument facile pour se dégager de toute responsabilité vis-à-vis des actes de son fils.

Depuis quelques heures (mais en réalité depuis bien plus longtemps), je savais qu'il avait raison. Michel était le chef des deux, Michel faisait la pluie et le beau temps, Rick était la chiffe molle obéissante. Et au plus profond de moi, j'étais heureux de cette répartition des rôles. Mieux valait que ce soit ainsi, plutôt que le contraire, me suis-je dit. Michel ne s'était jamais fait brimer à l'école, il avait toujours rassemblé autour de lui toute une bande d'amis dociles, des amis qui ne demandaient qu'à se retrouver en sa compagnie. Je savais par ma propre expérience à quel point peuvent parfois souffrir les parents d'enfants qui se font brimer. Je n'avais jamais eu à souffrir.

« Tu sais ce qui serait encore mieux ? ai-je dit. Tu devrais tout simplement jeter ce portable. Quelque part où on ne pourra jamais le retrouver. » J'ai regardé autour de moi. « Ici, par exemple. » Je lui ai indiqué le petit pont au-dessus duquel il venait de passer à vélo. « Dans l'eau. Si tu veux, nous irons ensemble en chercher un nouveau lundi. Cela fait d'ailleurs combien de temps que tu l'as, celui-ci ? On va dire qu'on l'a volé et on va prolonger l'abonnement, et lundi tu auras le tout dernier Samsung, ou un Nokia, ce que tu veux... »

Je lui ai tendu la main, la paume tournée vers le ciel.

« Tu veux que je le jette pour toi ? » ai-je demandé.

Il m'a regardé. J'ai vu les yeux que j'avais vus toute ma vie, mais j'ai vu aussi une chose que j'aurais préféré ne pas voir : il me regardait comme si je m'excitais pour rien, comme si je n'étais qu'un père inquiet, pénible, qui veut savoir à quelle heure son fils va rentrer d'une fête.

« Michel, on n'est pas en train de parler d'une fête, ai-je dit, plus vite et plus fort que je n'en avais eu l'intention. On parle de ton avenir… » L'avenir : le mot était tellement abstrait, me suis-je dit, et j'ai aussitôt regretté de l'avoir employé. « Pourquoi avez-vous mis ces images sur Internet, nom de Dieu ! » Il ne faut pas que tu jures ! me suis-je dit. Si tu te mets à jurer, tu vas ressembler à tous ces acteurs bidons de seconde zone que tu détestes tant. J'avais même crié, quelqu'un à l'entrée du restaurant, quelqu'un pas loin du pupitre ou du vestiaire, aurait pu nous entendre. « Ça aussi, c'était cool ? Ou gonflé ? Ou est-ce que cela n'avait pas grande importance non plus ? *Men in Black III* ! Mais à quoi vous jouez bordel ? »

Il avait glissé ses mains dans les poches de sa veste et baissé la tête, je parvenais donc tout juste à distinguer ses yeux à la lisière du bonnet noir.

« Ce n'est pas nous qui l'avons fait », a-t-il dit.

La porte du restaurant s'est ouverte, des rires ont retenti et des gens sont sortis. Deux hommes et une femme. Les hommes en costume sur mesure marchaient les mains dans les poches de leur pantalon, la femme portait une robe argentée lui dégageant presque entièrement le dos et un sac à anse assorti.

« Tu as vraiment dit ça ? a demandé la femme en faisant quelques pas hésitants sur ses talons aiguilles également argentés. À Ernst ? »

Un des hommes a sorti des clés de voiture de sa poche et les a jetées en l'air. « Pourquoi pas ? » a-t-il dit ; il a dû tendre le bras loin devant lui pour rattraper les clés. « Tu es fou ! » a hurlé la femme. Leurs chaussures ont crissé sur le gravier quand ils sont passés à côté de nous. « Qui est encore en état de conduire ? » a demandé l'autre homme, et ils ont tous éclaté de rire.

« OK, attends un peu, ai-je dit quand le petit groupe a atteint l'extrémité de l'allée de gravier et tourné à gauche en direction du petit pont. Vous brûlez vive une sans-abri et vous filmez la scène. Sur ton téléphone portable. Comme pour cet alcoolique dans la station de métro. » J'ai remarqué que l'homme qui s'était fait frapper sur le quai était à présent devenu un alcoolique. Selon mes propres mots. Peut-être qu'un alcoolique méritait effectivement des coups plus que quelqu'un qui boit deux ou trois verres par jour. « Et brusquement on retrouve ça sur Internet, parce que c'est pourtant bien ce que vous voulez, non ? Que le plus grand nombre de gens le voie ? » Avait-il aussi mis l'alcoolique sur YouTube ? ai-je soudain pensé. « Et l'alcoolique, il y est déjà, lui aussi ? » ai-je aussitôt demandé.

Michel a poussé un soupir. « Papa ! Tu n'écoutes pas !

— J'écoute, au contraire. J'écoute on ne peut mieux. Je... » La porte du restaurant s'est de nouveau ouverte, un homme en costume a lancé un regard circulaire, puis s'est écarté de quelques pas pour rester près de l'entrée tout en étant dans l'ombre et a allumé une cigarette. « Putain, c'est pas vrai », ai-je dit.

Michel s'est retourné et s'est dirigé vers son vélo.
« Michel, où vas-tu ? Je n'ai pas terminé. »

Mais il a continué de marcher, il a sorti une petite clé de sa poche et l'a enfoncée dans l'antivol qui s'est déverrouillé brutalement. J'ai lancé un rapide coup d'œil à l'homme qui fumait près de l'entrée. « Michel, ai-je dit, à voix basse mais avec insistance, tu ne peux pas partir comme ça. Qu'allons-nous faire ? Est-ce qu'il y a encore d'autres petits films que je n'ai pas vus ? Faut-il d'abord que je tombe dessus sur YouTube, ou vas-tu maintenant me dire si… ?

— Papa ! » Michel s'était retourné d'un coup et m'avait agrippé l'avant-bras ; il l'a tiré violemment, en disant : « Tu vas finir par la fermer ! »

Stupéfait, j'ai regardé mon fils dans les yeux. Ses yeux francs où à présent – inutile de tourner autour du pot – je ne pouvais lire que de la haine. Je me suis surpris à lancer encore un regard de côté, vers l'homme qui fumait.

J'ai souri à mon fils ; je ne pouvais voir l'expression de mon propre visage, mais c'était sûrement un sourire idiot. « Je vais me taire », ai-je dit.

Michel a lâché mon bras ; il s'est mordu la lèvre inférieure et il a secoué la tête. « Mais bon sang ! Quand est-ce que tu vas enfin te comporter normalement ? »

J'ai senti un élancement glacial dans ma poitrine. Tous les autres pères auraient dit quelque chose comme : « Qui se comporte normalement ? Hein ?

Qui ? Qui se comporte normalement ? » Mais je n'étais pas un père comme les autres. Je savais à quoi mon fils faisait allusion. J'aurais aimé le prendre dans mes bras et le serrer contre moi. Mais il m'aurait très certainement repoussé avec dégoût. J'étais certain de ne pas supporter un tel rejet physique, d'éclater en sanglots sur-le-champ sans pouvoir m'arrêter.

« Mon garçon », ai-je dit.

Il fallait que je garde mon calme, ai-je pensé. Il fallait que j'écoute. Je m'en souvenais maintenant, Michel avait dit que je n'écoutais pas. « Je suis tout ouïe », ai-je dit.

Il a secoué la tête une fois de plus. Puis il a sorti d'un air déterminé son vélo du râtelier.

« Attends ! » Je me suis retenu, j'ai même fait un pas de côté pour ne pas donner l'impression de lui barrer le passage. Mais avant d'avoir eu le temps de réfléchir, j'avais déjà posé ma main sur son avant-bras.

Michel a regardé ma main comme s'il s'agissait d'un curieux insecte qui avait atterri sur son bras, puis il m'a regardé.

Nous étions à présent très près de quelque chose, me suis-je dit. Quelque chose à la suite de quoi il serait impossible de faire machine arrière. J'ai retiré ma main de son avant-bras.

« Michel, un dernier point.

— Papa, s'il te plaît.

— On t'a téléphoné. »

Il m'a regardé fixement, je n'aurais pas vraiment été surpris de sentir l'instant suivant son poing sur ma figure : ses jointures à toute force contre ma lèvre supérieure, ou plus haut contre mon nez, je saignerais, mais cela aurait le mérite de clarifier la situation. De la rendre plus limpide.

Cela ne s'est pas produit. « Quand ? a-t-il demandé calmement.

— Michel, il faut que tu me pardonnes, je n'aurais jamais dû le faire, mais... C'est à cause de ces films, je voulais te... j'ai essayé de...

— Quand ? » Mon fils a retiré le pied qu'il avait posé sur la pédale et a planté les deux pieds fermement dans le gravier.

« Il y a un petit moment. C'était un message. Je l'ai écouté.

— De qui ?

— B... Faso. » J'ai haussé les épaules, j'ai souri. « C'est bien comme cela que vous l'appelez, non ? Faso ? »

Je l'ai très bien vu, il n'y avait pas de doute possible : le visage de mon fils s'est tendu. La lumière manquait ici, mais j'aurais juré qu'il avait pâli de plusieurs teintes.

« Qu'est-ce qu'il voulait ? » Sa voix paraissait calme. Ou plutôt non, pas calme. Il essayait de prendre un ton dégagé, d'ennui presque, comme si le fait que son cousin adoptif l'ait appelé ce soir-là n'avait pas d'importance.

Mais il se trahissait lui-même. L'information digne d'intérêt était ailleurs : son père écoutait ses messages. Voilà ce qui n'était pas normal. Tous les autres pères y auraient réfléchi à deux fois. C'était d'ailleurs ce que j'avais fait. J'y avais réfléchi à deux fois. Michel aurait dû être furieux, il aurait dû hurler : qu'est-ce qui m'avait pris d'écouter son répondeur vocal ! Cette réaction aurait été normale.

« Rien, ai-je dit. Il a demandé si tu voulais bien le rappeler. » Avec ce parler faussement populaire, ai-je failli ajouter.

« OK », a dit Michel. Il a hoché la tête. « OK », a-t-il répété.

Soudain je me suis souvenu d'une chose. Plus tôt, quand il avait appelé son propre portable et était tombé sur moi, il avait dit qu'il avait besoin d'un numéro. Qu'il venait chercher son portable parce qu'il avait besoin d'un numéro. Je pensais savoir à présent de quel numéro il s'agissait. Mais je ne lui ai pas demandé. Je me suis souvenu en fait d'autre chose.

« Tu as dit que je n'écoutais pas. Mais j'ai bien écouté. Quand nous avons parlé de la vidéo sur You-Tube.

— Oui.

— Tu m'as dit que ce n'était pas vous qui l'aviez mise.

— Oui.

— Alors qui l'a fait ? Qui l'a mise sur Internet ? »

Parfois, on répond à sa question en la posant à haute voix.

J'ai regardé mon fils. Et il m'a regardé lui aussi.

« Faso ? ai-je dit.

— Oui. »

27

Un silence a suivi, où l'on pouvait entendre les bruits du parc et ceux de la rue de l'autre côté de l'eau : les courts battements d'ailes des oiseaux entre les branches d'un arbre, une voiture accélérant, le clocher d'une église qui sonnait un seul coup – un silence pendant lequel, mon fils et moi, nous nous sommes regardés.

Je n'aurais pas osé l'affirmer avec certitude, mais j'ai cru voir des larmes dans ses yeux. Son regard était on ne peut plus clair. Est-ce que tu as fini par comprendre ? disait le regard.

Pendant ce même silence, un téléphone portable a commencé à sonner dans ma poche gauche. À sonner et à vibrer. Je suis devenu un peu sourd ces dernières années, j'ai donc choisi la sonnerie *Old Phone*, une sonnerie à l'ancienne qui rappelle les vieux téléphones en bakélite noire et que j'entends partout au-dessus du bruit ambiant.

J'avais sorti mon téléphone de ma poche avec l'idée de le faire taire, quand j'ai lu sur l'écran le nom de la personne qui m'appelait : Claire.

« Oui ? »

J'ai fait un geste pour signifier à Michel de ne pas s'en aller mais, l'air moins pressé de partir, il s'était appuyé, les bras croisés, sur son guidon.

« Où es-tu ? » a demandé ma femme. Elle parlait doucement, mais d'un ton insistant, les bruits du restaurant à l'arrière-plan étaient plus forts que sa voix. « Où es-tu depuis tout ce temps ?

— Je suis dehors.

— Que fais-tu ? Nous avons presque terminé le plat. Je pensais que tu allais revenir tout de suite.

— Je suis avec Michel. »

J'avais voulu dire « avec notre fils », mais je ne l'avais pas fait.

Il y a eu un silence.

« J'arrive, a dit Claire.

— Non, attends ! Il va bientôt partir... Michel doit partir... »

Mais la connexion était déjà coupée.

Papa n'est au courant de rien et j'aime autant que cela continue. J'ai pensé à ma femme qui allait d'une minute à l'autre sortir par la porte du restaurant et à la façon dont j'allais la regarder. Ou plutôt : je me suis demandé si j'allais encore la regarder comme quelques heures plus tôt dans le café des gens ordinaires, quand elle m'avait demandé si je trouvais moi aussi que Michel se comportait bizarrement ces derniers temps.

Je me suis demandé en un mot si nous étions encore une famille heureuse.

J'ai ensuite pensé au film de la sans-abri qui avait été brûlée vive. Et avant tout à la manière dont il s'était retrouvé sur YouTube.

« Maman va venir ? a demandé Michel.

— Oui. » Peut-être me le suis-je imaginé, mais j'ai cru entendre un certain soulagement dans sa voix quand il a demandé si « maman » venait. Comme s'il avait été suffisamment longtemps en compagnie de son père. Son père qui de toute façon ne pouvait rien faire pour lui. Maman va venir ? Maman va venir. Je devais agir vite. Je devais le protéger sur le seul terrain où je pouvais encore le faire.

« Michel, ai-je dit tout en posant à nouveau ma main sur son avant-bras. Que sait Beau… Faso… ? Comment Faso est-il au courant de ce film ? Il était pourtant déjà rentré à la maison ? Je veux dire… »

Michel a lancé un regard rapide vers l'entrée du restaurant, comme s'il espérait que sa mère arrive déjà pour le libérer de ce tête-à-tête douloureux avec son père. Moi aussi, j'ai jeté un coup d'œil vers la porte. Quelque chose avait changé par rapport à la dernière fois où j'avais regardé, mais je n'ai pas su ce que c'était. L'homme qui fumait, me suis-je dit l'instant suivant. L'homme qui fumait était parti.

« Tout bêtement », a dit Michel. Tout bêtement. C'est toujours ce qu'il disait autrefois quand il avait perdu son manteau, ou qu'il avait laissé son cartable quelque part sur un terrain de foot et que nous demandions comment cela avait pu se passer. Tout bêtement… Je l'ai tout bêtement oublié. Je l'ai tout bêtement laissé là. « J'ai tout bêtement envoyé les films à Rick par mail. Puis Faso les a vus, il les a copiés sur l'ordinateur de Rick. Il en a mis un extrait sur YouTube, et maintenant il menace de mettre le reste si nous ne lui donnons pas de l'argent. »

J'avais à présent le choix entre plusieurs questions ; pendant une seconde, je me suis demandé celle que tout autre père aurait posée.

« Combien ? ai-je demandé.
— Trois mille. »
Je l'ai regardé.
« Il veut acheter un scooter », a-t-il dit.

28

« Maman. »
Michel a serré ses bras autour du cou de Claire et a enfoncé son visage dans ses cheveux. « Maman », a-t-il dit encore une fois.

Maman était venue. J'ai regardé ma femme et mon fils. J'ai pensé aux familles heureuses. Au nombre de fois où j'avais ainsi regardé Michel et sa mère – et où je n'avais jamais essayé de me mettre au milieu : cet aspect-là aussi était un élément du bonheur.

Après avoir caressé un certain temps le dos et la nuque de Michel – son bonnet noir –, Claire a levé les yeux et m'a regardé.

Que sais-tu ? demandait-elle du regard.

Tout, lui a répondu mon regard.

Presque tout, ai-je rectifié en pensant au message vocal laissé par Claire à son fils.

Puis Claire l'a pris par les épaules et l'a embrassé sur le front.

« Qu'es-tu venu faire ici, mon chéri ? a-t-elle demandé. Je croyais que tu avais un rendez-vous ? »

Les yeux de Michel ont cherché les miens ; Claire ne sait rien des films, ai-je compris à ce moment et en ce lieu précis. Elle savait bien plus que ce que j'avais cru jusque-là, mais elle ne savait rien des films.

« Il est venu chercher de l'argent », ai-je dit pendant que Michel continuait de me regarder. Claire a levé les sourcils. « Je lui avais emprunté de l'argent. Je voulais le lui rendre ce soir, avant que nous sortions dîner, mais j'ai oublié. »

Michel a baissé les yeux et a frotté ses chaussures de sport blanches sur le gravier. Ma femme m'a regardé fixement sans rien dire. J'ai fouillé dans ma poche intérieure.

« Cinquante euros », ai-je dit. J'ai sorti le billet et j'ai tendu la main vers Michel.

« Merci, papa », a-t-il dit en glissant le billet dans une poche de sa veste.

Claire a poussé un profond soupir, puis elle a pris Michel par la main. « Tu ne devais pas… » Elle m'a regardé. « Il vaudrait mieux que nous rentrions. Ils se demandaient déjà où tu étais depuis tout ce temps. »

Nous avons serré notre fils dans nos bras, Claire l'a encore embrassé trois fois sur les joues, puis nous l'avons regardé s'éloigner à vélo sur l'allée en direction du petit pont. À mi-chemin sur le pont, on aurait pu croire qu'il allait se retourner pour nous faire un signe, mais il s'est contenté de lever un bras en l'air.

Quand il a disparu entre les buissons de l'autre côté, Claire a demandé : « Depuis quand le sais-tu ? »

J'ai réfréné ma première impulsion qui était de rétorquer du tac au tac : « Et toi, alors ? » et j'ai répondu : « Depuis l'émission *Opsporing Verzocht.* »

Elle m'a pris la main, comme elle venait de le faire avec Michel.

« Ah, mon chéri », a-t-elle dit.

Je me suis retourné à moitié, pour voir son visage.

« Et toi ? » ai-je demandé.

Ma femme a pris aussi mon autre main. Elle m'a regardé et elle s'est efforcée en vain de sourire : c'était un sourire qui voulait nous faire remonter le temps malgré tout.

« Il faut que tu comprennes que dans toute cette histoire j'ai pensé avant tout à toi, Paul, a-t-elle dit. Je ne voulais pas... j'ai pensé que ce serait peut-être trop pour toi. J'avais peur... j'avais peur que tu sois de nouveau... Enfin, tu comprends ce que je veux dire.

— Depuis quand ? ai-je demandé doucement. Depuis quand le sais-tu ? »

Claire m'a serré les doigts.

« Depuis le soir même, a-t-elle dit. Le soir où ils sont allés au distributeur de billets. »

Je l'ai regardée fixement.

« Michel m'a appelé, a dit Claire. Cela venait d'arriver. Il m'a demandé ce qu'ils devaient faire. »

29

Quand je travaillais encore, j'ai un jour, au milieu d'une phrase sur la bataille de Stalingrad, lancé un regard circulaire dans la classe.

Toutes ces têtes, me suis-je dit. Toutes ces têtes où tout disparaît.

« Hitler avait jeté son dévolu sur Stalingrad, ai-je dit. Alors que, d'un point de vue stratégique, il aurait bien mieux fait de tenter une percée sur Moscou. Mais c'était le nom qui lui importait : Stalingrad, la ville portant le nom de son grand adversaire, Joseph Staline. Pour l'impact psychologique que pourrait produire la conquête de Staline. »

Je me suis interrompu et j'ai observé à nouveau l'ensemble de la classe. Certains élèves notaient ce que je racontais, d'autres me regardaient ; des regards intéressés et d'autres vitreux, mais plus de regards intéressés que vitreux, ai-je remarqué, tout en m'apercevant que mes pensées étaient déjà ailleurs.

Je songeais à leurs vies, à toutes leurs vies qui se poursuivraient.

« C'est sur la base de considérations aussi irrationnelles que l'on remporte une guerre, ai-je ajouté. Ou qu'on la perd. »

Quand je travaillais encore – j'ai toujours eu du mal à prononcer cette phrase. Je pourrais à présent me lancer dans de grandes explications, en précisant qu'autrefois, dans un lointain passé, j'ai eu d'autres projets pour ma vie, mais je ne le ferai pas. Ces autres projets ont existé, mais leur nature ne concerne personne. « Quand je travaillais encore... » me convient mieux, en tout cas, que : « Quand je donnais encore cours... » ou, la pire de toutes, la phrase préférée des pires catégories de personnes, les anciens professeurs qui se qualifient eux-mêmes de véritables bêtes de l'enseignement : « Quand j'enseignais dans l'Éducation nationale... »

J'aurais en outre volontiers passé sous silence la matière que j'enseignais. Cela ne concerne personne non plus. On est si vite estampillé. « Ah, il est prof de... ! » s'exclament les gens. Cela en dit long. Quant à savoir ce que cela explique précisément, ils ne nous le précisent pas d'ailleurs. J'enseigne l'histoire. J'enseignais l'histoire. Mais plus maintenant. Il y a une dizaine d'années, j'ai arrêté. J'ai dû arrêter – même si je trouve encore que la première formulation comme la seconde sont aussi éloignées de la réalité. De part et d'autre de la réalité, certes, mais à une distance qui n'est pas sensiblement différente.

Cela a commencé à l'époque dans le train, le train pour Berlin. Le commencement de la fin, ai-je envie de dire : le commencement de l'arrêt (obligatoire). Si l'on fait le calcul, l'ensemble du processus n'aura duré que deux ou trois mois. Quand il s'est déclenché, tout s'est déroulé vite. Comme pour une personne chez qui on diagnostique une maladie virulente et qui en six semaines a déjà disparu.

Rétrospectivement, je suis surtout content et soulagé, je donnais cours depuis suffisamment longtemps. J'étais seul à côté de la fenêtre de mon compartiment par ailleurs vide et je regardais dehors. Au début, pendant une demi-heure, je n'ai vu défiler que des bouleaux, puis nous avons traversé la banlieue d'une ville. Je regardais les maisons et les appartements, les jardinets qui souvent se prolongeaient jusqu'aux rails du chemin de fer. Dans l'un de ces jardinets étaient étendus des draps blancs sur un fil à linge, dans un autre il y avait une balançoire. On était en novembre et il faisait froid. Les jardins étaient déserts. « Peut-être devrais-tu prendre des vacances pendant un certain temps, avait dit Claire. Une petite semaine rien que pour toi. » Elle avait remarqué un changement d'attitude chez moi, avait-elle dit : je réagissais à tout trop vivement et avec trop d'agacement. C'était sûrement le travail, le lycée. « Je ne comprends pas comment tu tiens le choc parfois, avait-elle dit. Tu n'as vraiment pas à te sentir coupable. » Michel n'avait pas quatre ans, elle s'en sortirait facilement, il allait trois jours par semaine à la crèche, elle avait ces jours-là pour elle.

J'ai pensé à Rome et à Barcelone, à des palmiers et des terrasses, et j'ai fini par choisir Berlin, surtout parce que je n'y étais encore jamais allé. Au début, j'ai ressenti un certain enthousiasme. J'ai préparé une petite valise, j'allais emporter le moins d'affaires possible : *Travelling light*, me disais-je. L'enthousiasme a duré jusqu'à la gare, où le train pour Berlin attendait déjà le long du quai. La première partie du voyage s'est bien déroulée. Sans le moindre regret, je voyais les pâtés de maisons et les zones industrielles disparaître de mon champ de vision. Et même à la vue des premières vaches, des canaux dans les champs et des poteaux d'électricité, mon regard se posait surtout sur ce qui était devant moi. Sur ce qui venait dans ma direction. Puis l'enthousiasme a cédé la place à autre chose. J'ai pensé à Claire et à Michel. À la distance qui ne cessait de s'amplifier. J'ai vu ma femme avec notre fils devant la porte de la crèche, le siège d'enfant où elle installait Michel après l'avoir soulevé, puis sa main avec la clé de la maison dans la serrure de notre porte.

Quand le train est entré en territoire allemand, j'avais déjà fait plusieurs allers-retours vers le wagon-restaurant pour y chercher une bière fraîche. Mais il était déjà trop tard. J'avais dépassé le stade où je pouvais faire marche arrière.

C'est là que j'ai vu les maisons et les jardinets. Partout il y a des gens, me suis-je dit. Il y en a tant qu'ils font construire leur maison jusque devant les rails du chemin de fer.

Dans ma chambre d'hôtel, j'ai appelé Claire. J'ai essayé de prendre une voix normale.

« Qu'y a-t-il ? a dit Claire aussitôt. Tu es sûr que tu vas bien ?

— Comment va Michel ?

— Bien. Il a fait un éléphant en pâte à modeler à la crèche. Mais peut-être qu'il faut qu'il te le raconte lui-même. Michel, c'est papa au téléphone... »

Non, ai-je eu envie de dire. Non.

« Papa…

— Bonjour, mon chéri. Qu'est-ce que maman m'apprend ? Tu as fabriqué un éléphant ?

— Papa ? »

Il fallait que je parle. Mais rien ne venait.

« Tu es enrhumé, papa ? »

Les jours suivants, j'ai fait de mon mieux pour jouer au touriste intéressé. Je me suis promené le long des vestiges du Mur ; j'ai mangé dans des restaurants fréquentés uniquement, d'après les guides que j'avais emportés, par des Berlinois ordinaires. Les soirées étaient le pire. Je me plantais devant la fenêtre de ma chambre d'hôtel et je regardais la circulation et les milliers de lumières et les gens qui semblaient tous se rendre quelque part.

J'avais deux options : je pouvais continuer à regarder par la fenêtre ou je pouvais me mêler aux gens. Je pouvais faire comme si moi aussi je me rendais quelque part.

« C'était comment ? » m'a demandé Claire quand au bout d'une semaine je l'ai de nouveau serrée contre moi. J'ai serré plus fort que je n'en avais l'intention. Mais d'un autre côté, je ne l'ai pas serrée assez fort.

Quelques jours plus tard, le phénomène s'est aussi produit au lycée.

J'aurais pu croire dans un premier temps qu'il était lié à l'éloignement. Mais il s'était passé quelque chose, et ce quelque chose je l'avais à présent rapporté à la maison.

« On peut se demander combien nous serions aujourd'hui si la Seconde Guerre mondiale n'avait jamais eu lieu, ai-je dit, tout en écrivant sur le tableau le chiffre 55 000 000. Si tout le monde avait continué de baiser. Faites donc le calcul pour le prochain cours. »

J'étais conscient que les élèves étaient plus nombreux à me regarder qu'à l'accoutumée, peut-être regardaient-ils même tous : du tableau vers moi puis à nouveau vers le tableau. J'ai souri. J'ai regardé dehors. Le réglage de la climatisation dans le bâtiment scolaire était centralisé. Les fenêtres ne s'ouvraient pas. « Je vais prendre l'air », ai-je dit et j'ai quitté la salle.

30

Je ne sais pas si des élèves se sont plaints dès ce moment-là, ou si le proviseur a eu vent de l'affaire par les parents, ou plus tard. Quoi qu'il en soit, un jour, j'ai été convoqué dans le bureau du proviseur.

Le proviseur était de ceux comme on n'en voit quasiment plus : une tête avec une raie sur le côté, plantée au-dessus d'un costume marron à chevrons.

« J'ai eu écho de certaines plaintes concernant le contenu des cours d'histoire, a-t-il dit après m'avoir fait asseoir dans le seul fauteuil en face de son bureau.

— De qui ? »

Le proviseur m'a regardé. Derrière sa tête était accrochée une carte pédagogique des Pays-Bas présentant l'ensemble des douze provinces.

« Cela n'a pas vraiment d'importance, a-t-il dit. Ce dont il est question...

— C'est important, au contraire. Les plaintes proviennent-elles des parents ou des élèves eux-mêmes ? Les parents se plaignent beaucoup, les élèves ne trouvent jamais grave ce genre de choses.

— Paul, il est question en l'occurrence d'une chose que tu as dite à propos des victimes. Corrige-moi si je me trompe. À propos des victimes de la Seconde Guerre mondiale. »

Je me suis adossé contre mon dossier –, j'ai essayé du moins de m'adosser car mon fauteuil, droit et rigide, n'offrait aucune souplesse.

« Tu te serais exprimé de façon plutôt dédaigneuse à propos de ces victimes, a continué le proviseur. Tu aurais dit que si ces personnes étaient des victimes elles en étaient elles-mêmes responsables.

— Je n'ai jamais dit cela. J'ai simplement dit que toutes les victimes ne sont pas forcément des victimes innocentes. »

Le proviseur a regardé un papier posé sous son nez.

« Il est écrit ici..., a-t-il commencé, puis il a secoué la tête, retiré ses lunettes et pincé l'arête de son nez entre son pouce et son index. Il faut que tu comprennes, Paul, ce sont effectivement des parents qui se plaignent. Les parents se plaignent toujours. Ce n'est pas à moi qu'on va apprendre ce que sont des parents qui se plaignent. La plupart du temps pour rien. Pour que l'on serve des pommes à la cantine. Pour connaître notre politique concernant l'éducation physique quand les filles ont leurs règles. Des futilités.

Cela porte rarement sur le contenu des cours. Mais cette fois, si. Et ce n'est pas bon pour l'établissement. Il vaudrait mieux pour nous tous que tu t'en tiennes à la matière enseignée. »

Pour la première fois depuis le début de notre entretien, j'ai senti un léger fourmillement dans mon cou. « Et dans quelle mesure ne me suis-je pas tenu à la matière enseignée ? ai-je demandé calmement.

— Il est écrit ici... » Le proviseur a recommencé à tripoter le petit papier sur son bureau. « Pourquoi ne pas me l'expliquer toi-même ? Qu'est-ce que tu as dit exactement, Paul ?

— Rien de particulier. Je leur ai fait faire un simple calcul. Dans une assemblée de cent personnes, combien y a-t-il de salopards ? Combien de pères qui rabrouent leurs enfants ? Combien de couillons qui puent de la gueule, mais qui refusent d'y remédier ? Combien de bons à rien qui se plaignent tout au long de leur vie à propos d'une injustice imaginaire qu'on leur aurait faite ? Regardez autour de vous, leur ai-je dit. Combien de camarades de classe auriez-vous envie de ne plus voir revenir demain sur les bancs de l'école ? Pensez à un membre de votre propre famille, l'oncle ennuyeux qui raconte ses histoires creuses à la con pendant les anniversaires, ce cousin hideux qui maltraite son propre chat... Pensez à quel point vous seriez soulagés – et pas seulement vous, mais presque toute la famille – si cet oncle ou ce cousin marchait sur une mine ou était touché par une bombe lancée du haut d'un avion. Si ce membre de la famille disparaissait de la surface de la Terre. Et pensez maintenant aux millions de victimes de toutes les guerres qui ont eu lieu jusqu'à présent – je n'ai pas parlé spécifiquement de la Seconde Guerre mondiale, je l'ai souvent citée en exemple uniquement parce que c'est la guerre qui leur parle le plus –, et pensez aux milliers, peut-être même aux dizaines de milliers de morts dont nous pouvons nous passer comme d'une rage de dents. Ne serait-ce que statistiquement, il est impossible que toutes ces victimes aient été des gens bien, quels que soient les gens qu'on puisse se représenter par là. L'injustice réside bien plus dans le fait que les salauds aussi se sont retrouvés sur la liste des victimes innocentes. Que leurs noms sont aussi mentionnés sur les monuments aux morts. »

Je me suis interrompu pour reprendre mon souffle. Qu'est-ce que je savais de ce proviseur, au juste ? Il m'avait laissé dire tout ce que j'avais à dire, mais que fallait-il en conclure ? Peut-être en avait-il assez entendu. Peut-être n'avait-il plus besoin de me donner un avertissement.

« Paul... », a-t-il commencé. Il a remis ses lunettes, mais au lieu de me regarder, il fixait un point sur son bureau. « Est-ce que je peux te poser une question personnelle, Paul ? »

Je n'ai rien dit.

« Est-ce que tu n'en aurais pas un petit peu assez, Paul ? a demandé le proviseur. D'enseigner, je veux dire. Comprends-moi bien, je ne te reproche rien, cela nous arrive à tous parfois, tôt ou tard. De ne plus avoir envie pendant un moment. De nous mettre à penser à l'inutilité de notre métier. »

J'ai haussé les épaules. « Ah…, ai-je dit.

— Moi aussi, cela m'est arrivé. Quand j'enseignais moi-même. C'était un sentiment très désagréable. Plus rien n'a de fondement. Tout ce en quoi l'on croyait. Est-ce un peu ce que tu traverses actuellement, Paul ? Est-ce que tu y crois encore ?

— J'ai toujours pensé en priorité aux élèves, ai-je répondu en toute sincérité. J'ai toujours essayé de rendre la matière aussi intéressante que possible pour eux. Pour cela, je suis surtout parti de mon point de vue. Je n'ai pas essayé de leur complaire en leur racontant les histoires gentillettes que les gens aiment entendre. Je me suis souvenu de ma propre expérience du lycée. De ce qui m'intéressait vraiment. C'est de là que je suis parti. »

Le proviseur souriait, adossé à son fauteuil de bureau. Lui il peut s'adosser, me suis-je dit. Et moi, je suis assis raide comme un piquet.

« Des cours d'histoire de mon propre lycée, je me souviens surtout de l'Antiquité égyptienne, des Grecs et des Romains, ai-je dit. Alexandre le Grand, Cléopâtre, Jules César, Hannibal, le cheval de Troie, les expéditions militaires à travers les Alpes avec les éléphants, les combats navals, les combats de gladiateurs, les courses de chars, les meurtres et les suicides spectaculaires, l'éruption du Vésuve, mais d'un autre côté aussi la beauté, la beauté de tous ces temples et ces arènes et ces amphithéâtres, les fresques, les bains, les mosaïques, c'est d'une beauté éternelle ; ce sont les couleurs qui font que, jusqu'à aujourd'hui, nous préférons passer des vacances au bord de la

Méditerranée plutôt qu'à Manchester ou à Brême. Puis vient la Chrétienté et tout commence lentement à s'effondrer. À la fin, on est même content que les prétendus barbares aient réduit en miettes tout ce bazar. Je m'en souviens encore comme si c'était hier. Et, surtout, ce dont je me souviens aussi, c'est qu'après il ne s'est rien passé pendant très longtemps. Le Moyen Âge, tout bien considéré une époque arriérée, répugnante, où à l'exception de quelques sièges sanglants il n'est pour ainsi dire rien arrivé. Et après, l'histoire des Pays-Bas ! La guerre de Quatre-Vingts Ans, je me rappelle que j'espérais toujours une victoire des Espagnols. Une lueur d'espoir est apparue quand on a tiré sur Guillaume d'Orange et qu'il en est mort, mais finalement ce petit club de religieux fanatiques est ressorti vainqueur. L'obscurité est descendue définitivement sur les Pays-Bas. Je me souviens par ailleurs surtout de la façon dont notre professeur d'histoire nous présentait à longueur d'année la Seconde Guerre mondiale pour nous faire saliver. "En terminale, je traite la Seconde Guerre mondiale", disait-il, mais une fois en terminale nous en étions encore à Guillaume Ier et à la scission de la Belgique. Nous ne sommes jamais arrivés à la Seconde Guerre mondiale. Nous avons eu droit tout au plus à un bout de tranchée pour nous mettre en appétit. Mais la Première Guerre mondiale, en dehors d'une destruction massive de vies humaines, a été en définitive fondamentalement ennuyeuse. Cela n'en finissait pas, si l'on peut dire. Il n'y avait pas assez de mouvement. Plus tard, j'ai entendu qu'il en allait toujours ainsi. On n'arrivait jamais à la Seconde Guerre mondiale. La période la plus intéressante sur les mille cinq cents dernières années, et cela vaut aussi pour les Pays-Bas où, depuis que les Romains ont décidé qu'il n'y avait rien à y chercher, il ne s'est tout compte fait plus rien passé d'important jusqu'en mai 1940. Je veux dire, de qui parle-t-on à l'étranger quand il est question des Pays-Bas ? De Rembrandt. De Vincent van Gogh. De peintres. La seule personnalité historique néerlandaise qui s'est fait une renommée internationale, pour ainsi dire, c'est Anne Frank. »

Pour la énième fois, le proviseur a déplacé des papiers sur son bureau et s'est mis à feuilleter quelque chose qui m'évoquait un vague souvenir. Le document était glissé dans une chemise, une chemise à couverture transparente, le genre de chemise où les élèves rangent leurs travaux.

« Est-ce que le nom (…) te dit quelque chose, Paul ? »

Il a cité le nom d'une élève de ma classe. C'est sciemment que j'omets le nom en question. J'ai décidé à l'époque de l'oublier. Et j'y suis parvenu.

J'ai acquiescé d'un signe de tête.

« Et te souviens-tu encore de ce que tu as dit à cette élève ?

— À peu près », ai-je répondu.

Il a refermé la chemise et l'a reposée sur son bureau.

« Tu lui as donné un trois, a-t-il dit, et quand elle a demandé pourquoi, tu lui as répondu…

— Ce trois était totalement justifié. C'était vraiment un travail lamentable. D'un niveau à mon avis inacceptable. »

Le proviseur a souri, d'un sourire insipide, désagrégé, comme du lait qui a tourné. « Je dois t'avouer que, moi non plus, je n'ai pas été impressionné par son niveau, mais il est question d'autre chose, ici. Il est question…

— En dehors de la Seconde Guerre mondiale, je traite aussi une grande partie de l'histoire qui a suivi, l'ai-je à nouveau interrompu. La Corée, le Vietnam, le Koweït, le Moyen-Orient et Israël, la guerre des Six Jours, la guerre du Kippour, les Palestiniens. J'aborde tous ces aspects dans mes cours. On ne peut donc vraiment pas présenter un travail sur l'État d'Israël où il est surtout question de cueillette d'oranges et de danses en sandales autour de feux de camp. Partout des gens joyeux et contents et des conneries sur le désert où maintenant des fleurs recommencent à fleurir. Je veux dire, on y tue tous les jours des gens à coups de fusil, on y fait sauter des cars. De quoi parle-t-on ?

— Elle est entrée ici en larmes, Paul.

— Moi aussi, je pleurerais si j'avais remis de telles âneries. »

Le proviseur m'a regardé. Il y avait dans son regard quelque chose que je n'avais pas remarqué plus tôt : quelque chose de neutre, ou vide de sens plutôt, quelque chose d'aussi vide de sens que son complet à chevrons. Au même moment, il s'est à nouveau carré dans son fauteuil, plus au fond que la première fois.

Il prend de la distance, me suis-je dit. Pas de la distance, ai-je aussitôt corrigé : il fait ses adieux.

« Paul, tu ne peux tout simplement pas dire ce genre de choses à une jeune fille de quinze ans. » Dans le ton de sa voix s'était aussi insinuée une certaine neutralité à présent. Il ne discutait pas avec moi, il me donnait son avis. J'étais persuadé que si je lui avais demandé à ce moment-là pourquoi on ne pouvait pas dire ce genre de choses, il m'aurait répondu : « Justement pour cette raison. »

Le temps d'un instant, j'ai pensé à la jeune fille. Elle avait un joli visage, mais trop heureux. Heureux pour rien. Un bonheur joyeux, mais asexué, tout aussi joyeux et asexué que la page et demie de travail qu'elle avait consacrée à la cueillette des oranges.

« Peut-être qu'on peut crier ce genre de choses dans les tribunes d'un stade de foot, a poursuivi le proviseur, mais pas dans un établissement secondaire. Du moins pas dans le nôtre, et certainement pas quand on est enseignant. »

Ce que j'ai dit précisément à la jeune fille n'a guère d'importance, je pars de ce principe. Cela ne fait que détourner l'attention. Cela n'ajoute rien. Parfois des choses vous échappent que vous regrettez peut-être plus tard. Ou plutôt, non, ce n'est pas du regret. Vous dites une chose avec tant de netteté à votre interlocuteur qu'il la porte en lui tout le restant de sa vie.

J'ai pensé à son visage heureux. Quand je lui ai dit ce que je lui ai dit, il s'est fendu en deux. Comme un vase. Ou plutôt comme un verre qui casse sous l'effet d'une note trop aiguë.

J'ai regardé le proviseur et j'ai senti ma main se serrer en un poing. Cela se déroulait en dehors de moi, je n'avais plus envie de poursuivre cette discussion. Que disait-on déjà... les points de vue étaient trop éloignés. Voilà ce qui était en train de se passer. Un fossé s'était ouvert. Parfois, les propos s'arrêtaient. Je regardais le proviseur et je me représentais comment j'allais planter mon poing sur ce visage gris. Juste en dessous du nez, les phalanges venant heurter l'espace vide entre les narines et la lèvre supérieure. Des dents allaient se briser, du sang allait jaillir du nez, mon point de vue serait clarifié. Mais je doutais que cela nous permette de trouver plus facilement une solution à notre différend. Je n'étais pas obligé de m'en tenir à ce seul coup : je pouvais démolir entièrement ce visage vide de sens, mais cela ne ferait que le transformer en une autre chose vide de sens. Ma situation dans cet établissement ne serait plus tenable, comme on dit, même si à ce moment-là cette considération était le cadet de mes soucis. Tout bien considéré, ma situation n'était plus tenable depuis un certain temps déjà. Depuis le premier jour où j'avais franchi le porche de cet établissement, on pouvait parler de situation intenable. Le reste n'était qu'un sursis. Toutes les heures de cours où je m'étais retrouvé devant les élèves : elles n'avaient jamais été rien d'autre qu'un sursis.

La question était de savoir si je devais rosser le proviseur. Ou si je devais faire de lui une victime. Quelqu'un pour qui les gens éprouveraient bientôt de la pitié. J'ai pensé aux élèves qui se regrouperaient en masse derrière les fenêtres quand il serait emmené en ambulance. Oui, une ambulance viendrait le chercher, je n'arrêterais pas trop tôt. Les élèves estimeraient que c'était tout de même pitoyable.

« Paul ? » a dit le proviseur en changeant de position sur son fauteuil. Il se doutait de quelque chose. Il sentait le danger. Il cherchait la bonne position, pour recevoir le premier coup le mieux possible.

Et si l'ambulance repartait sans la moindre précipitation ? me suis-je dit. Sans gyrophare ? J'ai pris une profonde inspiration, puis j'ai expiré lentement. Il fallait maintenant que je me décide vite, sinon il serait trop tard. Je pouvais le frapper à mort. Avec mes poings. Ce serait un travail répugnant, certes, mais pas plus répugnant que de nettoyer un morceau de viande faisandée. Un dindon, me suis-je corrigé. Il avait une femme à la maison, je le savais, et des enfants déjà grands. Qui sait si je n'allais pas leur rendre service ? Il se pouvait très bien qu'ils aient fait le tour de ce visage vide de sens. À l'enterrement, ils témoigneraient leur chagrin, mais ensuite, au sein du foyer, leur soulagement prendrait vite le dessus.

« Paul ? »

J'ai regardé le proviseur. J'ai souri.

« Est-ce que je peux te poser une question personnelle ? a-t-il demandé. J'ai pensé qu'il y avait peut-être quelque chose... Je veux dire, je ne fais que demander. Comment ça va à la maison, Paul ? Tout va bien à la maison ? »

À la maison. J'ai continué de sourire, mais pendant ce temps je pensais à Michel. Michel avait presque quatre ans. Quand on frappe à mort son prochain, on écope aux Pays-Bas d'environ huit ans, ai-je calculé. Ce n'était pas grand-chose. En se comportant à peu près correctement, en ratissant les jardins de la prison, on était dehors au bout de cinq ans. Michel aurait neuf ans.

« Comment ça va avec ta femme... Avec Carla ? »

Claire, ai-je corrigé le proviseur mentalement. Elle s'appelle Claire.

« Très bien, ai-je répondu.

— Et les enfants ? Tout va bien aussi ? »

Les enfants. Ça non plus, ce connard n'avait pas réussi à le retenir ! Il était d'ailleurs impossible de se tenir au courant de tout concernant tout le monde. On se rappelait que la professeur de français vivait avec une amie. Parce que cela sortait de l'ordinaire. Mais pour les autres ? Les autres ne sortaient pas de l'ordinaire. Ils avaient un mari ou une femme et des enfants. Ou pas d'enfant. Ou un seul enfant. Michel faisait du vélo avec des petites roues. En prison, je n'assisterais pas au moment où les petites roues pourraient être retirées. J'en serais seulement informé.

« Parfait, ai-je dit. On s'étonne parfois de constater à quelle vitesse tout se passe. À quelle vitesse ils grandissent. »

Le proviseur a croisé les doigts et posé les mains sur son bureau, sans se rendre compte qu'il venait de l'échapper belle.

Pour Michel. Pour Michel j'allais contrôler mes mains.

« Paul. Je sais que tu n'as peut-être pas envie de l'entendre, mais il faut tout de même que je le dise. Ce serait une bonne idée que tu prennes rendez-vous avec Van Dieren. Avec le psychologue scolaire. Puisque pendant un certain temps tu ne donnes plus cours. Pour récupérer. Je crois que tu en as besoin. Nous en avons tous besoin parfois, à un moment donné. »

Je me sentais étrangement calme. Calme et fatigué. Il n'y aurait pas de violence. C'était comme une tempête qui s'annonce, on range à l'intérieur les chaises de la terrasse, on ferme les volets, mais rien ne se produit. La tempête passe à côté. Et en même temps, c'est dommage. On préférerait voir les toits des maisons arrachés, les arbres déracinés et soulevés en l'air ; les documentaires sur les tornades, les ouragans et les tsunamis produisent un effet apaisant. Bien sûr, c'est horrible, nous avons tous appris à dire que nous trouvons cela horrible, mais un monde sans catastrophes et sans violence – la violence des éléments ou la violence de chair et de sang –, voilà qui serait vraiment insupportable.

Le proviseur allait rentrer tout à l'heure indemne chez lui. Ce soir, il s'assiérait à table avec sa femme et ses enfants. De sa présence dénuée de sens, il occuperait une chaise qui avait failli rester vide. Personne n'aurait à se rendre à l'unité de soins intensifs ou au funérarium, simplement parce qu'il venait d'en être décidé ainsi.

À vrai dire, je l'avais su dès le départ. Dès le moment où il avait commencé à poser des questions à propos de chez moi. « Comment ça va à la maison ? » C'est une autre façon de dire qu'ils veulent se débarrasser de toi, qu'ils vont te lâcher. Cela ne concerne personne, comment ça va à la maison. C'est comme au restaurant : « Cela vous a plu ? » Là non plus, cela ne concerne personne.

Le proviseur a paru franchement étonné que j'accepte sans plus de discussions d'aller parler avec le psychologue scolaire. Agréablement étonné. Non, je n'allais pas lui donner la moindre occasion de m'évincer sans cérémonie. Je me suis même levé pour lui signifier que notre entretien était en ce qui me concernait terminé.

Arrivé devant la porte, j'ai tendu la main. Et il l'a serrée. Il a serré la main qui aurait pu donner une autre tournure à sa vie – ou y mettre un terme.

« Je suis heureux que cela se soit si bien... », a-t-il dit. Il n'a pas achevé sa phrase. « Tu transmettras toutes mes amitiés à... à ta femme, a-t-il dit.

— À Carla », ai-je répondu.

31

Je me suis donc rendu quelques jours plus tard chez le psychologue scolaire. Chez Van Dieren. Chez moi, j'ai dit la vérité. J'ai dit à Claire que j'allais ralentir le rythme pendant un certain temps. Je lui ai parlé des médicaments que le psychologue m'avait prescrits par l'intermédiaire d'un médecin généraliste. C'était après un premier entretien qui avait duré à peine une demi-heure.

« Ah oui, ai-je dit à Claire. Il m'a conseillé de porter des lunettes de soleil.

— Des lunettes de soleil ?

— Il a dit que j'étais submergé et que cela me permettrait d'atténuer les sensations. »

J'ai gardé pour moi une petite partie de la vérité, me suis-je dit. En gardant pour moi seulement une petite partie, je me préservais d'un mensonge pur et simple.

Le psychologue avait mentionné un nom. Un nom à consonance allemande. C'était le nom de famille du neurologue qui avait donné son nom à l'affection qu'il avait découverte. « Je peux la corriger un peu à l'aide d'une thérapie, avait dit Van Dieren, en me regardant d'un air grave, mais vous devez tout de même considérer que c'est avant tout une question de neurones. On peut très bien la brider avec les bons médicaments. »

Il m'avait ensuite demandé si, à ma connaissance, des membres de ma famille présentaient des troubles ou des symptômes comparables. J'ai pensé à mes parents, puis à mes grands-parents. J'ai fait défiler la liste interminable des oncles et des tantes et des cousins et des cousines, en essayant de garder à l'esprit ce qu'avait dit Van Dieren, à savoir que, souvent, le syndrome était à peine visible : la plupart des gens pouvaient vivre normalement, ils étaient tout au plus un peu isolés, avait-il dit. Dans des grandes assemblées, soit ils monopolisaient la parole, soit ils ne disaient au contraire rien du tout.

Finalement, j'ai secoué la tête. Personne ne me venait à l'esprit.

« Vous m'interrogez sur ma famille. Est-ce que cela veut dire que c'est héréditaire ?

— Parfois, oui. Parfois, non. Nous examinons toujours l'histoire familiale. Vous avez des enfants ? »

Il a fallu un certain temps avant que je prenne pleinement conscience de la signification de cette question. Jusqu'à ce moment, je n'avais pensé qu'au matériel génétique qui avait précédé ma naissance. Maintenant je pensais pour la première fois à Michel.

« Monsieur Lohman ?

— Attendez. »

J'ai réfléchi à mon fils qui avait presque quatre ans. Aux petites voitures jonchant le sol de sa chambre. Pour la première fois de ma vie, j'ai pensé à la manière dont il jouait avec ces petites voitures. Aussitôt après, je me suis demandé si je pourrais jamais observer ces jeux autrement.

Et à la crèche ? S'étaient-ils aperçus de quoi que ce soit à la crèche ? Je me suis creusé la tête pour me rappeler si quelqu'un avait éventuellement dit quelque chose, fait incidemment une remarque, sur le fait que Michel se tenait à l'écart ou adoptait d'une autre manière un comportement atypique – mais rien ne me venait à l'esprit.

« Vous devez réfléchir pour savoir si vous avez des enfants ? avait demandé le psychiatre en souriant.

— Non, ai-je dit. C'est juste que...

— Vous envisagez peut-être d'en avoir. »

À ce jour, je suis encore certain de n'avoir pas même cligné des yeux quand j'ai répondu.

« Oui. Vous le déconseilleriez ? Dans mon cas ? »

Van Dieren s'était penché au-dessus de son bureau, il avait croisé les mains sous son menton en posant les coudes sur la surface. « Non. C'est-à-dire qu'il est tout à fait possible de nos jours de détecter une telle anomalie longtemps avant la naissance. Avec une prise de sang pendant la grossesse, ou une ponction amniotique. Vous devez naturellement savoir dans quoi vous vous lancez. Une interruption de grossesse n'est pas une sinécure. »

Un certain nombre de réflexions m'ont assailli en bloc. Une par une, me suis-je dit. Je dois les traiter une par une. Je n'avais pas menti quand, à la question du psychologue me demandant si nous songions à avoir des enfants, j'avais répondu oui. J'avais tout au plus passé sous silence le fait que nous en avions déjà un. L'accouchement avait été très difficile. Les premières années qui ont suivi la naissance de Michel, Claire ne voulait pas entendre parler d'une nouvelle grossesse, mais, depuis peu, il en avait tout de même été question de temps en temps. Nous nous étions tous les deux aperçus que nous devions prendre une décision rapidement, pour éviter une trop grande différence d'âge entre Michel et son petit frère ou sa petite sœur, si ce n'était pas déjà le cas.

« Donc ce genre de test permet de vérifier si son enfant a hérité de cette affection ? » ai-je demandé. Mes lèvres étaient plus sèches que quelques minutes auparavant, ai-je remarqué, et j'avais dû d'abord les humidifier avec la pointe de ma langue avant de pouvoir m'exprimer normalement.

« Enfin, je pense que je dois apporter une rectification à ce que j'ai dit. Je viens d'expliquer que la maladie pouvait déjà être établie dans le liquide amniotique, mais ce n'est pas tout à fait le cas. C'est tout au plus l'inverse qui est possible. Une amniocentèse permet de voir si quelque chose ne va pas, mais quant à savoir quoi, seuls des examens plus poussés peuvent le montrer. »

Voilà que c'était à présent une maladie, ai-je constaté. Nous avions commencé par une anomalie et nous en étions arrivés, en passant par l'affection et le syndrome, à une maladie.

« Mais en tout cas il y a suffisamment de raisons pour pratiquer un avortement, ai-je dit. Même sans examens plus poussés ?

— Écoutez. Lorsqu'on est en présence d'une trisomie 21 ou de ce que l'on appelle le spina-bifida, par exemple, on détecte clairement des signaux dans le liquide amniotique. En pareils cas, nous conseillons toujours d'interrompre la grossesse. En ce qui concerne cette maladie, nous nous trouvons dans une zone d'ombre. Mais nous alertons toujours les parents. Dans la pratique, les gens décident de ne pas prendre de risques. »

Van Dieren avait commencé à utiliser le « nous ». Comme s'il représentait tout le corps médical. Alors qu'il n'était qu'un simple psychologue. Et qui plus est psychologue scolaire. On ne pouvait pas tomber plus bas.

Claire avait-elle jamais fait pratiquer une amniocentèse ? L'ennui, c'était que je l'ignorais. Je l'avais accompagnée presque partout : à la première échographie, à la première leçon de gymnastique pour femmes enceintes – seulement la première, heureusement Claire avait trouvé encore plus ridicule que moi que l'homme doive se mettre lui aussi à souffler et haleter –, à la première visite chez la sage-femme, qui avait également été la dernière. « Je ne veux plus entendre parler de sage-femme ! » avait-elle dit.

Mais Claire était aussi allée seule à plusieurs reprises à l'hôpital. Elle trouvait absurde que je sacrifie une demi-journée de travail pour une visite de routine chez son gynécologue à l'hôpital, disait-elle.

J'étais sur le point de demander à Van Dieren si toutes les femmes enceintes faisaient pratiquer une amniocentèse ou seulement une certaine catégorie à risques, mais je me suis vite ravisé.

« Pratiquait-on déjà des amniocentèses il y a trente ou quarante ans ? » ai-je simplement demandé.

Le psychologue scolaire a réfléchi un instant. « Je ne crois pas. Non, maintenant que vous le dites. J'en suis sûr et certain. Cela ne se faisait pas à l'époque, non. »

Nous nous sommes regardés ; j'ai eu alors la certitude que Van Dieren avait pensé à la même chose que moi.

Mais il n'a rien dit. Sans doute n'a-t-il pas osé, et donc je l'ai dit.

« Si je suis assis en face de vous aujourd'hui, je le dois donc aux connaissances imparfaites de la science il y a quarante ans ? ai-je conclu. Si je suis là », ai-je ajouté ; un ajout inutile, mais j'avais simplement envie de me l'entendre énoncer à haute voix.

Van Dieren a lentement hoché la tête, un sourire amusé est apparu sur son visage.

« Vous pouvez le présenter ainsi, a-t-il dit. Si cet examen avait été disponible à l'époque, il n'est pas totalement impensable que vos parents auraient préféré le certain à l'incertain. »

32

J'ai pris les médicaments. Les premiers jours, il ne s'est rien passé. Mais c'était également prévu, qu'il ne se passerait rien : l'effet se remarquerait seulement au bout de quelques semaines. Pourtant, il ne m'a pas échappé que Claire, dès ces premiers jours, me regardait différemment. « Comment te sens-tu ? » me demandait-elle plusieurs fois par jour. « Bien », était chaque fois ma réponse. C'était d'ailleurs vrai, je me sentais vraiment bien, j'appréciais le changement, j'appréciais le fait de ne plus avoir à faire face à une classe tous les jours : toutes ces têtes qui me regardaient, pendant une heure entière de cours, et l'heure suivante arrivaient d'autres têtes, et ainsi de suite, une heure après l'autre, quand on ne s'est jamais retrouvé devant une classe, on ne sait pas ce que c'est.

En un peu moins d'une semaine, plus tôt que prévu, les médicaments ont commencé à faire effet. Je ne m'attendais pas à ce que cela se passe ainsi. J'avais eu peur, j'avais surtout eu peur que les médicaments produisent un effet sans que je ne m'en aperçoive. Un changement de personnalité, c'était ma plus grande angoisse, que ma personnalité soit affectée ; je deviendrais certes plus supportable pour mon entourage immédiat, mais quelque part en chemin je me perdrais moi-même. J'avais lu les notices, qui signalaient des effets franchement alarmants. On pouvait supporter des « nausées », la « peau sèche » et un « manque d'appétit », mais il était aussi question de « sentiments d'angoisse », d'« hyperventilation » et de « pertes de mémoire ». « C'est vraiment costaud ces produits, ai-je dit à Claire, je vais les prendre, je n'ai pas le choix, mais tu dois me promettre de me prévenir si ça tourne mal. Si je commence à oublier des choses ou à me comporter bizarrement, il faut que tu me le dises. Dans ce cas, j'arrêterai. »

Mes craintes étaient manifestement infondées. C'était un dimanche après-midi, environ cinq jours après avoir ingurgité le premier lot de comprimés, j'étais allongé sur le canapé du salon, le journal particulièrement épais du samedi posé sur les cuisses. À travers les portes coulissantes en verre, je regardais le jardin, où il venait de commencer à pleuvoir. La journée était de celles où des nuages blancs laissent entrevoir quelques pans de bleu dans le ciel et où le vent souffle fort.

Autant tout de suite préciser, en l'occurrence, que ma propre maison, mon propre salon et surtout ma présence dans cette maison et dans ce salon m'avaient souvent angoissé les mois passés. Cette angoisse était étroitement liée à la présence de bien plus de personnes comme moi dans des maisons et des salons comparables. En particulier le soir dans l'obscurité, quand tout le monde était censé être « à la maison », cette angoisse prenait vite le dessus. Du canapé où j'étais allongé, je voyais à travers les buissons et les branches d'arbres les lumières des fenêtres de l'autre côté. J'apercevais rarement des gens à proprement parler, mais ces fenêtres éclairées trahissaient leur présence – tout comme ma fenêtre éclairée trahissait ma présence. Je ne veux pas donner de fausse impression, je ne suis pas angoissé par les gens en soi, par l'espèce humaine. Je ne me mets pas à suffoquer dans une foule et je ne suis pas non plus le cas à part dans les soirées, l'excentrique à qui personne ne veut parler, dont l'attitude n'émet d'autre message que la volonté qu'on le laisse tranquille. Non, c'est autre chose. Cela a trait au caractère éphémère de tous ces gens dans leurs salons, dans leurs maisons, dans leurs pâtés de maisons, leurs quartiers avec leur plan de rues, où une rue conduit d'elle-même à la suivante, et où une place est reliée à une autre place, au fil de ces rues.

J'étais donc étendu parfois le soir sur le canapé de notre salon et ces idées me traversaient la tête. Une petite voix me disait que je devais arrêter de penser, que je devais surtout éviter de pousser trop loin la réflexion. Mais je n'y parvenais pas, je poussais toujours la réflexion jusqu'au bout, jusqu'à la conséquence la plus extrême. Il y a des gens partout, me disais-je, ils sont allongés au même moment sur le canapé, dans des salons comparables. Bientôt, ils vont aller se coucher, ils tournicotent encore un peu, ou se disent des mots tendres, ou encore se taisent avec obstination parce qu'ils viennent de se disputer et qu'aucun des deux ne veut reconnaître ses torts le premier, puis la lumière s'éteint. Je pensais au temps, au temps qui s'écoule pour être précis, et à ce qu'une heure peut avoir d'incommensurable, d'infini, de long, sombre et vide. Quand on a de telles pensées, on n'a que faire des années-lumière. Je pensais à la masse des gens, aux nombres, même pas en termes de surpopulation, ou de pollution, ou bien en me demandant s'il y aurait bientôt assez à manger pour tout le monde, mais à la masse en soi. Si trois millions ou six milliards servaient un objectif donné. Une fois que j'en étais à ce stade, les premiers sentiments de malaise commençaient à se manifester. Il n'y a pas forcément trop de gens, me disais-je, mais il y en a beaucoup. Je pensais aux élèves dans ma salle de classe. Ils étaient tous en demande : en demande d'entrer dans la vie, en demande de vivre leur vie. Alors qu'une heure peut déjà être très longue. En demande de trouver du travail et en demande de former des couples. Des enfants naîtraient, et ces enfants suivraient eux aussi des cours d'histoire, mais plus les miens. D'une certaine hauteur, on ne voyait plus que la présence des gens, et non les gens eux-mêmes. À ce moment-là, je me sentais oppressé. Cela ne se remarquait pas encore vraiment à mon apparence, sauf que le journal était toujours posé fermé sur mes cuisses. « Tu as envie d'une petite bière ? » demandait Claire, qui entrait dans le salon, un verre de vin rouge à la main. Je devais à présent dire : « Oui, avec plaisir », sans que le son de ma voix ne suscite d'étonnement, je craignais que ma voix ne ressemble à celle d'une personne qui vient de se réveiller, qui vient de se lever et n'a encore rien dit. Ou passe tout simplement pour une drôle de voix, pas tout à fait reconnaissable comme étant la mienne, une voix inquiétante. Claire lèverait les sourcils et me demanderait : « Quelque chose ne va pas ? » Et naturellement, je nierais, je secouerais la tête, mais bien trop énergiquement, ce qui me trahirait, et je dirais dans un curieux petit couinement de voix inquiétant, qui ne ressemblerait aucunement à ma voix : « Non, il n'y a rien du tout. Pourquoi il y aurait quelque chose ? »

Et ensuite ? Ensuite Claire viendrait s'asseoir à côté de moi sur le canapé, elle prendrait ma main entre ses deux mains ; il se pouvait aussi qu'elle pose une main sur mon front, comme on le fait à un enfant pour sentir s'il a de la fièvre. Et maintenant on y était. Je savais que la porte était grande ouverte vers la normalité : Claire redemanderait s'il n'y avait vraiment pas de problème, et je secouerais à nouveau la tête (moins énergiquement déjà, cette deuxième fois). Elle aurait l'air encore préoccupée dans un premier temps, puis cesserait vite d'être soucieuse : au fond, je réagissais normalement, ma voix ne couinait plus et je répondais avec décontraction à ses questions.

Non, je ne faisais que rêvasser. À quel propos ? Je ne sais même plus. Allez, tu sais depuis combien de temps tu es assis là avec le journal posé sur les cuisses ? Une heure et demie, peut-être même deux ! Je pensais au jardin, je me disais que nous pourrions peut-être faire construire une petite maison dans le jardin. Paul... Oui ? Cela ne fait tout de même pas une heure et demie que tu réfléchis au jardin. Non, bien sûr que non, je veux dire, je n'y pense que depuis un quart d'heure à peu près. Mais avant ?

Ce dimanche après-midi, une semaine après mon entretien avec le psychologue scolaire, pour la première fois depuis ce rendez-vous, j'ai regardé sans arrière-pensées le jardin. J'ai entendu Claire dans la cuisine. Elle fredonnait sur un air que diffusait la radio, une chanson que je ne connaissais pas mais où les mots « ma petite fleur aussi » revenaient sans cesse.

« Pourquoi souris-tu comme ça ? a-t-elle dit en entrant un instant plus tard dans la pièce avec deux grandes tasses de café.

— Comme ça, ai-je répondu.

— Ah bon, comme ça ? Tu devrais te regarder. On dirait que tu as eu une révélation divine. La joie personnifiée. »

Je l'ai regardée, j'avais un sentiment de chaleur, mais agréable, la chaleur d'un édredon en plumes. « Je réfléchissais... », ai-je dit, mais je me suis aussitôt ravisé. J'étais sur le point de parler de notre prochain enfant. Ces derniers mois, nous n'avions pas évoqué le sujet. J'ai pensé à la différence d'âge qui, dans le meilleur des cas, serait de cinq ans. C'était maintenant ou jamais. Pourtant, une voix en moi me soufflait que ce n'était pas le bon moment, dans quelques jours peut-être, mais pas le dimanche après-midi où les médicaments avaient commencé à faire effet.

« Je me disais que nous pourrions faire construire une petite maison dans le jardin », ai-je fini par dire.

33

Rétrospectivement, c'est aussi ce dimanche où j'ai atteint un sommet. La nouveauté d'une existence sans arrière-pensées a vite perdu de son charme. La vie est devenue plus régulière, plus ouatée, comme une fête où on voit tout le monde parler et bouger sans pouvoir comprendre distinctement chaque personne. Finis les pics et les creux. Une dimension avait disparu. On entend parfois des gens dire qu'ils perdent l'odorat ou le goût : pour ces personnes, une assiette contenant la plus succulente des nourritures n'a plus aucun sens. C'est ainsi que je voyais la vie parfois, comme un plat chaud qui devient froid. Je savais qu'il me fallait manger pour ne pas mourir, mais je n'avais plus d'appétit.

Quelques semaines plus tard, j'ai fait une dernière tentative pour retrouver l'euphorie de ce premier dimanche après-midi. Michel ne dormait pas. Claire et moi étions allongés ensemble sur le canapé et nous regardions une émission sur la peine de mort aux États-Unis. Notre canapé était large : en nous serrant un peu, nous pouvions nous y allonger tous les deux côte à côte. Comme nous étions l'un à côté de l'autre, je n'avais pas à affronter son regard.

« Je réfléchissais, ai-je dit. Si nous faisions un autre enfant, Michel aurait cinq ans à sa naissance.

— J'y ai pensé aussi ces derniers temps, a dit Claire. Ce n'est effectivement pas une bonne idée. Nous devrions déjà nous réjouir d'en avoir un. »

J'ai senti la chaleur de ma femme, mon bras autour de ses épaules s'est peut-être crispé très brièvement. J'ai pensé à la conversation avec le psychologue scolaire.

Au fait, as-tu déjà passé une amniocentèse ?

Je pouvais poser la question avec le plus de désinvolture possible. L'inconvénient était que je ne pourrais pas voir ses yeux au moment où je le demanderais. Un inconvénient et un avantage.

Puis j'ai pensé à notre bonheur. À notre famille heureuse. Notre famille heureuse qui devait se réjouir de ce qu'elle avait.

« Si nous allions quelque part ce week-end ? ai-je dit. On louerait une petite maison. Juste entre nous, tous les trois ? »

34

Et ensuite ? ensuite Claire est tombée malade. Claire qui n'était jamais malade, qui tout au plus passait quelques jours à renifler à cause d'un rhume, qui quoi qu'il arrive ne restait jamais ne serait-ce qu'une journée au lit avec la grippe, s'est retrouvée à l'hôpital. Du jour au lendemain, rien ne nous avait préparés à une hospitalisation, nous n'avions pas pu prendre de mesures, comme on dit. Le matin, elle se sentait certes un peu faible, comme elle l'avait dit elle-même, mais elle était tout de même partie, elle m'avait embrassé sur la bouche pour me dire au revoir puis elle avait enfourché son vélo. L'après-midi, je l'ai revue, mais elle avait alors plusieurs perfusions dans le bras et un écran couinait à la tête de son lit. Elle a essayé de me sourire, mais cela lui demandait visiblement un effort. Depuis le couloir, un chirurgien m'a fait signe pour me parler en tête à tête.

Je ne vais pas raconter ce qu'avait Claire, car c'est une affaire privée, je trouve. La maladie que l'on a ne concerne personne ; en tout cas c'est à Claire de décider si elle veut en parler, pas à moi. Je dirai simplement que sa vie n'était pas en jeu, il n'en a du moins pas été question dans un premier temps. L'expression a d'ailleurs été plus d'une fois employée par des amis, des membres de la famille, des connaissances et des collègues qui appelaient. « Est-ce que sa vie est en jeu ? » demandaient-ils. D'une voix légèrement voilée, mais on pouvait facilement y déceler la soif de sensations : quand les gens ont la possibilité d'approcher la mort d'aussi près sans danger, ils ne ratent jamais l'occasion. Je me souviens surtout à quel point j'aurais aimé répondre en leur affirmant le contraire. « Oui, sa vie est en danger. » J'étais curieux d'entendre le silence que provoquerait une telle réponse à l'autre bout du fil.

Par conséquent, sans donner de précisions sur la maladie de Claire, je souhaite ici restituer tout de même ce que le chirurgien m'a dit après m'avoir informé d'un visage grave dans le couloir de l'intervention qui allait suivre. « Oui, ce n'est rien, a-t-il ajouté lorsqu'il a jugé que j'avais eu le temps nécessaire pour digérer la nouvelle. Du jour au lendemain, votre vie change du tout au tout. Mais nous ferons de notre mieux. » Il avait prononcé ces derniers mots d'un ton presque enjoué, qui contrastait avec l'expression sur son visage.

Et ensuite ? Ensuite, tout est allé de travers. Ou plutôt : tout ce qui pouvait aller de travers est effectivement allé de travers. Après la première opération a suivi une deuxième, puis une troisième. Les écrans se multipliaient à côté de son lit, des tuyaux sortaient de son corps pour rentrer ailleurs. Des tuyaux et des écrans qui devaient la maintenir en vie, même si le chirurgien du premier jour avait définitivement renoncé à son ton enjoué. Il continuait de dire qu'ils faisaient de leur mieux, mais Claire avait entre-temps perdu près de vingt kilos, elle ne pouvait déjà plus se redresser sur ses oreillers sans aide.

J'étais content que Michel ne la voie pas dans cet état. Au début, je lui avais proposé d'une voix guillerette de m'accompagner pendant les heures de visite, mais il faisait mine de ne pas m'entendre. Le jour même où sa mère était partie de la maison le matin sans revenir le soir, j'avais surtout souligné l'aspect festif, le caractère inhabituel de la situation, comme lors d'un séjour chez des amis ou d'une excursion scolaire. Nous sommes sortis dîner ensemble dans le café des gens ordinaires – les côtes de porc avec des frites étaient à l'époque son plat préféré –, je lui ai expliqué tant bien que mal ce qui s'était passé. J'ai en fait survolé la question. J'ai volontairement laissé de côté certains aspects, à commencer par ma propre angoisse. Après le dîner nous avons loué un film à la vidéothèque, il a eu le droit de se coucher plus tard, pour une fois, alors qu'il devait aller à l'école le lendemain matin (il n'était à présent plus à la crèche mais dans sa première année d'école maternelle). « Est-ce que maman va rentrer ? a-t-il demandé quand je l'ai embrassé pour lui dire bonne nuit. — Veux-tu que je laisse la porte entrouverte ? ai-je répondu. Je vais regarder encore un peu la télévision, comme ça tu m'entendras. »

Je n'ai appelé personne ce premier soir. Claire me l'avait d'ailleurs recommandé. « Pas de panique, m'avait-elle dit. Peut-être que ce ne sera pas si grave en fin de compte et que je serai de retour dans quelques jours à la maison. » J'avais alors déjà parlé avec le chirurgien dans le couloir. « D'accord, ai-je approuvé. Pas de panique. »

Le lendemain après-midi, après l'école, Michel n'a pas posé de questions sur sa mère. Il m'a demandé de retirer les petites roues de son vélo. Je l'avais déjà fait quelques mois plus tôt mais, après quelques tentatives zigzagantes, il avait fini par s'immobiliser contre les clôtures basses du jardin public. « Tu es sûr ? » ai-je demandé. C'était une belle journée de mai ; sans zigzaguer une seule fois il est parti sur son vélo, jusqu'au coin de la rue, puis il est revenu. En me dépassant, il a lâché le guidon et levé les mains en l'air.

« Ils veulent opérer dès demain, m'a annoncé Claire ce soir-là. Mais qu'est-ce qu'ils vont faire exactement ? Est-ce qu'ils t'ont dit des choses que je ne sais pas ?

— Tu sais que Michel m'a demandé aujourd'hui de retirer les petites roues de son vélo ? »

Claire a fermé un instant les yeux, sa tête était enfouie dans les oreillers, comme si elle était plus lourde que d'habitude. « Comment va-t-il ? a-t-elle demandé doucement. Est-ce que je lui manque beaucoup ?

— Il aimerait tant venir te voir, ai-je menti. Mais je trouve qu'il vaut mieux attendre un peu. »

Je ne dirai pas où Claire était hospitalisée. C'était plutôt près de chez nous, je pouvais m'y rendre à vélo, ou quand il faisait mauvais, je mettais dix minutes en voiture. Pendant les heures de visite, Michel restait chez une voisine qui avait elle aussi des enfants ; parfois notre baby-sitter venait, une jeune fille de quinze ans qui vivait quelques rues plus loin. Je n'ai pas envie d'entrer dans le détail de tout ce qui n'allait pas dans cet hôpital, je veux seulement conseiller fortement à toute personne qui tient à la vie – à sa vie, ou à celle d'un être aimé – de ne jamais envisager une hospitalisation dans cet endroit. Et en même temps, c'est bien là qu'est mon dilemme : l'hôpital où se trouvait Claire ne concerne personne, mais je voudrais pourtant avertir tout le monde de rester autant que possible à bonne distance de cet établissement.

« Tu arrives encore à t'en sortir ? » a demandé Claire un après-midi, après la deuxième ou la troisième opération je crois. Sa voix était si faible que je devais presque poser mon oreille contre ses lèvres pour parvenir à la comprendre. « As-tu besoin d'aide ? »

En entendant le mot « aide », un muscle ou un nerf sous mon œil gauche s'est mis à trembler. Non, je ne voulais aucune aide, je pouvais très bien m'en sortir, ou plutôt j'étais le premier à m'étonner d'arriver à tout maîtriser aussi bien. Michel arrivait à l'heure à l'école, avec ses dents brossées et des vêtements propres. Des vêtements plus ou moins propres : je regardais d'un œil moins critique que Claire les quelques taches sur son pantalon, mais c'est aussi pour cela que j'étais son père, je n'ai jamais essayé d'être « à la fois le père et la mère », comme je l'ai entendu dire par un cinglé à la tête d'une famille monoparentale, qui portait un pull tricoté main, dans une émission télévisée l'après-midi. J'étais très occupé, mais occupé dans le bon sens du terme. La dernière chose dont j'avais envie, c'est que des gens viennent, même avec les meilleures intentions du monde, me retirer ce que j'avais à faire, pour que je puisse libérer du temps. Je ne voulais surtout pas libérer du temps, j'étais justement très reconnaissant que chaque minute soit remplie. Parfois, je buvais une petite bière le soir dans la cuisine, je venais d'embrasser Michel pour lui souhaiter bonne nuit, le lave-vaisselle bourdonnait et gargouillait, le journal était posé devant moi sans que je l'aie encore lu, et je me sentais soudain soulevé, je ne sais pas comment le dire autrement : c'était surtout un sentiment de légèreté, de grande légèreté ; si quelqu'un avait soufflé sur moi à ce moment-là, je me serais certainement élevé dans les airs, jusqu'au plafond, comme une plume s'échappant d'un oreiller. Oui, c'était cela : un état d'apesanteur, j'évite volontairement d'utiliser un mot comme « bonheur », ou même « satisfaction ». J'entendais les parents d'amis de Michel se plaindre parfois d'avoir vraiment besoin au bout d'une longue journée bien remplie d'« un moment à soi ». Les enfants étaient enfin couchés, puis ce moment magique survenait, pas une minute plus tôt. Cela m'a toujours paru curieux, pour moi ce moment à moi commençait bien plus tôt. Quand Michel rentrait à la maison après l'école par exemple, et que tout était normal. Ma voix aussi, qui lui demandait ce qu'il voulait sur sa tartine, paraissait essentiellement normale. J'avais tout ce qu'il fallait à la maison, j'avais fait les courses dès le matin. Je veillais aussi à rester soigné, je me regardais dans le miroir avant de sortir : je m'assurais d'avoir des vêtements propres, de m'être rasé, de ne pas avoir les cheveux de quelqu'un qui ne se regarde jamais dans le miroir : les gens au supermarché ne remarqueraient rien de spécial, je n'étais pas un père divorcé qui pue l'alcool, pas un père incapable de faire face. Je sais encore parfaitement ce que j'avais à l'esprit : je voulais préserver l'apparence de la normalité. Pour Michel, tout devait rester le plus semblable possible tant que sa mère n'était pas là. Chaque jour un repas chaud, pour commencer. Mais aussi pour d'autres aspects de notre famille temporairement monoparentale, il ne devait pas se produire trop de changements visibles. Normalement, je ne me rasais pas tous les jours, je ne trouvais pas grave de me promener avec une barbe de quelques jours, et Claire n'en avait elle non plus jamais fait une affaire ; mais, durant les semaines en question, je me suis rasé tous les matins. Je trouvais que mon fils avait le droit d'avoir à sa table un père sentant le frais et rasé de près. Un père sentant le frais et rasé de près ne pouvait pas susciter en lui des pensées perturbantes, ne le ferait en tout cas pas douter du caractère temporaire de notre famille monoparentale. Non, vu de l'extérieur, on ne remarquait rien en me voyant, j'étais encore une composante immuable d'une trinité, une seule composante n'était que temporairement (temporairement ! temporairement ! temporairement !) à l'hôpital, j'étais le pilote d'un triréacteur transportant des passagers dont un moteur était tombé en panne : il n'y a aucune raison de paniquer, c'est un atterrissage forcé, le pilote a des milliers d'heures de vol derrière lui, il saura poser l'appareil au sol en toute sécurité.

35

Un soir, Serge et Babette étaient passés. Claire allait se faire opérer de nouveau le lendemain. Je m'en souviens encore très bien, j'avais fait des macaronis ce soir-là, des macaronis *alla carbonara*, tout bien considéré le seul plat que je maîtrisais jusque dans les moindres détails. Avec les côtes de porc du café des gens ordinaires, c'était ce que Michel préférait, j'en ai donc fait tous les jours pendant les semaines où Claire était à l'hôpital.

J'étais sur le point de nous servir quand on a sonné à la porte. Serge et Babette ne m'ont pas demandé s'ils pouvaient entrer, ils étaient déjà dans le salon avant que je comprenne qu'ils étaient là. J'ai remarqué que Babette examinait la pièce, puis l'ensemble de la maison. Elle a regardé les sets de table et les couverts puis la télévision qui était déjà allumée car les actualités sportives allaient commencer dans quelques minutes. Ensuite elle m'a fixé, d'un regard spécial, je ne sais comment le dire autrement.

Je me souviens que ce regard spécial m'a incité à donner des explications. J'ai marmonné quelque chose à propos de l'aspect festif de nos repas communs, car à certains égards je m'écartais sensiblement du déroulement habituel des événements, l'important étant qu'il n'y ait aucune trace apparente de détérioration, il ne fallait pas que j'imite la façon dont Claire tenait sa maison. Je crois que j'ai même parlé à Babette de maison tenue par un homme et de sentiment d'être en vacances, cela m'a échappé.

C'était à vrai dire terriblement idiot, après coup je m'en suis mordu les doigts, je n'avais d'explication à donner à personne. Mais Babette avait entre-temps monté l'escalier et se tenait déjà dans l'encadrement de la porte de la chambre de Michel. Michel était assis là au milieu de ses jouets par terre, il était justement en train de placer les uns derrière les autres des centaines de dominos, comme pour une compétition internationale, mais quand il a vu sa tante, il s'est levé d'un bond pour se jeter dans les bras qu'elle lui tendait.

Avec un peu trop d'enthousiasme à mon goût. Il éprouvait certes une grande affection pour sa tante, mais à sa façon d'agripper sa cuisse et de ne plus vouloir la lâcher, ou c'est du moins l'impression que cela produisait, il portait tout de même à croire qu'il avait besoin d'une femme à la maison. D'une mère. Babette l'a cajolé et lui a passé les mains dans les cheveux. Pendant ce temps, elle lançait un regard circulaire dans la chambre et je regardais avec elle.

Par terre, la surface n'était pas uniquement occupée par les dominos. Partout gisaient des jouets, laissés en vrac dans toute la chambre, aurait-il été plus juste de dire, il n'y avait pas un seul endroit où poser les pieds. Dire de la chambre de Michel qu'elle produisait une impression de désordre était un euphémisme, comme je pouvais à présent moi aussi m'en apercevoir en la regardant à travers les yeux de Babette. Il y avait bien entendu des jouets en vrac, mais ce n'était pas tout. Les deux chaises, le canapé et le lit de Michel étaient jonchés de vêtements, des vêtements propres et sales, et sur son petit bureau et le tabouret à côté de son lit (défait) étaient posés des assiettes pleines de miettes, des verres de lait et de limonade à moitié bus. Le spectacle le plus frappant était sans doute le trognon d'une pomme même pas contenue dans une assiette mais laissée sur un maillot du club Ajax avec au dos le nom de Kluivert. Le trognon était, comme tous les trognons exposés à la lumière du jour et au grand air, de couleur marron foncé. Je me rappelais avoir apporté à Michel l'après-midi une pomme et un verre de limonade, mais on ne pouvait déduire de l'aspect de ce trognon qu'il n'était là que depuis quelques heures ; comme tous les trognons, on aurait plutôt dit que cela faisait plusieurs jours qu'il pourrissait sur le maillot de foot.

Je me souviens aussi d'avoir dit ce matin-là à Michel que nous allions ranger sa chambre plus tard dans la journée. Mais pour toutes sortes de raisons, ou plutôt, à la pensée rassurante que, plus tard, nous aurions encore tout le temps de commencer à ranger, l'occasion ne s'était finalement pas présentée.

J'ai regardé Babette droit dans les yeux, tandis qu'elle tenait encore mon fils dans les bras et d'une main lui caressait affectueusement le dos, et j'ai vu à nouveau ce regard spécial. J'allais ranger, ai-je eu envie de lui crier. Si tu étais venue demain, tu aurais pu manger dans cette chambre directement à même le sol. Mais je ne l'ai pas fait, je l'ai regardée et je me suis contenté de hausser les épaules. Cela peut paraître un peu le bazar ici, lui signifiait ce mouvement d'épaules, mais *who cares* ? Il y a des choses autrement plus importantes en ce moment qu'une chambre rangée ou non.

Encore ce besoin de m'expliquer ! Je n'avais pas envie de m'expliquer, des explications étaient inutiles, voilà ce que je me disais. Ils étaient venus à l'improviste. Et si nous avions renversé la situation, ai-je pensé, si nous avions renversé la situation et essayé d'imaginer ce qui serait arrivé si j'avais sonné inopinément chez mon frère et ma belle-sœur, tandis que Babette était par exemple en train de se raser les jambes, ou Serge en train de se couper les ongles de pied ; j'aurais alors tout compte fait assisté à une scène privée, qui normalement n'était pas censée être vue par des yeux étrangers. Je n'aurais pas dû les laisser entrer, ai-je pensé. J'aurais dû dire que le moment était mal choisi.

Pour couronner le tout, en retournant au rez-de-chaussée, alors que Babette avait promis à Michel de revenir plus tard, quand il aurait fini, pour voir les dominos tomber, et que j'avais fait savoir que le repas était presque prêt, que nous allions bientôt manger, nous sommes passés devant la salle de bains et devant notre chambre, à Claire et à moi. J'ai vu les coups d'œil rapides que Babette lançait à l'intérieur, elle ne se donnait quasiment pas la peine de dissimuler ces regards dirigés notamment sur le panier à linge et les journaux éparpillés sur le lit défait de la chambre. Elle ne m'a pas regardé cette fois – et peut-être était-ce encore plus douloureux, humiliant, que le regard spécial. J'avais dit très clairement à Michel que nous allions bientôt manger, exclusivement à Michel ; je voulais donner le signal explicite que mon frère et ma belle-sœur ne seraient pas invités à partager notre repas. Ils étaient venus à un moment inopportun, il était grand temps qu'ils retournent chez eux.

En bas dans le salon, Serge s'était posté, les mains dans les poches, devant le téléviseur, qui diffusait à présent les actualités sportives. Plus encore que toute autre chose – l'insolence avec laquelle mon frère était planté là, les mains dans les poches, les jambes légèrement écartées, comme s'il était dans son propre salon et pas dans le mien, ou encore les regards spéciaux qu'avait posés ma belle-sœur sur la chambre de Michel, sur notre chambre à coucher, sur le panier à linge –, les images des actualités sportives, d'un groupe de footballeurs qui faisaient quelques tours en courant pour s'échauffer sur un terrain baigné de soleil, me disaient que mes projets pour la soirée menaçaient de tomber à l'eau, non, étaient déjà tombés à l'eau. Ma soirée avec Michel devant le poste de télévision, nos assiettes de macaronis *alla carbonara* sur les genoux, une soirée normale, sans sa mère certes, sans ma femme, mais tout de même une soirée festive.

« Serge… » Babette s'était approchée de mon frère et lui avait posé la main sur l'épaule.

« Oui », avait dit Serge. Il s'était retourné et m'avait regardé, sans sortir les mains de ses poches. « Paul », a-t-il commencé. Il s'est interrompu et il a lancé un regard désespéré à sa femme.

Babette a poussé un profond soupir. Puis elle m'a pris la main et l'a tenue entre ses jolis doigts, longs et élégants. Elle n'avait plus le regard spécial dans ses yeux. Elle me regardait à présent d'un air gentil mais décidé, comme si je n'étais plus la cause du chaos total qui régnait ici dans la maison, mais que j'étais moi-même un panier à linge débordant ou un lit défait, un panier à linge dont elle allait en un rien de temps transvaser le contenu dans la machine à laver, un lit qu'elle allait faire en un clin d'œil comme il n'avait encore jamais été fait : un lit d'hôtel, dans la suite royale.

« Paul, a-t-elle dit. Nous savons à quel point c'est dur pour toi en ce moment. Pour toi et Michel. Avec Claire à l'hôpital. Nous espérons bien sûr que tout va bien se passer, mais pour l'instant on ne peut pas prévoir pendant combien de temps cette situation va encore durer. Et c'est pour cela que nous avons pensé que ce serait peut-être une bonne idée pour toi, mais aussi pour Michel, qu'il vienne loger chez nous pendant un petit moment. »

J'ai senti quelque chose, un sentiment d'intense fureur, une vague glaciale de panique. Peu importe ce que c'était, cela se lisait probablement à livre ouvert sur mon visage, car Babette m'a pressé doucement la main en me disant : « Calme-toi, Paul. Nous ne sommes venus ici que pour t'aider.

— Oui », a dit Serge. Il a fait un pas en avant, j'ai eu un instant l'impression qu'il allait s'emparer de mon autre bras ou qu'il voulait poser une main sur mon épaule, mais qu'à la réflexion il y avait renoncé.

« Tu as assez de soucis, ne serait-ce qu'avec Claire, a dit Babette en souriant, tout en commençant à me caresser le dos de la main avec un doigt. Si nous prenons chez nous Michel pendant un petit moment, tu pourras un peu reprendre tes esprits. Et Michel sera loin des problèmes quotidiens. Il veut montrer qu'il est costaud, un enfant n'exprime peut-être pas ces choses-là à haute voix, mais ils remarquent tout. »

J'ai pris plusieurs profondes inspirations, l'important était à présent que l'on ne décèle pas de tremblements dans ma voix.

« J'aimerais bien vous inviter à dîner avec nous, ai-je dit, mais il n'y en a pas assez pour nous tous. »

Le doigt de Babette sur le dos de ma main s'est immobilisé, son sourire a persisté, mais il paraissait détaché de l'émotion qui l'avait provoqué initialement – comme si cette émotion n'avait jamais été présente. « Nous n'avons absolument pas besoin de rester dîner, Paul, a-t-elle dit. Nous nous disions seulement que, demain, Claire va être opérée ; le mieux pour Michel serait qu'il vienne chez nous ce soir...

— J'étais sur le point de passer à table avec mon fils, ai-je répondu. Vous ne tombez pas au bon moment. Je vais donc vous demander de partir maintenant.

— Paul... » Babette m'a pressé la main, son sourire avait à présent vraiment disparu, elle avait plutôt un air suppliant, une expression sur le visage qui lui allait particulièrement mal.

« Paul, a aussi dit mon frère. Tu comprends tout de même que ce ne sont pas des circonstances idéales pour un enfant de quatre ans. »

D'un geste brusque, j'ai libéré ma main des doigts de Babette. « Qu'est-ce que tu dis ? » ai-je demandé. Ma voix semblait calme, elle ne tremblait pas – trop calme, aurait-il fallu dire plutôt.

« Paul ! » Babette avait à présent un ton vraiment inquiet, peut-être avait-elle remarqué quelque chose dont je ne m'étais pas aperçu moi-même. Peut-être me croyait-elle capable de faire quelque chose, craignait-elle que je fasse du mal à Serge, mais je n'allais pas accorder ce plaisir à mon frère. La vague glaciale de panique avait certes définitivement cédé la place au feu de la colère, mais le poing que j'aurais aimé lui flanquer en plein milieu de sa noble figure, si compatissante pour le sort de mon enfant et le mien, aurait été la preuve flagrante que je n'étais plus capable de maîtriser mes émotions. Et quelqu'un qui ne maîtrise plus ses émotions n'est pas la personne la plus indiquée pour s'occuper d'une famille (temporairement) monoparentale. En une minute, j'avais déjà entendu – combien de fois déjà ? – sept fois mon prénom. L'expérience m'a appris que les gens attendent toujours quelque chose de vous quand ils vous appellent souvent par votre prénom, et qu'il s'agit la plupart du temps d'une chose que vous, vous ne voulez pas. « Serge veut simplement dire que cela fait peut-être un peu trop pour toi, Paul – huitième fois –, nous savons mieux que quiconque que tu fais vraiment de ton mieux pour que Michel ait l'impression que tout est le plus normal possible. Mais ce n'est pas normal. Les circonstances ne sont pas normales. Tu dois être auprès de Claire, et auprès de ton fils. On ne peut pas attendre, dans de telles circonstances, qu'une maison soit tenue normalement... » Son bras s'est levé, et sa main et ses doigts ont indiqué d'un geste papillonnant l'étage supérieur : les jouets en vrac, le panier à linge et le lit défait avec les journaux. « ... Pour Michel, son père est ce qu'il y a de plus important. Sa mère est malade. Il ne doit pas avoir l'impression que son père ne peut plus faire face. »

J'étais sur le point de ranger, avais-je envie de dire. Si vous étiez venus une heure plus tard... Mais je ne l'ai pas dit. Je ne voulais pas que l'on m'oblige à être sur la défensive. Michel et moi rangeons quand cela nous chante.

« Je vais devoir vous demander encore une fois de partir », ai-je dit. Puis j'ai ajouté : « Michel et moi aurions dû nous mettre à table depuis un quart d'heure déjà. Je tiens à respecter des horaires réguliers pour ce genre de choses. Dans ces circonstances. »

Babette a encore soupiré, j'ai cru à un moment qu'elle allait à nouveau dire « Paul... », mais son regard est passé de moi à Serge, puis est revenu se poser sur moi. Le téléviseur a émis le générique de la fin des actualités sportives et soudain j'ai été assailli par une profonde tristesse. Mon frère et ma belle-sœur m'avaient surpris au mauvais moment pour se mêler de la façon dont je tenais ma maison, et maintenant quelque chose s'était passé qui ne pourrait jamais être défait. Cela peut paraître ridicule, c'est ridicule, pourtant la simple constatation que nous ne pourrions plus, mon fils et moi, regarder ensemble les actualités sportives me donnait presque les larmes aux yeux. J'ai pensé à Claire dans sa chambre d'hôpital. Depuis plusieurs jours elle avait heureusement une chambre pour elle. Auparavant elle partageait sa chambre avec une vieille femme qui émettait des pets sonores et sentait mauvais. Quand je venais lui rendre visite nous faisions semblant de ne pas l'entendre, mais au bout de quelques jours Claire en avait eu tellement assez qu'elle s'était mise à pulvériser du déodorant de façon ostentatoire après chaque pet – la situation pouvait prêter à rire mais, en même temps, il y avait de quoi pleurer. Après l'heure des visites, j'étais passé voir la surveillante du service pour réclamer une chambre individuelle. La chambre donnait sur l'aile de l'hôpital, quand la nuit tombait et que les lumières s'allumaient, on y voyait les malades allongés dans leur lit se redresser sur leurs oreillers pour prendre leur repas du soir. Nous avions décidé que je ne viendrais pas ce soir, le soir avant l'opération, lui rendre visite mais que je resterais avec Michel. Pour que tout soit aussi normal que possible. Mais maintenant je pensais à Claire, à ma femme seule dans sa chambre, à la nuit qui tombait et à la vue sur les fenêtres allumées et les malades, et je me demandais si nous avions bien fait ; peut-être que j'aurais dû demander à une baby-sitter de venir, pour que ce soir, justement ce soir, je puisse être auprès de ma femme.

J'ai décidé de l'appeler tout de suite après. Après, quand Serge et Babette seraient partis et que Michel serait couché. Oui, il était vraiment temps qu'ils fichent le camp maintenant, pour que Michel et moi puissions enfin prendre notre repas du soir, notre repas de toute façon raté.

Puis une nouvelle pensée m'est soudain venue à l'esprit. Une pensée comme un cauchemar. Une pensée dont on se réveille en sueur, la couette par terre, l'oreiller trempé tant on a transpiré, on a le cœur qui bat fort – mais la chambre est éclairée par la lumière du jour, il ne s'est rien passé finalement, ce n'était qu'un rêve.

« Est-ce que vous êtes allés voir Claire aujourd'hui ? » ai-je demandé – j'avais adopté un ton enjoué, amical et nonchalant, je ne voulais à aucune condition qu'ils s'aperçoivent à quel point je me sentais mal.

Serge et Babette m'ont regardé, à l'expression de leur visage il était clair que ma question les surprenait. Mais cela ne voulait rien dire, peut-être étaient-ils surpris de mon brusque changement de comportement, car quelques instants plus tôt je les avais sommés de partir.

« Non, a dit Babette. Enfin, je veux dire… » Ses yeux cherchaient un soutien auprès de mon frère. « Je lui ai tout de même parlé, cet après-midi. »

Cela s'était donc bel et bien produit. L'impensable avait vraiment eu lieu. Ce n'était pas un rêve. L'idée d'éloigner Michel d'ici venait de ma propre femme.

Cet après-midi, elle avait parlé avec Babette au téléphone, et l'idée avait été émise. Peut-être pas par elle directement, peut-être que Babette avait été la première à en parler, mais Claire, affaiblie ou non par son état, avait donné son accord, pour ne plus être embêtée par toutes ces histoires. Sans en discuter au préalable avec moi.

Dans ce cas, je vais encore plus mal que je suis capable d'en juger, me suis-je dit. Si ma femme estime plus sage de prendre des décisions sur notre fils sans me consulter, c'est que je l'y ai sans doute moi-même incitée.

J'aurais dû ranger la chambre de Michel, ai-je pensé. J'aurais dû vider le panier à linge, la machine à laver aurait dû être en marche quand Serge et Babette ont sonné, j'aurais dû mettre dans des sacs en plastique les journaux qui se trouvaient sur le lit, et ces sacs en plastique auraient dû être posés dans le hall à côté de la porte extérieure, comme si j'étais sur le point de les porter au conteneur pour les vieux papiers.

Mais il était à présent trop tard pour y remédier. Je me suis dit que, de toute façon, il aurait sans doute été trop tard. Serge et Babette étaient venus avec un plan préconçu, même si Michel et moi avions été attablés en costume trois pièces et cravate devant une nappe de damas et des couverts en argent, ils auraient trouvé une excuse pour me retirer mon fils.

Et avez-vous parlé de Michel cet après-midi ? Je n'ai pas posé la question, je l'ai laissée planer. Le silence qui s'installait donnait l'occasion à Babette de me répondre en apportant elle-même le chaînon manquant.

« Pourquoi Michel ne vient-il jamais à l'hôpital ? a demandé Babette.

— Comment ? ai-je dit.

— Pourquoi Michel ne vient-il jamais voir sa mère ? Cela fait combien de temps que Claire est là-bas déjà ? Ce n'est tout de même pas normal, un fils qui ne veut pas voir sa mère.

— Claire et moi, nous en avons discuté. Au début, c'est elle qui ne voulait pas. Elle ne voulait pas que Michel la voie dans cet état.

— Ça, c'était au début. Mais plus tard. Plus tard, il y a bien eu un moment ? Je veux dire que Claire elle-même ne comprend plus. Elle pense que son enfant l'a déjà oubliée.

— Ne dis pas de bêtises. Bien sûr que Michel n'a pas oublié sa mère. Il ne... » J'étais sur le point de dire : Il n'arrête pas de parler d'elle », mais ce n'était pas vrai. « C'est juste qu'il ne veut pas la voir. Il ne veut pas aller à l'hôpital. Pourtant je lui propose souvent. "Et si nous allions voir maman demain ?" Il semble hésiter. Il me dit : "Peut-être...", et quand le lendemain je lui demande encore une fois, il secoue la tête. Il me répond : "Demain peut-être." Enfin, je ne peux tout de même pas le forcer ! Non, attends, c'est plutôt que je ne veux pas le forcer. Pas dans ces circonstances. Je ne vais pas le traîner à l'hôpital s'il n'en a pas envie. Cela risque à mon avis de lui laisser un mauvais souvenir plus tard. Il a sûrement ses raisons. Il a quatre ans, mais il est peut-être le mieux placé pour savoir comment s'accommoder de cette situation. S'il veut pour l'instant refouler le fait que sa mère est à l'hôpital, il faut à mon avis le laisser tranquille. Je trouve que c'est un comportement très adulte. Les adultes aussi refoulent tout. »

Babette a reniflé plusieurs fois et elle a haussé les sourcils.

« Est-ce quelque chose ne serait pas… ? » a-t-elle commencé. Et au même moment, je l'ai senti. Je me suis retourné d'un seul coup et j'ai couru à la cuisine, je voyais déjà la fumée flotter dans le petit couloir.

« Merde ! » J'ai senti les larmes me monter aux yeux, tandis que j'éteignais le gaz sous les macaronis puis ouvrais la porte donnant sur le jardin. « Merde ! Merde ! Merde ! » J'ai fait de grands moulinets avec les bras, mais la fumée se déplaçait à l'intérieur de la cuisine, sans vraiment s'évacuer.

Les yeux baignés de larmes, j'ai regardé fixement la casserole. J'ai pris la cuillère en bois sur le plan de travail et j'ai remué la bouillie noire, durcie.

« Paul… »

Ils se tenaient tous les deux dans l'encadrement de la porte. Serge avait un pied dans la cuisine, Babette avait posé une main sur son épaule.

« Regardez maintenant ! ai-je crié. Mais regardez ! »

J'ai jeté violemment la cuillère en bois sur le plan de travail. Je luttais pour éviter d'autres larmes, sans vraiment y arriver.

« Paul... » Mon frère s'était encore avancé d'un pas dans la cuisine, j'ai vu une main tendue et je me suis vite écarté.

« Paul, a-t-il dit. C'est totalement logique après tout. D'abord ton emploi, et maintenant Claire. Il n'y a pas de mal à admettre que c'est dur. »

Pour autant que je m'en souvienne, un sifflement s'est fait distinctement entendre quand j'ai saisi les anses brûlantes de la casserole et que je me suis brûlé la peau des doigts. Je n'ai ressenti aucune douleur, du moins pas à ce moment-là.

Babette a hurlé. Serge a reculé la tête, mais le bord de la casserole l'a touché en pleine face. Il a reculé en titubant et s'est à moitié affalé sur Babette quand je l'ai frappé au visage pour la deuxième fois. J'ai entendu un craquement, et du sang est apparu : il a giclé contre le carrelage blanc du mur de la cuisine et sur les petits pots de l'étagère à épices à côté de la cuisinière.

« Papa. »

Serge était étendu sur le sol de la cuisine, les contours de sa bouche et de son nez étaient un chaos pâteux et sanglant. J'étais déjà prêt, la casserole en l'air : prêt à la laisser s'abattre une fois de plus sur la partie la plus pâteuse et ensanglantée de son visage.

Michel était debout dans l'encadrement de la porte, il ne regardait pas son oncle étendu par terre mais moi.

« Michel », ai-je dit ; j'ai essayé de sourire ; j'ai laissé tomber la casserole. « Michel », ai-je répété.

LE DESSERT

36

« Les mûres viennent du jardin du restaurant, a dit le gérant. Le parfait a été préparé avec un chocolat fait maison et vous avez ici de fines amandes effilées mélangées à des noix râpées. »

Son auriculaire indiquait quelques irrégularités dans la sauce marron, qui à mon avis s'était avérée trop diluée – en tout cas plus diluée qu'elle n'aurait dû dans le cas d'un « parfait » – et qui avait coulé à travers les mûres vers le fond de la coupe.

Je voyais Babette regarder la coupe. Au début seulement avec une certaine déception – déception qui avait cédé la place, pendant les explications du gérant, à un dégoût manifeste.

« Je n'en veux pas, a-t-elle dit quand il a eu terminé de parler.

— Pardon ? a demandé le gérant.

— Je n'en veux pas. J'aimerais que vous l'emportiez s'il vous plaît. »

J'ai cru un moment qu'elle allait repousser la coupe, mais elle s'est adossée à sa chaise, comme pour établir la plus grande distance possible entre elle et le dessert raté.

« Mais c'est pourtant ce que vous avez commandé. »

Pour la première fois depuis que le gérant avait posé sous notre nez les desserts, elle a levé la tête et elle l'a regardé. « Je sais ce que j'ai commandé. Mais je n'en ai plus envie. Je veux que vous l'enleviez. »

J'ai vu Serge commencer à tripoter sa serviette, il en a porté un coin vers une tache imaginaire à la commissure de ses lèvres, qu'il a essuyée ; pendant ce temps, je m'efforçais de capter le regard de sa femme. Serge avait pris en dessert une dame blanche. Peut-être était-il gêné du comportement de Babette, mais le plus probable était qu'il ne pouvait supporter le moindre contretemps supplémentaire. Il fallait qu'il entame son dessert sur-le-champ. Mon frère choisissait toujours le dessert le plus commun qui soit proposé au menu. La glace vanille avec de la crème Chantilly, les crêpes à la mélasse, et il en restait à peu près là. Je me disais parfois que cela venait de son taux de glycémie, le même taux de glycémie qui lui jouait des tours aux moments les plus inopportuns au milieu de nulle part. Mais cela s'expliquait aussi par son manque total de fantaisie. À cet égard la dame blanche était dans la droite lignée du tournedos, j'avais d'ailleurs été totalement stupéfait de voir un dessert aussi banal au menu d'un tel restaurant.

« Vous ne trouverez nulle part ailleurs des mûres aussi goûteuses », a dit le gérant.

Écoute, mon gars, tu reprends cette coupe et tu dégages ! ai-je dit mentalement. C'était typique. Dans tous les restaurants normaux, ou sans doute aurait-il mieux valu préciser : dans tous les restaurants dignes de ce nom en Europe, en dehors des Pays-Bas, les serveurs et les gérants ne s'avisaient même pas de discuter. Le mot d'ordre était : « Une plainte d'un client ? Retour immédiat en cuisine ! » Il y avait certes toujours des emmerdeurs dans la clientèle, une engeance trop exigeante qui, à propos de chaque plat au menu, demandaient des explications, alors que la culture culinaire n'était manifestement pas leur fort. Ils n'hésitaient pas à chercher à savoir : « Quelle est la différence entre des tagliatelles et des spaghettis ? » Face à ce genre d'individus, on comprenait parfaitement que le serveur qui officiait ait envie de projeter son poing droit sur leurs précieuses petites bouches débordant de questions, les jointures contre les dents du haut, pour qu'elles cassent près de la racine. Il fallait instituer pour le personnel assurant le service le droit d'invoquer la légitime défense. La plupart du temps, cependant, il en allait tout autrement. Les gens n'osaient rien faire. Ils marmonnaient des milliers de fois « Je vous prie de m'excuser », simplement pour obtenir la salière. Des haricots verts marron foncé au goût de réglisse, une viande filandreuse parcourue de nerfs coriaces et parsemée de morceaux de cartilage, un sandwich au fromage au pain rassis avec des taches vertes sur le fromage, le Néerlandais au restaurant mastiquait le tout en silence puis avalait. Et quand le serveur venait lui demander si cela lui avait plu, il se passait la pointe de la langue sur les filaments et les restes moisis collés entre ses dents et acquiesçait d'un signe de tête.

Nous avions repris nos places conformément au premier plan de table, Babette à ma gauche, en face de Serge, et Claire devant moi. Je n'avais qu'à lever les yeux de mon assiette pour la regarder. Claire m'a regardé à son tour et a levé les sourcils.

« Ah, ce n'est pas très grave, a dit Serge. Je peux manger ces mûres en plus de mon dessert. » Il s'est passé la main sur le ventre en souriant, à l'intention d'abord du gérant puis de sa femme.

Il y a eu une seconde entière de silence. Une seconde pendant laquelle j'ai de nouveau baissé les yeux ; j'avais l'impression qu'il valait mieux ne regarder personne et j'ai donc fixé mon assiette ; pour être précis, les trois petits morceaux de fromage qui attendaient là, encore intacts. L'auriculaire du gérant s'était arrêté au-dessus de chacun des trois fromages, j'avais écouté les noms correspondants sans vraiment les assimiler. L'assiette était au moins deux fois plus petite que les assiettes sur lesquelles avaient été servis les entrées et les plats, pourtant, ici aussi, c'était surtout le vide qui attirait l'attention. Les trois fromages avaient quant à eux, sans doute pour donner l'impression qu'il y avait là plus qu'il n'y paraissait, les pointes tournées les unes vers les autres.

J'avais commandé du fromage parce que je n'aime pas le sucré, enfant c'était déjà le cas, mais tandis que je regardais fixement mon assiette – surtout la partie vide – l'intense fatigue que j'avais essayé de chasser toute la soirée s'est abattue sur moi.

J'aurais aimé par-dessus tout rentrer à la maison. Avec Claire, ou peut-être même seul. Oui, j'aurais donné une fortune pour pouvoir m'affaler sur le canapé à la maison. En position horizontale, je réfléchis plus facilement ; j'aurais pu passer en revue les événements de la soirée, mettre de l'ordre dans mes idées, comme on dit.

« Ne te mêle pas de ça ! a dit Babette à Serge. Peut-être faut-il faire venir Tonio si c'est si compliqué de commander un autre dessert. »

« Tonio » était l'homme en col roulé blanc, ai-je supposé, le propriétaire du restaurant qui leur avait souhaité personnellement la bienvenue dans le hall d'entrée parce qu'il était si content de compter parmi sa clientèle des gens comme les Lohman.

« Ce n'est pas nécessaire, s'est empressé de dire le gérant. Je vais moi-même en parler à Tonio et je suis certain que la cuisine pourra vous proposer un autre dessert. »

« Ma chérie… », a dit Serge, mais il ne savait apparemment plus ce qu'il voulait dire, car il a de nouveau souri à l'intention du gérant tout en faisant un geste désemparé, les deux mains en l'air, paumes tournées vers le haut, comme pour dire : Les femmes ? Parfois, c'est à n'y rien comprendre.

« Qu'est-ce que tu as à sourire bêtement ? » a demandé Babette.

Serge a baissé les mains, il a lancé à Babette un regard suppliant. « Ma chérie… », a-t-il répété.

Michel avait lui aussi toujours eu une aversion pour le sucré, ai-je pensé ; lorsque les serveurs dans les restaurants, autrefois quand il était encore un petit enfant, essayaient de l'amadouer en lui proposant une glace ou une sucette, il secouait toujours la tête d'un air décidé. Nous l'autorisions à manger tous les desserts qu'il voulait, cela ne venait donc pas de son éducation. C'était héréditaire. Oui, il n'y avait pas d'autre mot. Si l'hérédité existait, s'il y avait une caractéristique héréditaire, c'était bien notre dégoût commun pour le sucré.

Finalement, le gérant a retiré la coupe de mûres de la table. « Je reviens tout de suite », a-t-il marmonné, et il a disparu subitement.

« Bon Dieu, quel crétin ! » a dit Babette. Elle a essuyé rageusement la nappe, à l'endroit où était posé son dessert un instant plus tôt, comme pour effacer les éventuelles traces que la coupe de mûres aurait pu y avoir laissées.

« Babette, par pitié, a supplié Serge, cette fois avec une très nette pointe d'agacement dans la voix.

— Tu as vu la tête qu'il a fait ? a dit Babette en allant toucher la main de Claire au-dessus de la nappe. Tu as vu à quelle vitesse il a capitulé quand il a entendu le nom de son patron ? Son petit patron, ha ha ! »

Claire a ri à son tour, mais pas du fond du cœur, ai-je remarqué.

« Babette ! s'est interposé Serge. Je t'en prie ! Je trouve que tu ne devrais pas faire tant d'histoires. Je veux dire, il nous arrive de venir ici, nous n'avons jamais...

— Ah, c'est de cela que tu as peur ? l'a interrompu Babette. Qu'on te refuse soudain une table la prochaine fois ? »

Serge m'a regardé, mais j'ai vite détourné les yeux. Dans quelle mesure mon frère pouvait-il parler d'hérédité ? Certes, dans le cas de ses propres enfants peut-être : sa chair et son sang. Mais pour Beau ? Dans quelle mesure devait-on admettre à un moment donné qu'une caractéristique avait manifestement été héritée d'un autre ? Des parents biologiques restés en Afrique ? Et inversement, dans quelle mesure Serge pouvait-il prendre ses distances par rapport aux actes de son fils adoptif ?

« Je n'ai peur de rien, a dit Serge. Je trouve juste choquant que tu t'en prennes à quelqu'un sur ce ton arrogant. Nous avons toujours voulu éviter d'être ce genre de personnes. Cet homme fait tout simplement son travail.

— Qui a commencé à prendre un ton arrogant ? a dit Babette. Hein ? Qui a commencé ? » Sa voix était montée d'un cran. J'ai regardé autour de moi ; aux tables les plus proches, des têtes s'étaient déjà tournées dans notre direction. C'était bien entendu particulièrement intéressant, une femme qui haussait la voix à la table de notre futur Premier ministre.

Serge aussi paraissait prendre conscience du danger imminent. Il s'est penché loin au-dessus de la table.

« Babette, s'il te plaît, a-t-il dit doucement. Arrêtons cet incident. Nous en discuterons une autre fois. »

Dans toutes les disputes domestiques – comme dans tous les combats et toutes les guerres –, on peut désigner un moment où les deux, ou l'une des deux parties, peuvent faire machine arrière pour éviter que la situation ne dégénère encore plus. Ce moment était venu. Je me suis demandé ce que je souhaitais, au fond. En tant que membres de la famille et convives, il nous incombait de calmer les tensions, de prononcer des paroles de réconciliation pour susciter un rapprochement des parties.

Mais en avais-je envie, honnêtement ? En avions-nous envie ? J'ai regardé Claire et, au même moment, Claire m'a regardé. Autour de sa bouche, il se passait quelque chose que des non-initiés n'auraient pas pris pour un sourire, mais qui en était pourtant bien un. Cela se résumait à un frémissement invisible à l'œil nu près des commissures des lèvres. Je reconnaissais ce frémissement invisible comme aucun autre. Et je savais ce que cela signifiait : Claire n'avait elle non plus aucune envie d'intervenir. Encore moins que moi. Nous n'allions rien entreprendre pour séparer les belligérants. Au contraire, nous allions tout faire pour laisser le conflit s'envenimer. Car tel était notre bon plaisir.

J'ai fait un clin d'œil à ma femme. Et elle m'a fait un clin d'œil à son tour.

« Babette, s'il te plaît... », ce n'était pas Serge qui parlait, mais Babette. Elle l'imitait, en prenant un ton exagérément affecté, comme s'il était un enfant geignard pleurnichant pour une glace. Il n'a d'ailleurs pas à pleurnicher, me suis-je dit en regardant la dame blanche posée devant son nez. Il a déjà sa glace. J'ai failli éclater de rire. Claire a dû le remarquer à l'expression de mon visage car elle a secoué la tête, tout en me faisant un autre clin d'œil. Il ne faut surtout pas rire ! disait son regard. Cela va tout gâcher. Nous servirons de paratonnerre et la dispute passera.

« Tu n'es qu'un lâche ! a hurlé Babette. Tu devrais prendre mon parti plutôt que de penser à ta propre image, à l'effet que cela va produire. À ce que vont penser les gens si ta femme trouve son dessert tellement infâme qu'elle n'a pas de mots pour le qualifier. Ce que ton ami ici va penser de toi. Tonio ! Il faut dire que s'appeler Tony ou Antoine est sûrement trop ordinaire ! Cela fait trop potée au chou ou soupe aux pois. » Elle a jeté sa serviette sur la table – trop violemment, car elle a heurté son verre de vin, qui s'est renversé.

« Je ne veux plus jamais manger ici ! » a dit Babette. Elle avait cessé de crier, mais sa voix portait encore au moins quatre tables plus loin. Les gens avaient posé leurs couverts. Ils regardaient d'ailleurs plus hardiment dans notre direction. Il était impossible de faire autrement. « Je veux rentrer », a dit Babette, nettement moins fort, presque à un volume normal.

« Babette, a dit Claire en lui tendant la main. Ma chérie… »

Le timing de Claire était parfait. J'ai souri, en admiration devant ma femme. Le vin rouge s'était étalé sur la nappe, la majeure partie avait coulé du côté de

Serge. Mon frère s'est levé de sa chaise ; j'ai d'abord cru qu'il craignait que le vin rouge ne goutte sur son pantalon, mais il a reculé sa chaise et il s'est levé.

« J'en ai assez », a-t-il dit.

Nous l'avons regardé, tous les trois. Il avait pris la serviette posée sur ses genoux pour la mettre sur la table. J'ai constaté que la glace de sa dame blanche avait commencé à fondre, un mince filet de vanille avait débordé et coulé vers le bas jusqu'au pied du verre (du vase ? du bocal ? – comment s'appelait une chose pareille pour servir une dame blanche ?). « Je m'en vais, a-t-il dit. Prendre l'air dehors. »

Il a fait un pas de côté, s'écartant de notre table, puis un autre pour se rapprocher. « Je suis désolé, a-t-il dit en se tournant d'abord vers Claire puis vers moi. Désolé de ce qui se passe. J'espère que lorsque je reviendrai nous pourrons parler tranquillement des choses dont nous devons parler. »

Je m'étais attendu à ce que Babette se remette à crier. En lançant quelque chose du style : « C'est ça, va-t-en ! Mais va-t-en donc ! C'est facile ! » Mais elle n'a rien dit – à ma grande déception. Le scandale aurait été complet : une célébrité politique qui quitte le restaurant la tête basse, sous les insultes de sa femme qui le traite de con, ou de lâche – même si l'incident n'était pas repris dans les journaux, l'histoire se répandrait comme une tache d'huile, de bouche à oreille, des dizaines, des centaines, qui sait peut-être même des milliers d'électeurs potentiels apprendraient que Serge Lohman, cet homme ordinaire, avait lui aussi des problèmes conjugaux on ne peut plus ordinaires. Comme tout le monde. Comme nous.

On pouvait même se demander si la fuite de cette querelle conjugale allait lui coûter des voix, ou si au contraire elle lui en rapporterait. Peut-être qu'une querelle conjugale le rendrait plus humain, son mariage malheureux le rapprocherait de ses électeurs. J'ai regardé la dame blanche. Un second filet de glace avait coulé sur le pied du verre et atteint la nappe.

« C'est le réchauffement planétaire », ai-je fait remarquer en montrant du doigt le dessert de mon frère. J'avais le sentiment que le mieux était de dire quelque chose de léger. « Tu vois, ce ne sont pas que des conneries à la mode. C'est vrai.

— Paul... »

Claire m'a regardé, puis a tourné les yeux vers Babette – et Babette pleurait, ai-je constaté, en suivant la direction du regard de ma femme : au début presque en silence, son buste agité de quelques secousses, mais bien vite les premiers sanglots se sont fait entendre.

À plusieurs tables de distance, des gens avaient une fois de plus interrompu leur repas. Un homme en chemise rouge se penchait vers une dame plus âgée (sa mère ?) assise en face de lui et lui chuchotait quelque chose : Ne regarde pas tout de suite, mais il y a une femme qui pleure – des propos de ce genre, sans aucun doute –, la femme de Serge Lohman...

En attendant, Serge n'était toujours pas parti ; il était planté là, les mains sur le dossier de la chaise, comme incapable de décider s'il devait joindre le geste à la parole, maintenant que sa femme pleurait.

« Serge, a dit Claire sans le regarder – sans même lever la tête –, assieds-toi. »

« Paul. » Claire m'avait pris la main ; elle la tirait, et il a fallu un certain temps avant que je comprenne ce qu'elle voulait dire : je devais me lever, elle voulait changer de place pour s'asseoir à côté de Babette.

Nous nous sommes levés au même moment. Pendant que nous nous faufilions l'un devant l'autre, Claire m'a de nouveau pris la main ; ses doigts ont serré solidement mon poignet et l'ont tiré d'un petit geste rapide. Nos visages étaient à moins de dix centimètres l'un de l'autre, je suis à peine plus grand que ma femme, il m'aurait suffi de me pencher pour enfoncer ma tête dans ses cheveux – ce dont j'avais à ce moment-là envie plus que tout au monde.

« Nous avons un problème », a dit Claire.

Je me suis contenté d'acquiescer.

« Avec ton frère », a dit Claire.

J'attendais qu'elle poursuive, mais elle trouvait manifestement que notre aparté avait déjà duré trop longtemps ; elle a continué de se faufiler vers sa place et s'est affalée sur la chaise à côté de Babette en pleurs.

« Est-ce que tout se passe bien ici ? »

Je me suis retourné et j'ai vu le visage de l'homme au col roulé blanc. Tonio ! Sans doute parce que Serge avait reculé sa chaise pour s'y rasseoir et que j'étais encore debout, le propriétaire s'était adressé à moi en premier. Quoi qu'il en soit, la différence de taille – il faisait une tête de moins que moi – n'expliquait pas à elle seule mon sentiment que son attitude avait quelque chose d'obséquieux. Il était légèrement courbé, les bras levés au ciel, la tête tournée, ses yeux me regardant non seulement par en dessous mais aussi en biais : plus bas que nécessaire.

« J'ai entendu dire que le choix du dessert posait un problème. Nous aimerions vous proposer un autre dessert de votre choix.

— Là aussi de la maison ? ai-je demandé.

— Pardon ? »

Le propriétaire du restaurant était presque chauve, les fins cheveux gris qui lui restaient étaient coupés avec soin près de ses oreilles, sa tête un peu trop brune se dégageait du col roulé blanc comme celle d'une tortue sortant de sa carapace.

J'ai mentionné plus tôt, à l'arrivée de Serge et de Babette, qu'il m'évoquait un souvenir, et soudain j'ai su lequel. Il y a des années, un homme qui habitait à quelques maisons de chez nous dans la rue avait le même aspect servile. Il était peut-être encore plus petit que « Tonio », et il n'était pas marié. Un soir, Michel, qui avait à l'époque environ huit ans, est rentré à la maison avec une pile de disques et m'a demandé si nous avions encore un électrophone.

« Comment as-tu récupéré ces disques ? ai-je demandé.

— C'est M. Breedveld qui me les a donnés, a dit Michel. Il en a bien cinq cents, tu sais ! Et il m'a dit que je pouvais les garder. »

Il a fallu un certain temps avant que j'établisse un lien entre le petit homme qui vivait seul à quelques maisons de là et le nom de « Breedveld ». Ils venaient régulièrement chez lui, disait Michel, toute une bande de garçons du quartier, pour écouter les vieux disques de M. Breedveld.

Je me souviens encore très bien que mes tempes avaient commencé à palpiter, d'abord d'angoisse, puis de colère. M'efforçant d'adopter le ton le plus normal possible, j'ai demandé à Michel ce que faisait M. Breedveld pendant ce temps-là, quand les garçons écoutaient les disques.

« Rien. Nous sommes assis sur le canapé. Il a toujours des cacahuètes, des chips et du coca. »

Ce soir-là, alors que la nuit était tombée, j'ai sonné chez M. Breedveld. Je ne lui ai pas demandé de me laisser entrer, je l'ai écarté et je suis allé tout de suite dans son salon. J'ai constaté que les rideaux étaient déjà tirés.

Quelques semaines plus tard, M. Breedveld a déménagé. La dernière image dont je me souviens de cette époque, ce sont les enfants du quartier qui fouillaient dans des cartons remplis de disques cassés pour voir s'il en restait certains intacts. La veille de son déménagement, M. Breedveld avait posé les cartons sur le bord du trottoir.

J'ai regardé « Tonio », j'ai saisi d'une main le dossier de la chaise.

« Dégage, vieux vicelard ! ai-je dit. Dégage avant que les choses ne dégénèrent ici pour de bon. »

37

Serge s'est raclé la gorge, il a posé les coudes sur la table, des deux côtés de sa dame blanche, et appuyé les extrémités de ses doigts les unes contre les autres.

« Nous savons ce qui s'est passé, a-t-il dit. Nous connaissons tous les quatre les faits. » Il a regardé Claire, puis Babette qui avait arrêté de pleurer, mais appuyait encore un coin de sa serviette contre sa joue – juste en dessous de son œil, derrière le verre foncé de ses lunettes. « Paul ? » Il a tourné la tête vers moi et m'a regardé ; ses yeux avaient l'air soucieux, mais je me demandais si cette inquiétude était celle de l'homme ou du politicien Serge Lohman.

« Oui, qu'y a-t-il ? ai-je demandé.

— Je suppose que toi aussi tu es au courant de tous les faits ? »

Tous les faits. Je n'ai pu réprimer un sourire ; puis j'ai regardé Claire et j'ai effacé le sourire de mon visage. « Absolument, ai-je dit. Tout dépend bien sûr de ce que tu entends par les faits.

— J'y reviendrai plus tard. Il s'agit de savoir ce que nous allons faire par rapport à cette histoire. Ce que nous allons annoncer. »

J'ai cru d'abord ne pas avoir bien compris. J'ai regardé de nouveau Claire. Nous avons un problème, avait-elle dit. Voilà le problème, disait son regard à présent.

« Attends un peu, ai-je dit.

— Paul. » Serge a posé la main sur mon avant-bras. « Tu dois me laisser exposer mon point de vue. Dans un instant, ce sera ton tour. »

Babette a émis un son : entre un soupir et un sanglot. « Babette », a dit Serge. Son ton n'avait plus rien de suppliant. « Je sais ce que tu penses. Tu auras toi aussi ton mot à dire tout à l'heure. Quand j'aurai terminé. »

Les dîneurs aux tables voisines s'étaient à nouveau penchés sur leurs assiettes, mais à proximité de la cuisine ouverte régnait une certaine agitation. J'ai vu trois serveuses autour de « Tonio » et du gérant ; ils n'ont pas regardé une seule fois dans notre direction, mais j'aurais parié mon plateau de fromage qu'ils parlaient de nous – de moi, me suis-je corrigé.

« Babette et moi avons parlé à Rick cet après-midi, a dit Serge. Nous avons l'impression que Rick en souffre beaucoup. Qu'il trouve abominable ce qu'ils ont fait. Il n'en dort littéralement plus la nuit. Il a mauvaise mine. Ses résultats scolaires en pâtissent. »

J'ai voulu intervenir, mais je me suis retenu. Il y avait quelque chose dans le ton de Serge : comme s'il essayait dès à présent de démarquer son fils du nôtre. Rick ne dormait pas la nuit. Rick avait mauvaise mine. Rick trouvait cela abominable. J'avais le sentiment que Claire et moi devions défendre Michel – mais qu'aurait-il fallu dire ? Que Michel trouvait cette histoire abominable, lui aussi ? Qu'il dormait encore plus mal que Rick ?

Ce n'était tout simplement pas vrai, ai-je constaté. Michel avait en tête d'autres choses que la sans-abri qui avait brûlé dans le local du distributeur. Et qu'est-ce que c'était que ces conneries de Serge à propos des résultats scolaires ? Il y allait vraiment trop fort, à la réflexion.

Je n'interviendrai que si Claire prend la parole, pour l'approuver, ai-je décidé. Si Claire dit qu'il est déplacé, au vu des événements, de parler de résultats scolaires, je dirai que nous souhaitons laisser les résultats scolaires de Michel en dehors de la discussion.

Les résultats scolaires de Michel en souffraient-ils ? me suis-je demandé l'instant suivant. Je n'en avais pas l'impression. Sur ce plan-là aussi, il était plus sûr de son affaire que son cousin.

« Depuis le début, j'ai essayé d'examiner la situation sans tenir compte de mon avenir politique, a dit Serge. Je ne veux d'ailleurs pas dire par là que je n'y ai jamais songé. »

Tout portait à croire que Babette avait recommencé à pleurer. En silence. J'ai été gagné par le sentiment que j'assistais à une scène à laquelle je ne voulais pas assister. Je n'ai pas pu m'empêcher de penser à Bill et Hillary Clinton. À Oprah Winfrey.

Les choses se passaient-elles ainsi ? S'agissait-il de la répétition générale d'une conférence de presse où Serge Lohman allait faire savoir que le garçon sur les images d'*Opsporing Verzocht* était son fils, mais qu'il espérait néanmoins toujours bénéficier de la confiance des électeurs ? Il ne pouvait tout de même pas être aussi naïf ?

« Ce qui m'importe en premier lieu, c'est l'avenir de Rick, a dit Serge. Il est bien entendu fort probable que cette affaire ne soit jamais résolue. Mais peut-on vivre avec ce qui s'est passé ? Rick peut-il vivre avec ? Pouvons-nous vivre avec ? » Il a regardé Claire, puis moi. « Pouvez-vous vivre avec ? a-t-il demandé. Pas moi, a-t-il poursuivi sans attendre la réponse. Je me vois déjà, sur les marches du palais royal à côté de la reine et des ministres. Sachant qu'à tout moment, à l'occasion d'une conférence de presse, un journaliste peut lever le doigt. "Monsieur Lohman, quelle est la part de vrai dans la rumeur selon laquelle votre fils est mêlé au meurtre d'une sans-abri ?"

— Un meurtre ! s'est écriée Claire. C'est un meurtre, maintenant ? Où es-tu allé chercher ça ? »

Il y a eu un silence ; on avait certainement entendu « meurtre » à une distance de quatre tables. Serge a lancé un coup d'œil par-dessus son épaule, puis il a regardé Claire.

« Désolée, a-t-elle dit. Je parle trop fort. Mais ce n'est pas la question. Je trouve que "meurtre" va trop loin. Nettement trop loin même ! »

J'ai regardé ma femme avec admiration. Elle était plus belle quand elle se mettait en colère. Ses yeux surtout, c'était un regard qui intimidait les hommes. D'autres hommes.

« Quel mot veux-tu donc employer, Claire ? » Serge a pris sa cuillère à dessert et a touillé sa glace fondue. Bien que la cuillère ait un manche démesurément long, un peu de glace et de crème Chantilly s'est déposé sur l'extrémité de ses doigts.

« Un accident, a dit Claire. Un malheureux concours de circonstances. Aucune personne saine d'esprit ne peut prétendre qu'ils sont sortis ce soir-là pour aller tuer une sans-abri !

— Mais c'est pourtant bien ce que montre la caméra de surveillance. C'est ce qui s'est vu dans tous les Pays-Bas. Enfin, si au lieu de dire "meurtre", tu préfères parler d'"homicide", cela m'est égal, mais cette femme n'a absolument rien fait. Cette femme reçoit une lampe et une chaise et pour finir un jerrycan sur la tête.

— Qu'est-ce qu'elle faisait là, dans le local du distributeur ?

— Cela n'a aucune importance ! Il y a des sans-abri partout. Malheureusement. Ils dorment là où ils trouvent un peu de chaleur. Là où ils peuvent dormir au sec.

— Mais elle était en travers du chemin, Serge. Je veux dire, elle aurait aussi bien pu aller s'allonger dans le couloir de votre maison. Là aussi elle aurait sûrement été au chaud et au sec.

— Essayons de nous en tenir à l'essentiel, a dit Babette. Je ne crois vraiment pas...

— Mais c'est cela l'essentiel, ma chérie. » Claire avait posé une main sur l'avant-bras de Babette. « Il ne faut pas m'en vouloir mais, à entendre Serge, on dirait vraiment qu'on a affaire ici à un pauvre petit oiseau, un oisillon qui serait tombé du nid. Il est question en l'occurrence d'une personne adulte. D'une adulte qui en toute connaissance de cause est allée s'allonger dans le local d'un distributeur.

Comprends-moi bien : j'essaie seulement de me mettre à leur place. Pas celle de la sans-abri, mais de Michel et Rick. De nos fils. Ils ne sont pas saouls, ni sous l'influence de je ne sais quelle drogue. Ils veulent retirer de l'argent. Mais devant le distributeur est allongé quelqu'un qui dégage une odeur infecte. C'est pourtant bien ta première réaction de dire : "Allez, bon sang, dégage !"

— Ils auraient tout de même pu aller retirer de l'argent ailleurs ?

— Ailleurs ? » Claire s'est mise à rire. « Ailleurs ? Oui, bien sûr. On peut toujours faire un détour où que l'on soit. Mais enfin, que ferais-tu, Serge ? Tu ouvres la porte d'entrée de chez toi et, pour sortir, il faut que tu enjambes un sans-abri. Que fais-tu ? Tu retournes à l'intérieur ? Ou quelqu'un est en train de pisser contre ta porte. Tu refermes la porte ? Tu vas vivre ailleurs ?

— Claire…, a dit Babette.

— Bon, bon, a déclaré Serge. Je comprends ton point de vue. Ce n'est pas non plus ce que je voulais dire. Bien sûr que nous ne devons pas fuir les problèmes ou les situations difficiles. Mais face à ces problèmes, on peut, on doit chercher des solutions. Dans le cas de cette sans-abri… » Il a hésité. « … lui ôter la vie ne rapproche pas d'une solution.

— Bon sang, Serge ! a dit Claire. Je ne parle pas de la solution au problème des sans-abri. Je parle d'une sans-abri en particulier. Et plutôt que d'une sans-abri, je trouve que nous devrions parler de Rick et de Michel. Je ne cherche pas à nier ce qui s'est passé. Je ne veux pas dire qu'à mon avis tout cela n'est pas grave. Mais nous devons resituer les choses dans leur contexte. C'est un incident. Un incident qui peut avoir des conséquences importantes pour la vie, pour l'avenir de nos enfants. »

Serge a poussé un soupir et posé les mains de chaque côté de son dessert ; il cherchait à croiser le regard de Babette, ai-je remarqué, mais elle avait posé son sac sur ses genoux et fouillait à l'intérieur – ou faisait mine de fouiller.

« Justement, a-t-il dit. Cet avenir. C'est aussi de cela que je voulais parler. Comprends-moi bien, Claire, je suis tout aussi soucieux de l'avenir de nos garçons que toi. Mais je ne crois pas qu'ils puissent vivre avec un tel secret. À la longue, cela va les anéantir. En tout cas, cela anéantit déjà Rick... » Il a poussé un soupir. « ... cela m'anéantit. »

Encore une fois, j'ai eu le sentiment d'assister à une scène qui n'était que le reflet indirect de la réalité. De notre réalité en tout cas, la réalité de deux couples – deux frères et leurs femmes – qui étaient sortis dîner ensemble pour parler de problèmes concernant leurs enfants.

« C'est l'avenir de mon fils qui m'a amené à tirer mes conclusions, a dit Serge. Bientôt, quand tout sera terminé, il faudra qu'il continue à vivre. Je veux souligner que j'ai pris cette décision entièrement seul. Ma femme... Babette... » Babette avait extrait un paquet de Marlboro Light de son sac, un paquet intact, dont elle déchirait à présent le papier cellophane transparent. « Babette n'est pas de mon avis. Mais je suis bien décidé. Elle aussi ne le sait que depuis cet après-midi. »

Il a pris une profonde inspiration. Puis il nous a regardés l'un après l'autre. Seulement à ce moment-là, je me suis aperçu, à la lueur dans ses yeux, qu'ils étaient humides.

« Dans l'intérêt de mon enfant, et aussi dans l'intérêt du pays, je me retire comme tête de liste », a-t-il dit.

Babette avait glissé une cigarette entre ses lèvres, mais elle l'a ressortie. Elle nous a regardés, Claire et moi.

« Ma chère Claire, a-t-elle dit. Mon cher Paul… vous devez dire quelque chose. Dites-lui par pitié de ne pas le faire. Dites-lui qu'il est devenu complètement fou. »

38

« Mais c'est absolument impossible, a dit Claire.

— C'est bien ce que je dis ! a confirmé Babette. Tu vois, Serge ? Qu'en penses-tu, Paul ? Toi aussi tu trouves que c'est un projet ridicule ? C'est tout de même totalement inutile ! »

Personnellement, je trouvais l'idée excellente, que mon frère mette un terme à sa carrière politique, cela valait mieux pour tout le monde : pour nous tous, pour le pays – le pays éviterait d'être gouverné pendant quatre ans par Serge Lohman : quatre précieuses années. J'ai pensé à l'inconcevable, à des choses que j'avais la plupart du temps réussi à refouler : Serge Lohman à côté de la reine sur les marches du palais royal, posant pour la photo officielle avec son gouvernement tout juste constitué ; avec George Bush dans un fauteuil devant la cheminée ; avec Poutine dans un petit bateau sur la Volga... « À la fin du sommet européen, le Premier ministre Serge Lohman a trinqué avec le Président français... » J'avais surtout honte à sa place : à la pensée insupportable que les chefs de gouvernement du monde entier seraient confrontés à la présence absurde de mon frère. Qu'il engloutirait aussi à la Maison-Blanche et à l'Élysée son tournedos en trois bouchées parce qu'il fallait qu'il mange, et pas plus tard que maintenant. Les regards lourds de sens que les chefs de gouvernement s'échangeraient. « *He's from Holland* », diraient-ils – ou se contenteraient-ils de penser, ce qui était encore pire. La plus grande honte de tous les temps par personne interposée. Cette honte par rapport à nos Premiers ministres était, tout bien considéré, la seule émotion qui assurait une transition sans faille d'un gouvernement néerlandais à l'autre.

« Peut-être faut-il qu'il prenne d'abord le temps de bien réfléchir », ai-je dit à Babette en haussant les épaules. La pire vision d'horreur était Serge chez nous à table, dans un avenir proche, du moins jusqu'à récemment car, fort heureusement, cette perspective semblait désormais s'éloigner bien vite : ses anecdotes à propos de ses rencontres avec les grands de ce monde. Des histoires insignifiantes, des histoires bourrées de lieux communs. Claire et moi, nous saurions fort heureusement faire la part des choses. Mais Michel ? Mon fils serait-il à son corps défendant fasciné par ces histoires, par les coins du voile que soulèverait mon frère pour se glorifier, par ces incursions dans les coulisses de la scène mondiale lui permettant de justifier sa présence à notre table ? « Mais de quoi te plains-tu, Paul ? Tu vois bien que cela intéresse ton fils, non ? »

Mon fils. Michel. J'avais pensé à son avenir, sans me demander s'il en avait encore un.

« Réfléchir ? a dit Babette. C'est bien cela le problème. Si seulement il réfléchissait !

— Ce n'est pas ce que je veux dire, est intervenue Claire. Je veux dire que Serge n'est pas libre d'en décider seul.

— Je suis sa femme ! s'est exclamée Babette avant de se remettre à pleurer.

— Ce n'est pas ce que je veux dire non plus, Babette, a repris Claire en regardant Serge. Je veux dire que nous avons tous notre mot à dire. Cela nous concerne tous. Nous quatre.

— C'est pour cette raison que je souhaitais cette rencontre, a dit Serge. Pour décider ensemble de comment nous allons nous y prendre.

— Comment nous allons nous y prendre ? a répété Claire.

— Comment nous allons l'annoncer. De façon à donner une chance digne de ce nom à nos enfants.

— Mais tu ne leur donnes aucune chance, Serge. Ce que tu vas annoncer, c'est que tu te retires de la politique. Que tu ne veux plus devenir Premier ministre. Parce que tu ne peux pas vivre avec ce qui s'est passé, dis-tu ?

— Et toi, tu peux vivre avec ?

— Il ne s'agit pas de savoir si je peux vivre avec. Il s'agit de Michel. Michel doit pouvoir vivre avec.

— Et est-ce qu'il en est capable ?

— Serge, ne fais pas semblant de ne pas comprendre. Tu prends une décision. Avec cette décision, tu décides aussi de l'avenir de ton fils. C'est ton problème. Même si je me demande si tu es bien conscient de ce que tu vas déclencher. Mais ta décision détruit aussi l'avenir de mon fils. »

Mon fils. Claire avait dit « mon fils », elle pouvait encore me lancer un rapide coup d'œil, pour obtenir mon soutien, ou ne serait-ce qu'échanger un regard de connivence, puis se reprendre et dire « notre fils » – mais elle ne l'a pas fait ; elle n'a même pas regardé dans ma direction, elle a continué de garder les yeux rivés sur Serge.

« Ah, écoute, Claire, a dit mon frère. Cet avenir est de toute façon détruit. Quoi qu'il arrive. Ce que je décide ou non ne change rien à l'affaire.

— Non, Serge. Cet avenir ne sera détruit que si tu décides de jouer au noble politicien. Parce que tu ne peux pas vivre avec une certaine idée, pour plus de commodité tu pars du principe que cela vaut aussi pour mon fils. Peut-être que tu peux tirer cela au clair avec Rick, j'espère pour toi que tu pourras expliquer à ton fils ce que tu vas faire de sa vie, mais je te demande de laisser Michel en dehors de cela.

— Comment puis-je laisser Michel en dehors de cela, Claire ? Comment faire ? Tu peux me l'expliquer ? Enfin, ils étaient tout de même ensemble, il me semble. Ou as-tu l'intention de nier ça aussi ? » Il s'est tu un instant, comme effrayé par la pensée qu'il n'avait pas fini de formuler. « C'était ton intention ? a-t-il demandé.

— Serge, sois un peu réaliste. Il n'y a rien du tout. Personne n'a été arrêté. Il n'y a même pas de soupçons. Nous sommes les seuls à savoir ce qui s'est passé. Ce n'est pas une raison suffisante pour sacrifier l'avenir de deux garçons de quinze ans. Je ne parle même pas de ton avenir. Tu dois faire ce que tu juges bon de faire. Mais tu n'as pas le droit d'entraîner qui que ce soit dans cette histoire. Et certainement pas ton propre enfant. Sans parler du mien. Tu présentes ton geste comme de l'abnégation pure et simple : Serge Lohman, le politicien ambitieux, notre nouveau Premier ministre, renonce à sa carrière politique, parce qu'il ne peut plus vivre avec un tel secret. D'ailleurs, plutôt que d'un secret, il préfère parler de scandale. Tout cela paraît très noble, mais au fond c'est totalement égocentrique.

— Claire, a dit Babette.

— Attends un peu, attends un peu, a dit Serge en imposant d'un geste le silence à sa femme. Laisse-moi continuer, je n'ai pas fini. » Il s'est de nouveau tourné vers Claire. « Est-ce égocentrique de donner une chance digne de ce nom à son propre fils ? Est-ce égocentrique en tant que père de renoncer à son propre avenir pour l'avenir de son fils ? Il faut que tu m'expliques ce qu'il y a d'égocentrique dans une telle démarche.

— Et de quoi est fait cet avenir ? À quoi lui sert un avenir où son père l'installe sur le banc des accusés ? Comment son père lui expliquera-t-il plus tard qu'il doit justement à son père le fait d'être en prison ?

— Mais cela ne durera sans doute que quelques années. C'est ce qui est prévu dans ce pays en cas d'homicide. Je ne cherche pas à nier le profond impact que cela aura sur eux mais, après ces quelques années, ils auront purgé leur peine et pourront essayer prudemment de reprendre le fil de leur vie. Qu'est-ce que tu proposes d'autre, Claire ?

— Rien.

— Rien. » Serge a répété le mot, une constatation neutre, sans point d'interrogation.

« Ces choses ne durent qu'un temps. On s'en aperçoit déjà. Les gens crient au scandale. Mais ils ont aussi envie que leur vie reprenne son cours. Dans deux, trois mois, personne n'en parlera plus.

— Je parle d'autre chose, Claire. Je... Nous avons remarqué que cette histoire produit sur Rick un effet destructeur. Peut-être que les gens oublient, mais lui n'oublie pas.

— Mais nous pouvons les y aider, Serge. À oublier. Je veux simplement dire qu'on ne doit pas prendre ce genre de décisions dans la précipitation. Dans quelques mois, dans quelques semaines, tout aura sans doute changé. Nous pourrons alors aborder la question calmement. Nous. Tous les quatre. Avec Rick. Avec Michel. »

Avec Beau, ai-je voulu ajouter, mais je me suis retenu.

« Cela ne va malheureusement pas se passer comme ça », a dit Serge.

Seuls les sanglots étouffés de Babette ont troublé le silence qui a suivi. « Demain je vais donner une conférence de presse pour annoncer ma démission, a encore dit Serge. Demain midi. Elle sera diffusée en direct. Le journal de midi débutera là-dessus. » Il a regardé sa montre. « Oh, il est déjà si tard ? s'est-il exclamé sans même se donner la peine, semblait-il, de faire croire à la spontanéité de sa constatation. Il faut... Je dois fixer un rendez-vous, a-t-il dit. Très bientôt. Dans une demi-heure.

— Un rendez-vous ? a dit Claire. Mais nous devons... avec qui ?

— Le réalisateur veut juste jeter un coup d'œil sur place, là où aura lieu ma conférence de presse, et discuter encore de quelques aspects avec moi. Je ne pense pas que ce soit une bonne idée de la donner à La Haye, cette conférence de presse. De toute façon, je ne m'y suis jamais senti dans mon élément. J'ai donc eu l'idée d'un endroit moins formel...

— Où ? a demandé Claire. Tout de même pas ici, j'ose espérer ?

— Non. Tu sais, le café en face d'ici, où vous nous avez emmenés il y a quelques mois ? Nous y avons dîné. Le... » Il a fait mine de chercher le nom ; puis il l'a cité. « Quand j'ai réfléchi à ce qui serait le plus adapté, cet endroit m'est soudain revenu à l'esprit. Un café ordinaire. Des gens ordinaires. Cela me correspond bien mieux qu'une de ces salles de conférences glaciales. J'ai d'ailleurs proposé à Paul d'aller y prendre une bière ce soir, avant de venir ici, mais il n'en avait pas envie. »

39

« Souhaitez-vous prendre un café ? »

Le gérant avait surgi de nulle part à côté de notre table. Les mains croisées derrière le dos, il était légèrement penché en avant ; ses yeux se sont arrêtés un instant sur la dame blanche en ruine de Serge, puis il nous a regardés un à un d'un air interrogateur.

Je me trompais peut-être, mais j'ai cru déceler une certaine précipitation dans ses gestes et dans l'expression de son visage. Cela arrivait souvent dans ce genre de restaurants : quand on avait fini son repas, et qu'il n'y avait plus vraiment de possibilité que l'on commande une autre bouteille de vin, on pouvait tout aussi bien déguerpir.

Même si on devait devenir le Premier ministre dans sept mois, me suis-je dit. Il y avait un moment pour arriver et un moment pour partir.

Serge a encore jeté un coup d'œil à sa montre.

« Eh bien, je pense... » Il a d'abord regardé Babette, puis Claire. « Je propose que nous allions prendre le café dans cet autre endroit », a-t-il dit.

Ex, me suis-je corrigé. Ex-Premier ministre. Enfin non... comment appelait-on quelqu'un qui n'a jamais été Premier ministre, mais qui renonce tout de même à son poste ? Ex-candidat ?

D'une manière ou d'une autre, le préfixe ex ne convenait pas. Les ex-footballeurs et les ex-coureurs cyclistes savaient à quoi s'en tenir. On pouvait se demander si mon frère, après sa conférence de presse de demain, pourrait encore réserver une table dans ce genre de restaurant. Le jour même. Il était plus probable qu'un ex-candidat soit placé sur liste d'attente pour au moins trois mois.

« Dans ce cas, vous nous apporterez l'addition », a dit Serge. Cela m'avait peut-être échappé, mais il ne me semblait pas qu'il ait attendu de savoir si Babette et Claire préféraient elles aussi l'idée d'aller prendre le café ailleurs.

« Moi j'aimerais bien un café, ai-je dit. Un espresso, ai-je ajouté. Avec quelque chose pour l'accompagner. » J'ai réfléchi un instant, je m'étais retenu pendant toute la soirée, seulement je ne savais pas de quoi j'avais envie.

« Moi aussi je vais prendre un espresso, a dit Claire. Et une grappa. »

Ma femme. J'ai ressenti une impression de chaleur, j'aurais aimé être assis à côté d'elle et pouvoir la toucher. « Pour moi aussi une grappa, ai-je dit.

— Et pour vous ? » Le gérant, qui avait paru d'abord un peu décontenancé, regardait mon frère. Mais Serge secouait la tête. « Non, seulement l'addi-

tion, a-t-il dit. Ma femme et moi… nous devons… »
Il a lancé un regard à sa femme – un regard paniqué, ai-je pu constater, même de côté. Je n'aurais pas été étonné que Babette commande elle aussi un espresso.

Mais Babette avait arrêté de renifler, elle s'est frotté le nez avec un coin de sa serviette. « Rien pour moi, merci, a-t-elle dit sans regarder le gérant.

— Alors deux espressos et deux grappas, a dit ce dernier. Quelle grappa vous ferait plaisir ? Nous en avons de sept sortes, depuis la grappa affinée et vieillie dans des fûts de bois jusqu'à la grappa jeune…

— L'ordinaire, l'a interrompu Claire. La transparente. »

Le gérant s'est incliné quasi imperceptiblement. « Une grappa jeune pour Madame, a-t-il dit. Et que prendra Monsieur ?

— La même chose, ai-je répondu.

— Et l'addition, a répété Serge.

Quand le gérant a eu décampé, Babette s'est tournée vers moi, en essayant de sourire. « Et toi, Paul ? On n'a pas entendu ton avis. Qu'en penses-tu ?

— Je trouve curieux que Serge ait choisi notre café », ai-je dit.

Le sourire, du moins la tentative de sourire, s'est effacé du visage de Babette.

« Paul, s'il te plaît », a dit Serge. Il a regardé Claire.

« Oui, je trouve cela curieux, ai-je dit. Nous vous y avons emmenés. C'est un endroit où Claire et moi allons souvent manger un plat du jour. On ne peut pas décider brusquement d'y tenir une conférence de presse.

— Paul, a dit Serge. Je ne sais pas si tu es bien conscient de la gravité... »

— Laisse-le terminer, l'a interrompu Babette.

— En fait, j'avais déjà terminé, ai-je dit. Quand quelqu'un est incapable de comprendre ce genre de choses, à quoi bon lui expliquer ?

— Nous avons trouvé que c'était un endroit sympathique, a dit Babette. Nous n'avons que de bons souvenirs de cette soirée.

— Des côtes de porc ! » a dit Serge.

J'ai attendu un moment que d'autres réflexions suivent, mais le silence s'est poursuivi. « Exactement, ai-je dit. De bons souvenirs. Quels souvenirs Claire et moi allons-nous bientôt en garder ?

— Paul, tu ne peux pas te comporter normalement ! a dit Serge. Nous parlons de l'avenir de nos enfants. Sans même parler de mon avenir.

— Mais il a raison, est intervenue Claire.

— Ah non, je t'en prie ! a réagi Serge.

— Non, il n'y a pas de "je t'en prie" qui tienne, a continué Claire. Il est simplement question de cette facilité avec laquelle tu t'appropries tout ce qui est à nous. C'est ce que veut dire Paul. Tu parles de l'avenir de nos enfants. Mais au fond ce n'est pas ce qui t'intéresse, Serge. Tu t'appropries cet avenir. De même que tu t'appropries sans plus de manières un café comme décor idéal pour ta conférence de presse. Pour la simple raison qu'il te paraît tellement plus authentique. Il ne te vient même pas à l'idée de demander ce que nous en pensons.

— Mais de quoi parlez-vous ! a dit Babette. Vous faites comme si la conférence de presse allait tout simplement avoir lieu. J'avais espéré que vous alliez le convaincre d'arrêter ces idioties. Je comptais sur toi, Claire. Après ce que tu m'as dit dans le jardin.
— C'est ça le problème ? a demandé Serge. Votre café ? J'ignorais que c'était votre café ! Je pensais que c'était un lieu public, libre d'accès. Je vous présente mes excuses.
— C'est notre fils, a dit Claire. Et, oui, c'est aussi notre café. Nous n'avons certes aucun droit à faire valoir, et pourtant c'est le sentiment que nous avons. Mais Paul a raison quand il dit que c'est impossible à expliquer. Ce genre de choses, on les comprend. Ou on ne les comprend pas. »

Serge a sorti son téléphone portable de sa poche et a regardé l'écran. « Excusez-moi. Il faut que je prenne cet appel. » Il a mis le portable contre son oreille, il a reculé sa chaise et il s'est à moitié levé. « Oui, c'est Serge Lohman... Allô. »

« Bon sang ! » Babette a jeté sa serviette sur la table. « Bon sang ! » s'est-elle encore écriée.

Serge s'était écarté de quelques pas de notre table, il était plié en avant et appuyait deux doigts de sa main libre sur son autre oreille. « Non, ce n'est pas ça, suis-je parvenu à comprendre. C'est un peu plus compliqué. » Puis il s'est faufilé entre les tables en direction des toilettes ou de la sortie.

Claire a pris son téléphone portable dans son sac. « Je veux juste passer un coup de fil à Michel, a-t-elle le regardant. Quelle heure est-il ? Je ne veux réveiller. »

Je ne porte jamais de montre. Depuis que l'on m'a mis en disponibilité, j'essaie de vivre en fonction de la position du Soleil, des circonvolutions de la Terre, de l'intensité de la lumière.

Claire savait que je ne portais plus de montre.

« Je ne sais pas », ai-je dit. J'ai senti quelque chose, des picotements dans le cou ; la façon dont ma femme continuait de me regarder – de me fixer, aurait-il fallu dire – me donnait l'impression que ma participation était requise, sans que je sache précisément pour quoi.

C'était mieux que de ne participer à rien, me suis-je dit. C'était mieux que : « Papa n'est au courant de rien. »

Claire a lancé un regard de côté.

« Qu'y a-t-il ? a demandé Babette

— Quelle heure est-il ? » lui a-t-elle dit.

Babette a sorti son téléphone portable de son sac et a regardé l'écran. Puis elle lui a dit l'heure. Au lieu de ranger tout de suite son téléphone, elle l'a posé devant elle sur la table. Elle n'a pas dit à Claire : Mais tu peux regarder l'heure sur ton propre portable !

« Le petit chéri a passé toute la soirée seul à la maison, a expliqué Claire. Il a bientôt seize ans, bien sûr, il joue les durs, mais tout de même...

— Pour certaines choses, ils ne sont pas trop jeunes », a lancé Babette. Claire a gardé le silence un instant, elle a passé la pointe de sa langue sur sa lèvre supérieure : elle le fait toujours quand elle se met en colère. « Parfois je pense que c'est justement là notre erreur, a-t-elle fini par répondre. Peut-être y pensons-nous trop à la légère, Babette. En nous disant qu'ils sont encore jeunes. Aux yeux du monde extérieur, les voici soudain devenus adultes, parce qu'ils ont fait quelque chose que nous considérons, nous les adultes, comme un crime. Mais je trouve qu'en fait ils se comportent plutôt comme des enfants à cet égard. C'est exactement ce que je voulais faire comprendre à Serge. Que nous n'avons pas le droit de leur prendre leur jeunesse pour la seule et unique raison que, selon nos normes d'adultes, il s'agit d'un crime que l'on doit expier toute sa vie. »

Babette a poussé un profond soupir. « Je pense malheureusement que tu as raison, Claire. Quelque chose a disparu, quelque chose – sa spontanéité peut-être. Il était toujours si... Enfin, vous savez très bien comment était Rick. Ce Rick n'existe plus. Ces dernières semaines, il reste tout le temps dans sa chambre. À table, il ne parle presque pas. Il y a quelque chose dans son expression, quelque chose de grave, comme s'il passait son temps à ruminer. Cela ne lui arrivait jamais avant, de ruminer.

— Mais c'est vraiment très important l'attitude que l'on adopte. L'attitude que vous adoptez. Je veux dire, peut-être qu'il est là à ruminer parce qu'il pense que c'est ce que vous attendez de lui. »

Babette est restée silencieuse un moment ; elle a posé la main à plat sur la table et a repoussé son téléphone portable d'un centimètre. « Je ne sais pas, Claire. Son père... À mon avis son père s'attend plus que moi à ce qu'il rumine, même si ce n'est peut-être pas tout à fait juste de dire ça. Mais il est certain que le fait que son père soit qui il est lui a souvent posé des problèmes. À l'école. Avec ses amitiés. Après tout, il a quinze ans, il est encore énormément le fils de. Mais en plus il est le fils de quelqu'un dont tout le monde a vu la tête à la télévision. Il doute parfois de ses amitiés. Il pense que les gens sont gentils avec lui à cause de son père qui est célèbre. Ou à l'inverse : que les professeurs le traitent parfois injustement parce qu'ils ne peuvent pas le supporter. Je me souviens encore très bien que, quand il est allé au lycée, il a dit : "Maman, j'ai l'impression de repartir à zéro !" Il en était tellement heureux ! Mais au bout d'une semaine, tout l'établissement savait déjà qui il était.

— Et bientôt tout l'établissement saura aussi autre chose. Si cela ne tient qu'à Serge.

— C'est ce que je n'ai pas arrêté de répéter à Serge. Que Rick a déjà eu avec son père plus d'embêtements qu'il n'en faut. Et maintenant Serge veut l'entraîner dans cette histoire. Il ne s'en remettra jamais. »

J'ai pensé à Beau, au fils adopté originaire d'Afrique qui, aux yeux de Babette, ne pouvait faire aucun mal.

« Nous avons constaté que cette spontanéité dont tu parles n'a pas encore disparu chez Michel. C'est vrai qu'il n'a pas un père célèbre, mais tout de même... Il n'a pas l'air de trop ressasser. Parfois je m'inquiète même, parce qu'il n'a pas encore vraiment pris conscience de ce que tout cela peut signifier pour son avenir. Sur ce plan, il réagit effectivement plutôt comme un enfant. Un enfant insouciant, et pas un adulte qui se fait du mauvais sang et devient vieux avant l'âge. Paul et moi avons été confrontés à un dilemme : comment le mettre en face de ses responsabilités sans que son innocence d'enfant en souffre ? »

J'ai regardé ma femme. Paul et moi... À quand remontait le temps où Claire et moi pensions encore que l'autre ne savait rien ? Une heure ? Cinquante minutes ? J'ai regardé la dame blanche intacte de Serge : comme avec les cercles annuels des arbres ou la « méthode du carbone 14 », on devait pouvoir déterminer techniquement l'écoulement du temps en fonction de la fonte d'une glace à la vanille.

J'ai regardé Claire dans les yeux, les yeux de la femme qui pour moi représentait le bonheur. « Sans ma femme, je n'aurais été nulle part », affirment parfois des hommes sentimentaux, des hommes qui se disent souvent eux-mêmes maladroits – d'ailleurs, ils veulent seulement faire remarquer par là que leur femme a passé sa vie entière à ranger la pagaille laissée derrière eux et continue de leur servir du café à toutes les heures de la journée. Je n'irai pas jusque-là : sans Claire j'aurais été quelque part, mais ailleurs.

« Claire et moi n'avons cessé de nous dire que Michel doit pouvoir poursuivre sa vie. Nous ne voulons pas lui inculquer un sentiment de culpabilité. Il est coupable, évidemment, mais il ne faut pas qu'une sans-abri allongée par terre qui barre l'accès à un distributeur devienne soudain l'incarnation de l'innocence.

Or on en vient vite à un tel jugement si l'on s'en remet aux notions de droit qui prévalent dans ce pays. On entend aussi dire partout autour de soi : "Où va la jeunesse dévoyée ?" sans jamais un mot sur les clochards et les sans-abri dévoyés qui s'allongent où bon leur semble pour roupiller. Non, ils cherchent à faire un exemple, mais attention : ces juges pensent indirectement à leurs propres enfants. Qu'eux non plus ne contrôlent plus peut-être. Nous ne voulons pas que Michel soit la victime d'une meute populaire avide de sang, la même meute populaire qui réclame la réintroduction de la peine de mort. Nous aimons trop Michel pour le sacrifier à des sentiments aussi bas. D'ailleurs, il est trop intelligent pour cela. Il est bien au-dessus de cela. »

Claire m'avait observé tout au long de mon discours, le regard et le sourire qu'elle m'accordait faisaient aussi partie intégrante de notre bonheur. Un bonheur capable de résister à beaucoup de choses et dans lequel des étrangers ne pouvaient pas s'immiscer facilement.

« C'est vrai ! s'est-elle exclamée en levant sa main qui tenait le téléphone portable. J'allais appeler Michel. Quelle heure as-tu dit qu'il était déjà ? » a-t-elle demandé à Babette, le doigt posé sur une touche – tout en continuant de me regarder.

Une fois encore, Babette a consulté l'écran de son portable et a donné l'heure.

Je ne préciserai pas quelle heure il était. Les heures exactes peuvent parfois se retourner contre vous.

« Bonsoir mon chéri ! a dit Claire. Comment vas-tu ? Tu ne t'ennuies pas ? »

J'ai regardé le visage de ma femme. Son visage, ses yeux rayonnaient toujours quand elle avait notre fils au téléphone. À présent elle souriait, et elle parlait d'un ton enjoué – mais elle ne rayonnait pas.

« Non, nous n'avons pas encore pris le café, dans une petite heure nous serons à la maison. Alors tu as encore le temps de mettre un peu d'ordre. Qu'est-ce que tu as mangé… ? »

Elle a écouté, acquiescé, puis dit à plusieurs reprises « oui » et « non », et elle a interrompu la conversation après un dernier « Au revoir mon chéri, je t'embrasse ».

Rétrospectivement, je ne sais plus si cela tenait à son visage qui ne rayonnait pas, ou au fait qu'elle n'avait pas mentionné une seule fois notre rencontre avec notre fils dans le jardin du restaurant, mais j'étais en tout cas totalement convaincu que nous venions d'assister à une petite comédie.

Mais à qui cette petite comédie était-elle destinée ? À moi ? Cela me paraissait peu vraisemblable. À Babette ? Mais dans quel but ? Claire avait demandé l'heure à deux reprises avec insistance à Babette – comme si elle voulait s'assurer que Babette s'en souviendrait plus tard.

Papa n'est au courant de rien.

Et soudain papa a été parfaitement au courant.

« Les espressos étaient pour… ? » C'était une des jeunes serveuses en noir. Elle portait d'une main un plateau en argent sur lequel étaient posés deux tasses de café et deux minuscules verres de grappa.

Et tandis qu'elle déposait les tasses et les verres devant nous, ma femme a pointé les lèvres comme pour m'embrasser.

Elle m'a regardé, puis elle a embrassé l'air entre nous.

LE DIGESTIF

40

Il n'y a pas si longtemps, Michel a rédigé un devoir sur la peine de mort. Un devoir en histoire. Le sujet s'inspirait d'un documentaire sur des assassins qui, après avoir purgé leur peine, retournaient dans la société et souvent, à peine libérés, commettaient à nouveau un meurtre. Des partisans et des détracteurs de la peine de mort y donnaient leur avis. Un psychiatre américain était interviewé. Selon lui, certaines personnes ne devaient jamais être relâchées. « Nous devons accepter qu'il y a de vrais monstres qui circulent, disait le psychiatre. Des monstres qui à aucune condition ne doivent pouvoir bénéficier d'une réduction de peine. »

Quelque temps après, j'ai vu les premières pages du devoir de Michel posées sur la table. Pour illustrer la page de garde, il avait téléchargé sur Internet une photo d'un lit d'hôpital où, dans certains États américains, on administrait l'injection fatale.

« Si je peux t'aider en quoi que ce soit... », avais-je dit. Et, quelques jours plus tard, il m'avait fait lire un premier brouillon.

« Tu dois surtout me dire si c'est possible, a-t-il précisé.

— Comment cela, possible ? ai-je demandé.

— Je ne sais pas. Parfois, j'ai certaines pensées... Je ne sais pas si on a le droit de penser des choses pareilles. »

J'ai lu le brouillon – et j'ai été impressionné. Pour un garçon de quinze ans, Michel avait un regard rafraîchissant sur plusieurs aspects du crime et de la sanction. Il avait réfléchi aux conséquences extrêmes d'un certain nombre de dilemmes moraux. J'ai compris ce qu'il entendait par des choses que l'on n'avait peut-être pas le droit de penser.

« C'est très bien, ai-je dit en lui rendant le brouillon. Et je ne me ferais pas de souci à ta place. Tu as le droit de tout penser. Il ne faut pas que tu te freines déjà. Tu écris très clairement. Qu'il essaie un peu de trouver la moindre faille. »

À partir de ce jour-là, il m'a aussi fait lire les versions suivantes. Nous avons débattu de dilemmes moraux. Je garde de bons souvenirs de cette période : que des bons souvenirs.

Moins d'une semaine après la remise du devoir, j'ai été convoqué par le proviseur de l'établissement ; ou du moins invité téléphoniquement à venir tel ou tel jour, et à telle ou telle heure, discuter à propos de mon fils Michel. Au téléphone, j'ai demandé des précisions au proviseur, même si je me doutais bien entendu qu'il serait question du devoir sur la peine de mort ; je voulais entendre de sa bouche les motifs de l'entretien – mais il s'est dérobé : « Il y a un certain nombre de choses dont j'aimerais vous parler, mais pas au téléphone », a-t-il dit.

L'après-midi en question, je me suis rendu dans le bureau du proviseur. Il m'a invité à prendre place dans le fauteuil en face de son bureau.

« Je voulais vous parler de Michel », a-t-il déclaré de but en blanc. J'ai réprimé l'envie de dire : De qui d'autre. J'ai croisé les jambes et pris la pose d'une écoute attentive.

Derrière sa tête était accrochée une gigantesque affiche d'une organisation humanitaire, je ne sais plus s'il s'agissait de Novib ou de l'Unicef, on voyait une terre aride et craquelée sur laquelle manifestement rien ne voulait pousser, en bas à gauche un enfant en haillons tendait sa main maigre.

L'affiche m'a mis encore plus sur mes gardes. Le proviseur était probablement contre le réchauffement de la planète, et l'injustice en général. Peut-être ne mangeait-il pas de viande de mammifères et était-il antiaméricain, ou bien en tout cas contre Bush – en adoptant ce dernier point de vue, les gens se croyaient autorisés à ne plus réfléchir à rien. Quand on était contre Bush, on avait le cœur au bon endroit, et on pouvait se comporter vis-à-vis de son entourage comme le pire des rustres.

« Nous avons jusqu'à présent toujours été très satisfaits de Michel », a dit le proviseur. Je sentais une curieuse odeur, pas exactement de transpiration, plutôt de déchets qui ont fait l'objet d'un tri – ou, pour être plus précis, la composante des ordures qui normalement finit dans la poubelle verte pour les déchets organiques. Je ne pouvais me défaire de l'impression que l'odeur venait du proviseur lui-même. Peut-être n'utilisait-il pas de déodorant pour épargner la couche d'ozone, ou sa femme lavait-elle ses vêtements avec une lessive respectueuse de l'environnement ; comme chacun sait, avec ce genre de lessive, le linge blanc vire au gris au bout d'un certain temps, en tout cas il ne redevient plus jamais propre.

« Mais récemment il a rédigé un devoir en histoire qui nous a quelque peu inquiétés, a poursuivi le proviseur. Il a du moins attiré spécifiquement l'attention de notre professeur d'histoire, M. Halsema, qui est ensuite venu me voir avec le devoir en question.

— À propos de la peine de mort », ai-je dit, pour ne plus avoir à supporter qu'il tourne autour du pot.

Le proviseur m'a regardé, ses yeux aussi avaient quelque chose de gris, d'inexpressif, le regard d'ennui d'une intelligence moyenne qui pense à tort avoir « déjà tout vu ». « Exactement », a-t-il dit ; il a pris sur son bureau un document qu'il s'est mis à feuilleter. La peine de mort, ai-je vu dans les lettres blanches familières sur la couverture noire, avec en dessous l'image du lit d'hôpital.

« Il s'agit en fait de ces passages, a dit le proviseur. Ici : "… compte tenu de toute l'inhumanité de la peine de mort telle qu'elle est pratiquée par l'État, on peut se demander si, pour certains criminels, il ne vaudrait pas mieux à un stade bien plus précoce qu'ils soient…"

— Vous n'avez pas besoin de me lire l'extrait, je sais ce qui est écrit. »

À l'expression sur le visage du proviseur, il était clair qu'il n'avait pas l'habitude qu'on lui coupe la parole. « Bien, a-t-il dit encore une fois. Vous êtes donc au courant du contenu ?

— Pas seulement, j'ai un peu aidé mon fils pour certains passages. Des petits conseils, parce qu'il s'est bien entendu occupé de la part du lion.

— Mais vous n'avez manifestement pas jugé nécessaire de le conseiller à propos du chapitre qui traite de ce que j'appellerai "se faire justice soi-même" ?

— Non. Mais j'ai des objections pour ce qui est de la formulation "se faire justice soi-même".

— Comment voulez-vous le formuler autrement ? Il est pourtant visiblement question ici d'appliquer la peine de mort avant qu'un procès équitable ait pu avoir lieu.

— Mais il est aussi question de l'inhumanité de la peine de mort. La peine de mort infligée par l'État, froidement, cliniquement. Avec une aiguille, ou la chaise électrique. Avec tous ces affreux détails sur le dernier repas que le condamné à mort a le droit de choisir. Pour la dernière fois son plat favori, que ce soit du caviar avec du champagne ou le double Whopper de Burger King. »

J'étais confronté au dilemme qui se pose à chaque parent tôt ou tard : on veut bien entendu défendre son enfant, on prend le parti de son enfant, mais on ne doit pas y mettre trop d'énergie, et surtout pas le faire avec trop d'éloquence – il ne faut pas les piéger. Les instituteurs et les professeurs vous laisseront finir ce que vous avez à dire, puis ils s'en prendront à votre enfant. Peut-être avancez-vous de meilleurs arguments – ce n'est pas si difficile d'avancer de meilleurs arguments que les instituteurs et les professeurs –, mais au bout du compte votre enfant devra en faire les frais ; ils se défouleront sur l'élève pour se venger de la discussion où ils auront eu le dessous.

« Nous sommes tous de cet avis, a dit le proviseur. Des gens normaux, qui ont les idées bien en place, trouvent la peine de mort inhumaine. Ce n'est pas de cela que je parle, Michel l'a très bien décrit. Je ne parle que de la partie où il justifie la liquidation, accidentelle ou non, de suspects avant leur mise en accusation.

— Je me considère normal et sain d'esprit. Moi aussi, je trouve la peine de mort inhumaine. Mais nous partageons malheureusement ce monde aussi avec des personnes inhumaines. Faut-il laisser ces personnes inhumaines revenir au sein de la société, après avoir pris en compte leur bon comportement ? Voilà ce que veut dire Michel, à mon avis.

— Mais on ne peut pas leur tirer tout simplement dessus ou... De quoi est-il aussi question déjà ici ?... » Il a feuilleté le devoir. « ... "les jeter par la fenêtre". La fenêtre au dixième étage d'un commissariat de police, je crois. Ce n'est, pour le moins, pas une pratique courante dans un État de droit.

— Non, mais vous sortez le propos de son contexte. Il s'agit de la pire des catégories humaines, Michel parle des violeurs d'enfants, d'hommes qui ont gardé prisonniers des enfants pendant des années. D'autres facteurs entrent en jeu en pareil cas. Lors d'un procès, toute cette fange est à nouveau brassée au nom d'un "procès équitable". Mais qui en a envie ? Les parents de ces enfants ? C'est justement le point essentiel sur lequel vous ne vous êtes pas attardé dans votre lecture. Non, entre gens civilisés, on ne jette pas d'autres personnes par la fenêtre. Et on ne laisse pas un coup de feu partir par accident pendant le transport du commissariat de police vers la maison d'arrêt. Mais nous ne parlons pas de personnes civilisées. Nous parlons de personnes qui, quand elles disparaissent, font pousser à tout le monde un soupir de soulagement.

— Oui, c'est bien de cela qu'il s'agit. Tirer prétendument par accident une balle dans la tête d'un suspect. À l'arrière d'une camionnette de police, maintenant je m'en souviens. » Le proviseur a reposé le devoir sur son bureau. « Était-ce aussi un de vos "conseils", monsieur Lohman ? Ou bien cette idée est-elle venue spontanément à l'esprit de votre fils ? »

Quelque chose dans le ton de sa voix m'a fait dresser les poils de ma nuque ; en même temps, je sentais un picotement dans l'extrémité de mes doigts, ou plutôt : ils sont devenus insensibles. J'étais sur mes gardes. D'un côté je voulais donner à Michel tout le mérite de son devoir – il était quoi qu'il en soit plus intelligent que la nullité puant le compost de l'autre côté du bureau –, d'un autre côté il fallait que je protège mon fils de futures brimades. Ils pouvaient l'exclure temporairement de l'établissement, me suis-je dit, ou le renvoyer définitivement. Michel se sentait chez lui ici, il avait ses amis ici.

« Je dois dire qu'il s'est un peu inspiré de mes conceptions dans ce domaine, ai-je répondu. J'ai des idées plutôt arrêtées sur ce qu'il devrait advenir des accusés pour certains crimes. Peut-être que d'une certaine manière, sciemment ou non, j'ai imposé ces conceptions à Michel. »

Le proviseur m'a regardé d'un air interrogateur, dans la mesure où l'on peut qualifier d'interrogateur le regard d'une intelligence inférieure. « Mais vous venez de dire que votre fils s'était occupé de la part du lion.

— C'est vrai. Je faisais surtout référence, en parlant de part du lion, aux passages où la peine de mort telle qu'elle est appliquée par l'État est qualifiée d'inhumaine. »

L'expérience m'a appris que, face à des intelligences inférieures, le mieux est de mentir effrontément ; en mentant, on donne aux abrutis la possibilité de battre en retraite sans perdre la face. Sans compter que je n'étais plus certain de savoir ce qui, dans le devoir sur la peine de mort, était de mon propre cru et ce qui provenait de Michel. Je me souvenais d'une conversation, à table pendant le dîner, où il avait été question d'un assassin en liberté conditionnelle, un assassin qui n'était libre que depuis quelques jours et qui selon toute vraisemblance avait encore tué quelqu'un. « Ce genre de personnes, ils ne devraient plus jamais les libérer, avait dit Michel. — Ne plus jamais les libérer, ou ne plus les emprisonner du tout ? » avais-je demandé. Michel avait quinze ans, nous parlions avec lui de presque tout, il s'intéressait à tout : la guerre en Irak, le terrorisme, le Moyen-Orient – au lycée, ils n'abordaient, à mon avis, pratiquement pas ces questions, ils passaient outre. « Que veux-tu dire : ne plus emprisonner ? a-t-il demandé. — Eh bien, tout simplement ça, ai-je répondu. Exactement ce que je dis. »

J'ai regardé le proviseur. Cette teigne, qui croyait au réchauffement de la planète et au bannissement de toutes les guerres et à l'injustice, était selon toute vraisemblance aussi convaincue qu'on pouvait guérir les violeurs et les assassins en série ; qu'après des années de rabâchage avec un psychiatre on pouvait les laisser faire avec prudence leurs premiers pas pour se réintégrer dans la société.

Le proviseur, jusqu'à présent légèrement adossé à son fauteuil, s'est penché en avant et a posé les deux avant-bras – les mains à plat, les doigts écartés – sur la surface de son bureau.

« Si j'ai bien compris, vous aussi avez enseigné dans l'Éducation nationale ? » a-t-il dit.

Le hérissement des poils de ma nuque et les picotements dans mes doigts ne m'avaient pas trompé : quand les intelligences inférieures risquent la défaite dans une discussion, elles ont recours à d'autres moyens pour avoir le dernier mot.

« J'ai été professeur pendant un certain nombre d'années, ai-je dit.

— C'était au (…), n'est-ce pas ? » Il a cité le nom du complexe scolaire, un nom qui suscitait encore en moi des sentiments partagés, comme une maladie dont on a officiellement guéri, mais dont on sait qu'elle peut à tout moment refaire surface dans une autre partie du corps.

« Oui, ai-je dit.

— On vous a mis en disponibilité à l'époque.

— Pas tout à fait. J'ai moi-même proposé de prendre un peu de temps pour me reposer. De revenir quand tout se serait un peu calmé. »

Le proviseur a toussé et regardé une feuille posée sous son nez. « Mais en fait vous n'êtes pas revenu. En fait vous êtes sans travail depuis plus de neuf ans déjà.

— En inactivité. Je pourrais recommencer à travailler demain.

— Mais d'après mes informations, les informations que m'a envoyées le (…), cela dépend d'un compte rendu psychiatrique. Le fait que vous puissiez ou non reprendre le travail. La décision ne dépend donc pas de vous. »

Voilà qu'il citait à nouveau le nom de ce complexe scolaire ! J'ai senti les muscles de mon œil gauche se crisper, ce n'était pas très prononcé, mais d'autres auraient pu y voir un tic. J'ai donc fait mine d'avoir quelque chose dans l'œil et je l'ai frotté avec l'extrémité de mes doigts, mais la crispation des muscles semblait s'aggraver.

« Ah, cela n'a pas grande importance, ai-je dit. Je n'ai sûrement pas besoin de l'agrément d'un psychiatre pour exercer mon métier. »

Le proviseur a jeté à nouveau un regard sur la feuille. « Pourtant ce n'est pas ce qui est dit ici... Ici, il est précisé...

— Est-ce que je pourrais voir ce que vous avez sous le nez ? » Ma voix avait pris un ton tranchant, impératif, qui ne laissait subsister aucun doute. Le proviseur n'a pourtant pas obtempéré.

« Si vous me laissiez terminer ce que j'ai à dire ? a-t-il souligné. Il y a quelques semaines, j'ai croisé par hasard un ancien collègue qui travaille aujourd'hui au (...). Je ne sais plus comment nous en sommes venus à ce sujet, nous parlions, je crois, de la charge de travail dans l'enseignement en général. De l'épuisement professionnel et du surmenage. Il a cité un nom qui m'était familier. Je n'ai pas tout de suite fait le rapprochement, puis soudain j'ai pensé à Michel. Et ensuite à vous.

— Je n'ai jamais eu d'épuisement professionnel. C'est une maladie à la mode. Et en tout cas je n'ai jamais été surmené. »

J'ai vu le proviseur cligner des yeux à son tour, et même si avec toute la bonne volonté du monde on ne pouvait parler de tic, c'était tout de même un signe de soudaine faiblesse. Ou pire encore : de peur. Je n'avais eu conscience de rien, mais peut-être était-ce lié à l'intonation de ma voix – j'avais effectivement prononcé mes dernières phrases très lentement, plus lentement qu'avant en tout cas –, ce qui avait pu déclencher chez le proviseur tous les signaux d'alarme.

« Je n'ai pas dit que vous aviez été victime d'un épuisement professionnel », a-t-il répondu.

Il tapotait de ses doigts le bureau. Et il a de nouveau cligné des yeux ! Oui, quelque chose avait changé, le ton légèrement pédant avec lequel il avait essayé de me débiter ses théories sans intérêt avait lui aussi disparu.

Alors je l'ai sentie, dominant l'odeur du compost : la peur. Comme un chien peut sentir quand quelqu'un a peur, j'ai décelé un vague relent acide qui n'était pas présent dans l'air auparavant.

Je pense que c'est à ce moment-là que je me suis levé ; je ne sais plus précisément, il y a un point aveugle, un trou dans le temps. Je ne me rappelle pas si d'autres paroles ont été prononcées. Quoi qu'il en soit : soudain j'étais debout. Je m'étais levé de mon fauteuil et je regardais le proviseur de haut.

Les événements qui ont suivi sont entièrement dus à cette dénivellation, au fait que le proviseur était encore assis et que je le regardais de haut – que je le dominais, serait-il sans doute plus juste de dire. Ils s'expliquent par une sorte de loi non écrite, comme l'eau qui s'écoule du haut vers le bas ou, pour rester dans la métaphore des chiens, par le fait que le proviseur était à son désavantage dans son fauteuil, qu'il se trouvait pour ainsi dire en position de faiblesse. Les chiens réagissent de la même manière : pendant des années, ils se laissent commander et câliner par leur propriétaire, ils ne font pas de mal à une mouche, ce sont des animaux adorables puis, un jour, le propriétaire perd soudain l'équilibre, il trébuche et tombe.

En un rien de temps, les chiens sont sur lui, ils lui sautent à la gorge et le mordent à mort, puis parfois le déchiquettent entièrement. C'est l'instinct : quand on tombe, on est faible ; quand on est au sol, on est une proie.

« Je vous demande instamment de me laisser voir ce papier », ai-je dit, purement pour la forme, en indiquant sur le bureau devant le proviseur la feuille qu'il cachait à présent sous ses mains. Purement pour la forme parce qu'il était déjà trop tard pour revenir en arrière.

« Monsieur Lohman », a-t-il eu encore le temps de dire. Là je lui ai asséné à toute force un coup de poing sur le nez. Il y a eu aussitôt du sang, beaucoup de sang : il a jailli de ses narines, éclaboussé sa chemise et la surface du bureau, puis les doigts avec lesquels il tâtait son nez.

J'avais entre-temps fait le tour du bureau et je l'ai de nouveau frappé au visage, plus bas cette fois, au niveau des dents qui se sont cassées en me faisant mal aux jointures. Il a hurlé, il a crié quelque chose d'incompréhensible, mais je l'avais déjà extirpé de son fauteuil pour le mettre debout. Des gens seraient certainement alertés par ses cris, dans trente secondes on ouvrirait grand la porte du bureau du proviseur, mais en trente secondes on peut faire beaucoup de dégâts, je pensais que ces trente secondes suffiraient.

« Sale porc répugnant », ai-je dit avant de lui envoyer simultanément mon poing dans la figure et mon genou dans le bas-ventre. C'est là que j'ai mal calculé. Je n'aurais jamais cru que le proviseur avait encore des forces, je pensais que je pouvais tranquillement le démolir avant que les professeurs arrivent en courant pour mettre fin à la représentation.

Il a relevé la tête brusquement et m'a heurté le menton, ses bras m'ont agrippé les jambes et m'ont tiré brusquement en arrière, me faisant perdre l'équilibre et tomber à la renverse. « Merde ! » ai-je crié. Le proviseur n'a pas couru vers la porte mais vers la fenêtre. Avant que j'aie pu me relever, il l'avait déjà ouverte. « Au secours ! a-t-il crié à l'extérieur. Au secours ! »

Mais j'étais déjà près de lui. Je l'ai agrippé par les cheveux et j'ai tiré sa tête en arrière, à toute force je l'ai frappée contre le châssis de la fenêtre. « Nous n'en avons pas encore fini ! » ai-je hurlé dans son oreille.

Beaucoup de gens étaient réunis dans la cour de l'établissement, des élèves principalement, c'était sûrement la pause. Ils regardaient tous en haut – ils nous regardaient.

J'ai vu presque aussitôt le garçon au bonnet noir parmi les autres, c'était rassurant, apaisant, de voir parmi tous ces visages un visage que je connaissais. Il était dans un groupe plus petit un peu à l'écart, à côté de l'escalier qui menait vers l'entrée du bâtiment scolaire, en compagnie de quelques jeunes filles et d'un garçon sur un scooter. Le garçon au bonnet noir portait des écouteurs autour du cou.

J'ai fait un grand geste. Je m'en souviens encore très bien. J'ai fait un grand geste à l'intention de Michel et j'ai essayé de sourire. Par ce geste et ce sourire, je voulais lui faire clairement comprendre que, de l'extérieur, cela paraissait sans doute plus grave qu'en réalité. Que j'avais eu un différend avec le proviseur à propos du devoir de Michel, mais qu'une solution semblait se dessiner.

41

« C'était le premier ministre », a dit Serge ; il s'est assis et a rangé son téléphone portable dans sa poche. « Il voulait savoir où allait se passer la conférence de presse de demain. »

L'un de nous trois aurait pu demander : « Alors ? Qu'est-ce que tu lui as dit ? » Mais notre table est restée silencieuse. Parfois, les gens laissent s'installer ce genre de silence : quand ils n'ont pas envie de suivre la voie qui s'ouvre manifestement devant eux. Si Serge avait dit une plaisanterie, une plaisanterie commençant par une question (Pourquoi deux Chinois ne peuvent-ils jamais aller ensemble chez le coiffeur ?), un silence comparable serait très vraisemblablement tombé.

Mon frère a regardé sa dame blanche qui, sans doute par politesse, ne lui avait pas encore été retirée. « Je lui ai dit que je ne tenais pas à révéler quoi que ce soit dès ce soir. Il espérait que ce n'était rien de grave. Comme par exemple retirer ma candidature aux élections. Il l'a dit littéralement : "Je le regretterais sincèrement pour nous deux si tu décidais maintenant d'abandonner la partie, à sept mois des élections." » Serge avait tenté d'imiter l'accent du Premier ministre, mais avec si peu de talent qu'on aurait dit la reproduction, le calque d'une caricature, plutôt que la caricature elle-même. « Je lui ai répondu la vérité. Je lui ai expliqué que j'étais encore en train d'en discuter avec ma famille. Que je laissais encore un certain nombre d'options ouvertes. »

Quand le Premier ministre était entré en fonction, les plaisanteries avaient fusé : sur son physique, sur la maladresse de ses interventions, sur ses innombrables dérapages – souvent au sens propre. Depuis, un processus d'accoutumance avait eu lieu. On s'y habituait, comme à une tache sur le papier peint. Une tache tout simplement associée à ce papier peint, qui ne pouvait provoquer l'étonnement que si, un jour, on s'apercevait brusquement de sa disparition.

« Ah, ça c'est intéressant, a dit Claire. Tu gardes encore des options ouvertes. Je pensais que, pour toi, tout était définitif. Pour nous tous. »

Serge a cherché à croiser le regard de sa femme, mais elle faisait mine de s'intéresser davantage à son téléphone portable posé devant elle sur la table. « Oui, je garde encore des options ouvertes, a-t-il dit en soupirant. Je veux que nous prenions une décision ensemble. En… en famille.

— Comme nous l'avons toujours fait », ai-je dit. J'ai pensé aux macaronis *alla carbonara* brûlés, à la casserole avec laquelle je lui avais cogné la tête quand il avait essayé de me retirer mon fils ; mais Serge n'avait manifestement pas aussi bonne mémoire que moi, car un sourire vraiment chaleureux est apparu sur son visage.

« Oui, a-t-il dit, puis il a regardé sa montre. Il faut que... Nous devons vraiment y aller maintenant. Babette... Mais ils en mettent du temps pour préparer l'addition ! »

Babette s'est levée.

« Oui, allons-y, a-t-elle dit ; elle s'est tournée vers Claire. Vous venez aussi ? »

Claire tenait encore en l'air son petit verre de grappa à moitié plein. « Allez-y. Nous vous rejoignons tout de suite. »

Serge a tendu la main à sa femme. J'ai pensé que Babette allait ignorer la main tendue, mais elle l'a prise. Elle a même proposé à Serge son bras.

« Nous pouvons... », a-t-il dit. Il a souri, oui il rayonnait presque en prenant sa femme par le coude. « Nous y reviendrons plus tard. Nous allons boire un verre au café, puis nous reviendrons là-dessus.

— D'accord, Serge, a dit Claire. Allez-y. Paul et moi nous finissons notre grappa puis nous vous rejoindrons.

— L'addition », a dit Serge. Il a tâté les poches de sa veste, comme pour chercher un portefeuille ou une carte de crédit.

« Laisse donc, a dit Claire. On s'arrangera. »

Et ils ont fini par partir. Je les ai suivis du regard tandis qu'ils se dirigeaient vers la sortie, mon frère tenant sa femme par le bras. Il n'y avait plus que quelques clients qui ont levé les yeux ou tourné la tête à leur passage. Visiblement, un processus d'accoutumance avait eu lieu ici aussi : quand on restait quelque part suffisamment longtemps, on devenait un visage comme tous les autres.

À la hauteur de la cuisine ouverte, l'homme au col roulé blanc a surgi : Tonio – qui s'appelait sans aucun doute Antoine sur son passeport. Serge et Babette se sont arrêtés. Des mains se sont serrées. Les serveuses sont arrivées à la hâte avec les manteaux.

« Ils sont partis ? a demandé Claire.

— Presque », ai-je dit.

Ma femme a bu d'un trait le fond de son verre de grappa. Elle a posé sa main sur la mienne.

« Tu dois faire quelque chose, a-t-elle dit ; elle a appuyé ses doigts.

— Oui, l'ai-je approuvée. Nous devons l'arrêter. »

Claire a refermé ses doigts sur les miens.

« Tu dois l'arrêter », a-t-elle précisé.

Je l'ai regardée.

« Moi ? ai-je demandé alors que je la sentais venir, cette proposition que je ne pourrais pas refuser.

— Tu dois lui faire quelque chose », a dit Claire.

J'ai continué de la regarder.

« Quelque chose qui fera qu'il ne pourra pas donner cette conférence de presse », a ajouté Claire.

À ce moment-là, tout près, un téléphone portable s'est mis à sonner. D'abord quelques petits couinements faibles se sont fait entendre, puis les couinements se sont intensifiés et ont formé ensemble une mélodie.

Claire m'a regardé d'un air interrogateur. Et je lui ai rendu son regard. Nous avons secoué la tête en même temps.

Le portable de Babette était à moitié caché sous sa serviette. Involontairement, j'ai lancé un coup d'œil vers la sortie : Serge et Babette étaient partis. Alors j'ai tendu la main, mais Claire m'avait précédé.

Elle a relevé le clapet et elle a lu ce qui était affiché à l'écran. Puis elle a refermé le clapet. Les couinements se sont arrêtés.

« Beau », a-t-elle dit.

42

« Sa mère n'a pas le temps de s'occuper de lui, pour le moment », a déclaré Claire en reposant le portable à l'endroit où elle l'avait pris. Elle l'a de nouveau à moitié caché sous la serviette.

Je me taisais. J'attendais. J'attendais de savoir ce qu'allait dire ma femme.

Claire a poussé un soupir. « Tu sais qu'il… » Elle n'a pas fini sa phrase. « Oh, Paul, a-t-elle dit. Paul… » Elle a secoué ses cheveux en arrière. J'ai remarqué que ses yeux étaient un peu humides, un peu brillants, pas de chagrin ou de désespoir mais de colère.

« Tu sais qu'il… ? » ai-je demandé. Claire ne savait rien des vidéos, n'avais-je cessé de me répéter toute la soirée. J'espérais encore être dans le vrai.

« Beau les fait chanter », a dit Claire.

J'ai senti un lancement glacial dans ma poitrine. J'ai frotté mes mains sur mes joues, pour éviter de me trahir au cas où elles rougiraient.

« Ah oui ? Comment cela ? »

Claire a encore soupiré. Elle a serré les poings et s'est mise à tambouriner sur la nappe.

« Oh, Paul, a-t-elle répété. J'aurais tellement voulu te tenir à l'écart de tout cela ! Je ne voulais pas que tu recommences... Que tu te mettes dans tous tes états. Mais maintenant, c'est totalement différent. C'est de toute façon trop tard.

— Comment cela, il les fait chanter ? Beau ? À quel propos ? »

Sous la serviette, un couinement a retenti. Un seul couinement cette fois. Sur le côté du portable de Babette, une lumière bleue a commencé à clignoter : Beau avait visiblement laissé un message.

« Il était là. Du moins, c'est ce qu'il dit. Il dit que, dans un premier temps, il avait voulu rentrer à la maison, mais qu'il avait eu des regrets et qu'il était revenu. Et là, il les a vus. Quand ils sont sortis du local du distributeur. C'est ce qu'il dit. »

Le froid dans ma poitrine avait disparu. J'ai éprouvé une nouvelle sensation, presque de la joie : je devais faire attention à ne pas sourire.

« Et maintenant, il veut de l'argent. Quel sale hypocrite ! J'ai toujours eu ce... Toi aussi d'ailleurs, non ? Tu le trouvais répugnant, tu l'as dit une fois. Je m'en souviens encore très bien.

— Mais est-ce qu'il a des preuves ? Peut-il prouver qu'il les a vus ? Peut-il prouver que Michel et Rick ont jeté ce jerrycan ? »

J'ai posé cette dernière question juste pour me rassurer une bonne fois pour toutes : le *final check*. Dans ma tête, une porte s'était ouverte. Entrebâillée. À travers cet entrebâillement brillait une lumière. Une chaude lumière. La porte s'ouvrait sur une pièce abritant une famille heureuse.

« Non, il n'a pas de preuve, a dit Claire. Mais peut-être qu'il n'en a absolument pas besoin. Si Beau va voir la police et désigne Michel et Rick comme les coupables... Ces images de la caméra de surveillance sont très floues, mais s'ils peuvent les comparer avec de vraies personnes... Je ne sais pas. »

Papa n'est au courant de rien. Il faut que vous le fassiez ce soir.

« Michel n'était pas à la maison, c'est bien ça ? ai-je dit. Quand tu l'as appelé plus tôt. Quand tu n'as pas arrêté de demander à Babette quelle heure il était. »

Sur le visage de Claire, un sourire est apparu. Elle a repris ma main et l'a serrée.

« Je l'ai appelé. Vous avez entendu que je l'ai eu au bout du fil. J'ai parlé avec lui. Babette est le témoin indépendant qui m'a entendue parler à mon fils à une heure précise. Ils peuvent vérifier l'historique de mes appels sur mon portable et voir qu'à ce moment-là une conversation téléphonique a bien eu lieu et le temps qu'elle a duré. Tout ce que nous devons faire tout à l'heure, c'est effacer ce qu'il y a sur la messagerie vocale du téléphone fixe. »

J'ai regardé ma femme. Elle pouvait sans aucun doute lire de l'admiration dans mon regard. Je n'avais pas même besoin de faire des efforts. Mon admiration était réelle.

« Et en ce moment, il est chez Beau », ai-je dit.

Elle a acquiescé. « Avec Rick. Pas chez Beau. Ils lui ont donné rendez-vous quelque part. Dehors.

— Et de quoi vont-ils parler avec Beau ? Est-ce qu'ils vont essayer de le faire changer d'avis ? »

Ma femme s'est aussi emparée de ma main avec son autre main.

« Paul. Je t'ai déjà dit que j'aurais préféré te tenir à l'écart de tout cela. Mais nous ne pouvons plus faire machine arrière. Toi et moi. Il en va de l'avenir de notre fils. J'ai dit à Michel qu'il devait s'efforcer de ramener Beau à la raison. Et que s'il n'y arrive pas il doit faire ce qui lui semble le mieux. Je lui ai dit que je n'avais même pas à savoir ce qui se passait. Il va avoir seize ans la semaine prochaine. Il n'a plus besoin que sa mère lui dise comment se comporter. Il est suffisamment mûr et sensé pour prendre ses propres décisions. »

Je l'ai regardée fixement. Peut-être pouvait-on encore lire de l'admiration dans mon regard, mais ce n'était pas la même qu'à l'instant.

« En tout cas, il vaut mieux que toi et moi nous puissions dire bientôt que Michel a passé toute la soirée à la maison, a dit Claire. Et que Babette ne puisse que le confirmer. »

43

J'ai fait signe au gérant.

« Nous attendons encore l'addition, ai-je dit.

— M. Lohman l'a déjà réglée », a-t-il signalé.

Peut-être était-ce mon imagination, mais on aurait dit qu'il trouvait amusant de m'en informer. Une expression dans ses yeux, comme s'il se moquait de moi avec son seul regard.

Claire a fouillé dans son sac, elle a sorti son portable, qu'elle a regardé puis rangé.

« C'est tout de même exaspérant, ai-je dit une fois le gérant parti. Il nous pique notre café. Notre fils. Et maintenant ça. En plus, cela ne veut rien dire. Cela ne veut rien dire qu'il paie l'addition. »

Claire m'a pris d'abord la main droite, puis la gauche.

« Tu n'as qu'à le blesser, a-t-elle dit. Il ne va pas donner une conférence de presse avec le visage abîmé. Ou avec un bras cassé en écharpe. Cela fait trop de choses à expliquer d'un seul coup. Même pour Serge. »

J'ai regardé ma femme dans les yeux. Elle venait de me demander de casser le bras de mon frère. Ou de lui abîmer le visage. Et tout cela par amour, par amour pour notre fils. Pour Michel. Je n'ai pu m'empêcher de penser à cette mère, il y avait des années en Allemagne, qui avait tiré dans la salle d'un tribunal pour tuer l'assassin de son enfant. Claire était ce genre de mère.

« Je n'ai pas pris mes médicaments, lui ai-je confié.
— Oui. » Claire ne paraissait pas étonnée, elle a caressé doucement de l'extrémité d'un doigt le dos de ma main.

« Je veux dire depuis longtemps. Depuis des mois. »

C'était vrai : peu après la diffusion d'*Opsporing Verzocht*, j'avais arrêté. J'avais l'impression d'être moins utile à mon fils quand mes émotions étaient étouffées jour après jour. Mes émotions et mes réflexes. Si je voulais être bien présent pour épauler Michel, je devais d'abord retrouver celui que j'avais été.

« Je le sais », a dit Claire.

Je l'ai regardé.

« Tu crois peut-être que les autres ne le remarquent pas, a-t-elle ajouté. Enfin, les autres... ta propre femme. Ta propre femme l'a aussitôt remarqué. Certaines choses étaient... différentes. Ta façon de me regarder, ta façon de me sourire. Et il y a eu la fois où tu n'arrivais pas à trouver ton passeport. Tu t'en souviens ? Quand tu as commencé à donner des coups de pied dans les tiroirs de ton bureau. Depuis ce jour-là, j'ai fait attention. Tu prenais tes médicaments quand tu sortais et tu les jetais quelque part. Pas vrai ? Une fois, j'ai sorti de la machine à laver un de tes pantalons qui était devenu tout bleu près d'une poche ! Tu avais oublié de jeter les comprimés. »

Claire a ri – elle a ri très brièvement, puis elle m'a aussitôt regardé d'un air grave.

« Et tu n'as rien dit, ai-je conclu.

— Au début, je me suis dit : Qu'est-il en train de faire ? Mais soudain j'ai retrouvé mon Paul tel qu'il était. Et là, je l'ai su : je voulais retrouver mon Paul. Y compris le Paul qui donne des coups de pied dans les tiroirs de son bureau, et cette autre fois où le scooter a foncé juste devant toi sur la route. Quand tu t'es mis à courir après... »

Et la fois où j'avais frappé le proviseur de l'établissement scolaire de Michel au point qu'il avait fallu le transporter à l'hôpital, ai-je pensé que Claire allait ajouter. Mais elle ne l'a pas fait. Elle a dit autre chose.

« C'était le Paul que j'aimais... Que j'aime. C'est ce Paul-là que j'aime. Plus que qui que ce soit au monde. »

J'ai vu luire le coin de ses yeux, je sentais moi aussi mes yeux me piquer.

« Toi et Michel naturellement, a dit ma femme. Toi et Michel tous les deux autant. Ensemble, vous êtes ce qui me rend le plus heureuse.

— Oui », ai-je dit ; ma voix était enrouée et a émis un couinement. Je me suis raclé la gorge.

« Oui », ai-je répété.

Nous sommes restés un instant silencieux, l'un en face de l'autre, mes mains toujours dans celles de ma femme.

« Qu'as-tu dit à Babette ? ai-je demandé.

— Comment ?

— Dans le jardin. Quand vous vous êtes promenées ensemble. Babette avait l'air contente de me voir. "Mon cher Paul...", a-t-elle dit. Que lui as-tu dit ? »

Claire a pris une profonde inspiration. « Je lui ai dit que tu ferais quelque chose. Que tu ferais quelque chose pour que la conférence de presse n'ait pas lieu.

— Et Babette est d'accord ?

— Elle veut que Serge remporte les élections. Mais ce qui a blessé Babette par-dessus tout, c'est qu'il ne l'a informée de sa décision que dans la voiture en venant ici. Pour qu'elle n'ait pas le temps de lui ôter ces idées absurdes de la tête.

— Mais ici, à table, elle vient de dire...

— Babette est futée, Paul. Il ne faut jamais que Serge puisse s'en douter plus tard. Peut-être que bientôt, en tant que femme du Premier ministre, Babette ira distribuer des marmites de soupe dans un centre d'accueil pour sans-abri. Mais le sort d'une seule sans-abri la laisse aussi indifférente que toi et moi. »

J'ai bougé les mains. J'ai bougé les mains pour les dégager des mains de ma femme et prendre à mon tour les siennes dans les miennes.

« Ce n'est pas une bonne idée, ai-je conclu.

— Paul...

— Non, écoute. Moi, je suis moi. Je suis qui je suis. Je n'ai pas pris mes médicaments. Pour l'instant, toi et moi nous sommes seuls à le savoir. Mais cela finira par se savoir. Ils vont creuser et ils s'en apercevront. Le psychologue scolaire, mon renvoi, et sinon le proviseur du lycée de Michel... Tout est à livre ouvert. Sans parler de l'histoire avec mon frère. Mon frère sera le premier à déclarer qu'au fond un tel comportement ne l'étonne pas. Peut-être qu'il ne le dira pas à haute voix, mais ce n'est pas la première fois que son frère cadet s'en prend à lui. Son frère cadet qui a un problème nécessitant la prise de médicaments. Des médicaments qu'il balance ensuite dans la cuvette des toilettes. »

Claire ne disait rien.

« Rien de ce que je fais ne pourra le détourner de son objectif, Claire. C'est le mauvais signal. »

J'ai attendu un peu, je ne voulais pas que mes yeux clignotent.

« C'est le mauvais signal si c'est moi qui m'en occupe », ai-je dit.

44

Environ cinq minutes après le départ de Claire, j'ai entendu sous la serviette de Babette un nouveau couinement.

Nous nous étions levés ensemble. Ma femme et moi. Je l'avais enlacée et serrée contre moi. Mon visage caché dans ses cheveux. Très lentement, sans faire de bruit, j'avais inspiré par le nez.

Puis je m'étais rassis. J'avais suivi ma femme des yeux jusqu'à ce qu'elle disparaisse à la hauteur du pupitre.

J'ai pris le portable de Babette, j'ai relevé le clapet et regardé l'écran.

« 2 messages reçus ». J'ai appuyé sur Afficher. Le premier était un SMS de Beau. Il n'y avait qu'un seul mot. Un mot sans lettre majuscule et sans point : « maman ».

J'ai appuyé sur Effacer.

Un second SMS annonçait qu'un message avait été laissé sur la messagerie vocale.

Babette avait comme opérateur KPN. Je ne savais pas quel numéro taper pour accéder à la messagerie vocale. Au hasard, j'ai cherché sous Contacts, et sous le M j'ai trouvé Messagerie vocale. Je n'ai pas pu réprimer un sourire.

J'ai d'abord entendu la jeune femme de la messagerie annoncer un nouveau message, puis la voix de Beau.

J'ai écouté. En écoutant, j'ai fermé brièvement les yeux puis je les ai rouverts. J'ai rabattu le clapet. Je n'ai pas reposé le portable de Babette sur la table, je l'ai glissé dans ma poche.

« Votre fils n'aime pas ce genre de restaurants ? »

J'ai eu si peur que je me suis brusquement redressé sur ma chaise.

« Je suis désolé, a dit le gérant. Je ne voulais pas vous effrayer. Mais je vous ai vu parler avec votre fils dans le jardin. J'ai supposé du moins que c'était votre fils. »

Sur le coup, je n'ai pas eu la moindre idée de ce dont il parlait. Mais aussitôt après j'ai compris.

L'homme qui fumait. L'homme qui fumait à l'extérieur du restaurant. Le gérant nous avait vus Michel et moi ensemble ce soir dans le jardin.

Je n'ai pas ressenti de panique – tout bien considéré je ne sentais strictement rien.

Je m'apercevais seulement maintenant que le gérant tenait une soucoupe à la main, une soucoupe contenant une addition.

« M. Lohman a oublié de prendre l'addition, a-t-il dit. Je suis venu vous l'apporter. Peut-être aurez-vous l'occasion de le voir bientôt ?

— Oui.

— Je vous ai vu avec votre fils, a poursuivi le gérant, il y avait quelque chose dans votre façon de vous tenir. Dans votre façon à tous les deux de vous tenir, je dois dire, quelque chose d'identique. Je me suis dit, cela ne peut être que le père et le fils. »

J'ai baissé les yeux vers la soucoupe, la soucoupe contenant l'addition. Mais qu'attendait-il ? Quelle idée, au lieu de partir, de s'éterniser en racontant des histoires sans intérêt sur la façon de se tenir !

« Oui », ai-je répété, sans chercher à confirmer les suppositions du gérant, mais tout au plus à combler poliment le silence. Je n'avais d'ailleurs rien d'autre à dire.

« Moi aussi j'ai un fils, a continué le gérant. Il n'a que cinq ans. Mais je m'étonne parfois de constater à quel point il me ressemble. Il fait certaines choses exactement comme moi. Des petits gestes. Il m'arrive par exemple souvent de me tripoter les cheveux, je tournicote des mèches quand je m'ennuie, ou quand je me fais du souci... Je... j'ai aussi une fille. Elle a trois ans et elle ressemble, elle, comme deux gouttes d'eau à sa mère. Sur tous les plans. »

J'ai pris l'addition dans la soucoupe et j'ai regardé le total. Je ne me prononcerai pas sur tout ce qu'il serait possible de faire avec cet argent, pas plus que sur le nombre de jours que devraient travailler des gens ordinaires pour gagner une telle somme – en tout cas sans être contraints par la tortue en col roulé blanc à laver des assiettes pendant des semaines à l'arrière de la cuisine ouverte. Je ne mentionnerai même pas le montant, mais il y avait de quoi éclater de rire. Et c'est d'ailleurs ce que j'ai fait.

« J'espère que vous avez passé une bonne soirée », a dit le gérant, sans pour autant partir. Il a touché la soucoupe vide du bout des doigts, il l'a fait glisser de quelques centimètres sur la nappe, l'a ramassée puis reposée.

45

« Claire ? »

Pour la seconde fois ce soir-là, j'avais ouvert la porte des toilettes pour femmes et prononcé son prénom. Mais je n'ai pas obtenu de réponse. J'ai entendu dehors la sirène d'une voiture de police. « Claire ? » ai-je appelé encore une fois. Je me suis avancé de quelques pas, jusqu'au vase de narcisses blancs, et je me suis assuré que toutes les cabines étaient libres. J'ai entendu la deuxième sirène quand je suis passé devant le vestiaire et le pupitre en me dirigeant vers la sortie. À travers les arbres, je voyais à présent les gyrophares à la hauteur du café des gens ordinaires.

Une réaction normale aurait été d'accélérer le pas, de courir – mais je ne l'ai pas fait. J'ai certes senti une lourdeur, une oppression, là où je savais que mon cœur était situé, mais c'était une pesanteur calme. Quant au sentiment d'oppression dans ma poitrine, il était entièrement dû à ma conviction de l'inéluctable.

Ma femme, ai-je pensé.

J'ai été à nouveau pris d'une forte envie de courir. D'arriver hors d'haleine au café – où l'on me barrerait très certainement l'accès à la porte d'entrée.

Ma femme ! dirais-je en haletant. Ma femme est à l'intérieur !

Et cette représentation de la situation était précisément ce qui me faisait ralentir le pas. J'ai atteint l'allée de gravier menant au petit pont. Au moment où je suis arrivé au pont, la lenteur de ma démarche n'avait déjà plus rien de naturel, je l'ai remarqué au crissement de mes chaussures sur le gravier, aux intervalles entre mes pas – je marchais au ralenti.

J'ai posé la main sur le parapet et je me suis arrêté. Les gyrophares se reflétaient sur la surface sombre de l'eau à mes pieds. Le café se distinguait nettement, à présent, entre les arbres en face. De côté sur le trottoir opposé, devant la terrasse, étaient stationnées trois Golf de la police et une ambulance.

Une seule ambulance. Pas deux.

C'était agréable d'être aussi calme, de pouvoir observer ces détails – presque indépendants les uns des autres – et d'en tirer mes conclusions. J'avais la même sensation que ce que j'avais parfois éprouvé dans des moments de crise (l'hospitalisation de Claire ; l'échec de la tentative de Serge et de Babette de me prendre mon fils ; les images de la caméra de surveillance) : je sentais, et c'est le sentiment que j'éprouvais de nouveau à présent, que ce calme me permettait d'agir. D'agir efficacement.

J'ai lancé un regard de côté, vers l'entrée du restaurant où des serveuses s'étaient depuis rassemblées, visiblement intriguées par les sirènes et les gyrophares. J'ai cru aussi reconnaître le gérant, j'ai vu du moins un homme en costume allumer une cigarette.

Je me suis dit que l'on ne me voyait probablement pas depuis l'entrée, puis je me suis rappelé que j'avais vu Michel quelques heures plus tôt passer sur ce petit pont à vélo.

Il fallait que je poursuive mon chemin. Je ne pouvais rester immobile plus longtemps. Je ne devais pas prendre le risque que, plus tard, une des serveuses puisse témoigner qu'un homme était debout sur le petit pont. « Vraiment étrange. Il était là, tout simplement. Je ne sais pas si cette information présente un intérêt pour vous ? »

J'ai sorti le portable de Babette de ma poche et je l'ai tenu au-dessus de l'eau. En entendant le plouf, un canard s'est approché. Je me suis alors détaché du parapet et mis en mouvement. Plus au ralenti, mais à un rythme aussi naturel que possible : pas trop lentement, pas trop vite. Au bout du pont, j'ai traversé la piste cyclable, j'ai regardé à gauche et j'ai continué à marcher vers l'arrêt du tram. Un certain nombre de curieux s'y étaient déjà rassemblés, pas une foule à cette heure avancée, tout au plus une vingtaine de badauds. À gauche du café s'ouvrait une ruelle. Je suis parti dans cette direction.

Je venais d'atteindre le trottoir quand les portes battantes du café se sont ouvertes en claquant, littéralement en claquant, de deux coups retentissants. Un brancard est sorti, un brancard à roulettes, poussé et tiré par deux infirmiers. L'infirmier à l'arrière tenait en l'air le sachet en plastique d'une perfusion. Babette suivait derrière, elle ne portait plus ses lunettes et appuyait un mouchoir contre ses yeux.

On ne voyait émerger du drap vert couvrant la personne sur le brancard que la tête. Je n'en avais pas douté un seul instant, pourtant j'ai respiré plus facilement, soulagé. La tête disparaissait sous l'ouate et les compresses de gaze. De l'ouate et des compresses ensanglantées.

L'ambulance attendait, le hayon arrière déjà ouvert, et le brancard a été glissé à l'intérieur. Deux des infirmiers sont montés à l'avant, les deux autres à l'arrière avec Babette. Le hayon a été fermé et l'ambulance a quitté le trottoir à toute allure, puis tourné à droite en direction du centre.

La sirène s'est mise en marche, il y avait donc encore de l'espoir.

Ou au contraire aucun, tout dépendait de quel point de vue on se plaçait.

Je n'ai pas eu l'occasion de m'attarder longtemps sur le proche avenir, car les portes se sont rouvertes.

Claire marchait librement entre deux agents en uniforme, elle ne portait pas de menottes et les agents ne la tenaient même pas. Elle regardait autour d'elle, elle a cherché dans le petit attroupement un visage familier.

Soudain elle l'a trouvé.

Je l'ai regardée et elle m'a regardé. J'ai fait un pas en avant, du moins mon corps a trahi mon intention de faire un pas en avant.

Claire a alors secoué la tête.

Ne fais pas ça, disait-elle. Elle était presque arrivée devant une des Golf de la police, un troisième agent a ouvert la portière arrière. J'ai vite regardé autour de moi pour vérifier si quelqu'un dans l'attroupement avait remarqué à qui Claire s'adressait en secouant la tête, mais tout le monde s'intéressait uniquement à la femme que l'on conduisait vers la Golf de la police.

Arrivée devant la portière ouverte, Claire s'est immobilisée. Elle a cherché et trouvé à nouveau mon regard. Elle a fait un mouvement de la tête ; un étranger aurait pu croire qu'elle se penchait seulement pour éviter de se heurter en montant dans la voiture, mais je savais que la tête de Claire indiquait incontestablement une certaine direction.

Quelque part derrière moi en biais, vers la ruelle, le chemin le plus court vers chez nous.

Chez nous, avait dit ma femme. Rentre chez nous.

Je n'ai pas attendu que la Golf de la police démarre. Je me suis retourné et je suis parti.

LE POURBOIRE

46

Quel pourboire doit-on laisser dans un restaurant où l'addition vous fait éclater de rire ? Je me rappelle en avoir souvent parlé, pas spécialement avec Serge et Babette, aussi avec d'autres amis avec lesquels nous avons mangé dans des restaurants néerlandais. Admettons que l'addition soit de quatre cents euros pour un repas de quatre personnes – attention, je ne dis pas que notre repas a coûté quatre cents euros –, si l'on donne un pourboire de dix à quinze pour cent, on doit logiquement laisser au moins quarante et au plus soixante euros.

Soixante euros de pourboire – je n'y peux rien, mais cela me fait ricaner. Et si je n'y prends pas garde, j'éclate même de rire. C'est un rire un peu nerveux, un rire comme à un enterrement, ou dans une église où il ne faut pas faire de bruit.

Cela ne faisait jamais rire nos amis, en revanche. « Ces gens-là doivent en vivre ! » avait dit une amie proche à l'occasion d'un repas dans un restaurant du même genre.

Le jour de notre dîner, j'avais pris le matin cinq

cents euros au distributeur. J'avais décidé de payer l'ensemble de l'addition, y compris le pourboire. J'agirais vite, je déposerais les dix billets de cinquante sur la soucoupe avant que mon frère n'ait l'occasion de sortir sa carte de crédit.

Quand à la fin de la soirée j'ai déposé les quatre cent cinquante euros qui me restaient dans la soucoupe, le gérant a d'abord pensé que j'avais mal compris. Il s'apprêtait à parler. Qui sait, peut-être voulait-il faire remarquer qu'un pourboire de cent pour cent, c'était vraiment trop, mais je l'ai précédé.

« C'est pour toi, ai-je dit. Si tu me promets que tu ne m'as jamais vu avec mon fils dans le jardin. Jamais. Ni maintenant. Ni dans une semaine. Ou même un an. »

Serge a perdu les élections. Au début, les électeurs ont témoigné une certaine sympathie pour ce candidat au visage abîmé. Un verre de vin blanc – un verre de vin blanc cassé juste au-dessus du pied, dois-je dire pour être plus précis – donne de curieuses blessures. Les points de suture, en particulier, produisent un effet étrange, avec des amas de chair capricieux et des espaces vides où l'ancien visage ne revient jamais. Les deux premiers mois, ils l'ont opéré trois fois. Après la dernière opération, il a porté la barbe pendant un certain temps. Quand j'y repense, je crois que la barbe a marqué un tournant. Il était là, sur les marchés, dans les chantiers, à la sortie des usines, dans son anorak à distribuer des tracts – avec une barbe.

Dans les sondages, la cote de popularité de Serge Lohman a commencé à chuter de façon spectaculaire. La voie apparemment toute tracée quelques mois plus tôt se transformait à présent en chute libre. Un mois avant les élections, il s'est rasé la barbe. Un dernier geste désespéré. Les électeurs ont vu le visage couvert de cicatrices. Mais ils ont vu aussi les espaces vides. C'est étonnant, et en un certain sens injuste, les conséquences que peut avoir sur quelqu'un son visage abîmé. On regarde les espaces vides, et on se demande involontairement ce qu'il y avait là avant.

Mais le coup de grâce a sans aucun doute été la barbe. Ou plutôt : d'abord la barbe, puis le rasage. Il était alors déjà trop tard. Les électeurs en ont conclu que Serge Lohman ne savait pas ce qu'il voulait et leurs voix se sont portées sur ce qu'ils connaissaient déjà. La tache sur le papier peint.

Bien entendu, Serge n'a pas porté plainte. Une plainte contre sa belle-sœur, la femme de son frère, n'émettait effectivement pas un bon signal.

« Je crois qu'entre-temps il a compris, a dit Claire quelques semaines après les événements dans le café. Il l'a dit lui-même : il voulait résoudre les problèmes en famille. Je crois qu'il a compris que certaines choses doivent tout simplement rester en famille. »

Serge et Babette avaient d'ailleurs d'autres préoccupations. Comme la disparition de leur fils adoptif, Beau. Ils n'ont pas lésiné sur les moyens. Une campagne avec photos dans les journaux et les magazines, des affiches en ville et dans tout le pays, et une intervention à la télévision dans *Vermist*[1].

Dans cette émission, on passait le message que Beau avait laissé sur la messagerie vocale de sa mère avant sa disparition. Le portable de Babette n'avait jamais été retrouvé, mais le message avait été conservé, sauf qu'il avait à présent une autre portée que le soir de notre dîner.

« Maman, quoi qu'il arrive... je veux te dire que je t'aime... »

On peut dire qu'ils ont remué ciel et terre pour retrouver Beau, mais des doutes sont aussi apparus. Un magazine d'opinion a été le premier à suggérer que Beau en avait peut-être eu par-dessus la tête de ses parents adoptifs et qu'il était retourné dans son pays d'origine. « Il arrive qu'à l'"âge difficile", pouvait-on lire dans le magazine, des enfants adoptés partent à la recherche de leurs parents biologiques. Ou du moins qu'ils soient pris de curiosité pour leur pays natal. »

Un quotidien a consacré à l'affaire un article pleine page où pour la première fois était ouvertement posée la question de savoir si des parents biologiques feraient plus d'efforts pour retrouver leur enfant que des parents adoptifs. Des exemples étaient cités de parents adoptifs dont les enfants avaient disparu et qui abandonnaient ces enfants à leur sort. Souvent les problèmes étaient expliqués par une combinaison de facteurs. Ne pas pouvoir s'adapter à une autre culture

---

1. « Porté disparu ».

était le principal facteur évoqué, suivi par les aspects biologiques : les « défauts de fabrique » que les enfants avaient hérités de leurs parents biologiques. Et dans le cas d'une adoption à un âge plus avancé venaient s'ajouter les expériences que l'enfant avait pu vivre avant sa prise en charge dans sa nouvelle famille.

J'ai repensé à l'incident en France, pendant la fête dans le jardin de mon frère. Quand les agriculteurs français avaient surpris Beau à voler un poulet et que Serge avait dit que ses enfants ne feraient jamais une chose pareille. Ses enfants, avait-il dit, sans faire de distinction.

J'ai aussi songé à la fourrière. Là non plus on ne savait pas ce qu'un chien ou un chat avait subi avant de le ramener à la maison, s'il avait été frappé ou enfermé pendant des jours dans une cave. Peu importait. Si le chien ou le chat était difficile, on le rapportait.

À la fin de l'article, la question était posée de savoir si des parents biologiques auraient moins vite tendance à abandonner à leur sort un enfant intraitable ou bien disparu.

Je connaissais la réponse, mais j'ai d'abord donné l'article à Claire pour qu'elle le lise.

« Qu'en penses-tu ? » ai-je demandé une fois sa lecture terminée. Nous étions assis à la petite table de notre cuisine devant les restes de notre petit-déjeuner. Les rayons du soleil éclairaient le jardin et le plan de travail. Michel était parti jouer au football.

« Je me suis souvent demandé si Beau aurait aussi fait chanter son frère et son cousin s'il avait vraiment été de la famille, a dit Claire. Bien sûr, des vrais frères et des vraies sœurs se disputent, parfois ils ne veulent plus jamais se voir. Mais tout de même... au moment décisif, quand il est question de vie ou de mort... Dans ce cas, ils sont tout de même là les uns pour les autres. »

Puis Claire s'est mise à rire.

« Qu'y a-t-il ? ai-je demandé.

— Non, soudain je me suis entendue parler, a-t-elle dit en continuant de rire. À propos de frères et de sœurs. Et c'est à toi que je le dis !

— Oui », ai-je répondu. Et j'ai ri moi aussi.

Pendant un moment, nous nous sommes tus. Nous nous contentions de nous regarder de temps en temps. Comme un mari et une femme. Comme deux éléments d'une famille heureuse, me suis-je dit. Bien sûr, des choses s'étaient passées mais, ces derniers temps, j'y ai réfléchi de plus en plus souvent comme à un naufrage. Une famille heureuse survit à un naufrage. Je ne veux pas dire par là que la famille en devient plus heureuse, mais elle n'est en tout cas pas plus malheureuse.

Claire et moi. Claire et Michel et moi. Nous avons partagé quelque chose ensemble. Quelque chose qui auparavant ne s'était pas produit. Nous n'avons certes pas partagé tous les trois la même chose, mais peut-être n'était-ce pas nécessaire. On n'a pas besoin de tout savoir les uns des autres. Les secrets ne sont pas un obstacle au bonheur.

J'ai pensé à la soirée après notre dîner. Je suis resté un instant seul avant que Michel rentre à la maison.

Dans notre salon, il y a une commode ancienne où Claire range toutes ses affaires. Dès l'ouverture du premier tiroir s'est insinué en moi le sentiment que j'allais faire une chose que je regretterais plus tard.

Je n'ai pu m'empêcher de penser à la période où Claire était à l'hôpital. À une occasion, ils avaient effectué sur elle un examen interne en ma présence. J'étais assis sur une chaise à côté du lit et je lui tenais la main. Le médecin m'a invité à regarder l'écran tandis qu'ils introduisaient dans ma femme un instrument – un tuyau, une sonde, une caméra –, et j'ai regardé un très court instant puis j'ai vite détourné le regard. Ce n'était pas tant que les images m'étaient insupportables, ou que j'avais peur de m'évanouir, non, mais plutôt autre chose. Je n'ai pas le droit, ai-je pensé.

Je m'apprêtais là aussi à m'arrêter quand j'ai trouvé ce que je cherchais. Dans le tiroir supérieur étaient posés mes vieilles lunettes de soleil, des bandeaux et des boucles d'oreilles qu'elle ne portait plus. Mais dans le deuxième tiroir étaient rangés des papiers : une affiliation à une association de tennis, une police d'assurance pour un vélo, une autorisation de stationnement caduque, et une enveloppe à fenêtre sur laquelle le nom d'un hôpital était précisé dans le coin en bas à gauche.

Le nom de l'hôpital où Claire avait été opérée, mais aussi de l'hôpital où elle avait accouché de Michel.

« AMNIOCENTÈSE » était-il écrit en lettres majuscules en haut de la feuille que j'ai sortie de l'enveloppe puis dépliée. Juste en dessous, il y avait deux cases, une avec « garçon » et l'autre avec « fille ».

La case « garçon » était cochée.

Claire savait que nous allions avoir un garçon, avait été la première idée qui m'avait traversé l'esprit. Mais elle ne me l'avait jamais dit. Mieux encore : jusqu'au dernier jour avant la naissance, nous avions réfléchi à des noms de fille. Pour le nom du garçon, nous n'avions pas de doute ; des années avant que Claire soit enceinte nous avions déjà choisi « Michel ». Mais dans le cas où ce serait une fille, nous hésitions entre « Laura » et « Julia ».

Toute une série de chiffres étaient écrits à la main sur le formulaire. J'ai aussi lu à plusieurs reprises le mot « bon ».

Plus bas, il y avait une case d'environ cinq centimètres sur trois sous l'intitulé « Particularités ». La case était remplie d'inscriptions, dans la même écriture pratiquement illisible qui avait ajouté les chiffres et coché la case « garçon ».

J'ai commencé à lire. Et j'ai arrêté aussitôt.

Cette fois, ce n'était pas que je trouvais que je n'en avais pas le droit. Non, c'était autre chose. Dois-je le savoir ? ai-je pensé. Ai-je envie de le savoir ? Serons-nous alors une famille plus heureuse ?

Sous la case remplie du compte rendu écrit, il y avait encore deux petites cases. « Choix du médecin/ de l'hôpital » était-il écrit à côté d'une des cases, et « Choix des parents » à côté de l'autre.

La case « Choix des parents » était cochée.

Choix des parents. Ce qui était écrit n'était pas « Choix du parent » ou « Choix de la mère ». Mais « Choix des parents ».

Ce sont les deux mots qu'à partir de maintenant je vais porter en moi, ai-je pensé, en rangeant le formulaire à l'intérieur de l'enveloppe et en reposant l'enveloppe sous l'autorisation de stationnement caduque.

« Choix des parents », ai-je dit à haute voix en refermant le tiroir.

Après sa naissance, tout le monde avait affirmé, y compris les parents et les membres de la famille proche de Claire, que Michel me ressemblait à cent pour cent. « La copie conforme ! » s'étaient écriées les personnes venues voir l'accouchée dès que Michel avait été soulevé de son petit berceau.

Claire aussi avait ri. La ressemblance était si frappante qu'on n'aurait pu la contester. Plus tard, elle s'était quelque peu atténuée ; à mesure qu'il grandissait, on pouvait reconnaître en se donnant beaucoup de mal et avec de la bonne volonté certains traits de sa mère. Ses yeux surtout, et une légère similitude de la partie du visage entre sa lèvre supérieure et son nez.

La copie conforme. Après avoir fermé le tiroir, j'avais écouté le message vocal sur le téléphone fixe.

« Bonsoir mon chéri ! avais-je entendu dire la voix de ma femme. Comment vas-tu ? Tu ne t'ennuies pas ? » Pendant le silence qui avait suivi, j'avais distingué clairement les bruits provenant du restaurant : un brouhaha, une assiette empilée sur une autre assiette. « Non, nous n'avons pas encore pris le café, dans une petite heure nous serons à la maison. Alors tu as encore le temps de mettre un peu d'ordre. Qu'est-ce que tu as mangé ? »

Il y avait un nouveau silence. « Oui… » Silence. « Non… » Silence. « Oui. »

Je connaissais les options du menu de notre téléphone. Quand on appuyait sur le trois, le message était effacé. Mon pouce était déjà sur le trois.

« Au revoir mon chéri, je t'embrasse. »

J'ai appuyé.

Au bout d'une demi-heure, Michel est rentré. Il m'a embrassé sur la joue et a demandé où était maman. Je lui ai dit qu'elle rentrerait plus tard, que je lui expliquerais ultérieurement. Les jointures de la main gauche de Michel étaient écorchées, ai-je remarqué ; il était gaucher comme moi, et sur le dos de sa main s'étalait une trace de sang coagulé. Alors seulement, je l'ai regardé de haut en bas. J'ai vu aussi du sang sur son sourcil gauche, il avait de la boue séchée sur sa veste et encore plus de boue sur ses chaussures de sport.

Je lui ai demandé comment cela s'était passé.

Et il m'a raconté. Il m'a dit que *Men in Black III* avait été retiré de YouTube.

Nous étions encore dans l'entrée. À un moment donné, au milieu de son récit, Michel s'est interrompu et il m'a regardé.

« Papa !
— Quoi ? Qu'y a-t-il ?
— Tu recommences !
— Quoi ?

— Tu souris ! C'est aussi ce que tu as fait quand je t'ai parlé pour la première fois du distributeur automatique de billets. Tu t'en souviens ? Dans ma chambre ? Quand j'ai commencé à parler de la lampe de bureau, tu t'es mis à sourire et au moment du jerrycan tu souriais encore. »

Il m'a regardé. Je lui ai rendu son regard. Je regardais mon fils dans les yeux.

« Et maintenant, tu es encore en train de sourire, a-t-il dit. Tu veux que je continue ? Tu es sûr que tu veux tout entendre ? »

Je n'ai rien dit. Je me suis contenté de le regarder.

Puis Michel a fait un pas en avant, il m'a pris dans ses bras et serré contre lui.

« Mon gentil papa », a-t-il dit.

Photocomposition Nord Compo Multimédia
7, rue de Fives, 59650 Villeneuve-d'Ascq

Achevé d'imprimer par GGP Media GmbH, Pößneck
en janvier 2012
pour le compte de France Loisirs,
Paris

Nº d'éditeur : 66768
Dépôt légal : février 2012

Imprimé en Allemagne